Descendientes del Tejo

Tony Torzillo

Published by Geronimo Press, 2022.

DESCENDIENTES DEL TEJO

First edition. November 30, 2022.

ISBN: 979-8986984650

Written by Tony Torzillo.

CAPÍTULO UNO

En la mesa había un sobre de papel manila sin abrir. Llegó por correo -era algo raro recibir correspondencia de esa manera- y su destinatario era Vance Malloy, un nombre que Wesley O'Keefe no había usado en más de cuarenta años. Él había dejado atrás esa identidad y esa vida, como tantas otras. Wesley tomó el sobre con una mano la cual temblaba, y luego lo volvió a colocar en el escritorio de su estudio. Tal vez la carta debía quedarse allí, y así podría seguir sin saber nada.

Mientras caminaba hacia la terraza en forma de arco que ofrecía vistas a su jardín, llegó a sentir el aroma de las lilas florecidas. En el cielo se había formado un dibujo en forma de herradura de nubes grises, y unos oscuros zarcillos como los de las plantas que se extendían hacia el sol, el cual apenas era visible. El gato de Wesley, Hunter, movía su cola y castañeaba al observar un pequeño pájaro posado en las ramas de un arce japonés. El escuálido gatito que había aparecido en la puerta de Wesley diez años atrás se había convertido en un saludable peligro que destrozaba los muebles que él cuidaba.

Un gran abeto de Douglas se alzaba entre los otros centinelas que rodeaban su finca de dos hectáreas. ¿Cuánto tiempo llevaba allí? ¿Cien años? Él sentía envidia del árbol. Este podía permanecer en un lugar y vivir su vida sin tener que ocultar su identidad. Wesley había vivido muchas vidas diferentes, siempre ocultando la verdad de su larga vida, aunque desconocía su origen.

Le habló a su gato mientras se agachaba para acariciar su pelaje. "Voy a abrir el sobre, Hunter".

Hunter por su parte se posicionó para que le hicieran una caricia debajo de la barbilla, sin que le importara los aburridos ruidos que Wesley producía. "Rasca más, habla menos" podría haber sido la respuesta de Hunter si pudiera hablar.

Se dirigió de nuevo a su guarida y tomó el sobre. Con un abrecartas de bronce, abrió el sobre y sacó lo que contenía. Sujetó la mesa con una mano para mantenerse firme mientras miraba la foto en la que aparecían él y un antiguo socio llamado Jonathan Moore, junto a la sobrina de cinco años de Jonathan. La foto había sido tomada hace cuarenta años, en el año 2002. La otra foto lo mostraba a él y a una mujer con la que había salido en esa época, Beth Norbeck.

Wesley soltó las fotos sobre la mesa y se sirvió un whisky. El líquido maltoso calentó su gaznate mientras los tonos humeantes se desarrollaban en su lengua. Se deleitó con él, cerrando los ojos para olvidarse de aquellas imágenes. Aunque tenía las manos frías, el whisky le calentaba el estómago durante su breve descanso.

Tal vez Beth lo había encontrado. Una mujer despechada, sobre todo si ahora sabía que él no estaba muerto, podía ser rencorosa, pero ¿por qué? Él había roto con ella mucho antes de fingir su muerte. Wesley la buscó en Internet y encontró un obituario de abril de 2021. Respiró profundamente y se frotó la barbilla. Entonces no era ella.

Después de un buen rato buscando en Internet, Wesley descubrió que Jonathan vivía ahora en una residencia de ancianos en Seattle llamada Sunset Towers. Para llegar allí desde su casa, en Medina, había que cruzar rápidamente el puente flotante de Evergreen Point. También se enteró de que la joven de la foto era ahora una mujer de cuarenta y cinco años llamada Dra. Candace Rosenbach, microbióloga investigadora de la Universidad de Washington.

Aunque Wesley tenía décadas sin hablar con Jonathan, esperaba que él pudiera darle una explicación sobre la foto. Cambiar de identidad y empezar una nueva vida ya no sería práctico en este mundo moderno, con vehículos inteligentes, teléfonos inteligentes, bases de datos de ADN y todo lo que hacía imposible desaparecer en el anonimato.

Wesley cruzó el puente hacia Seattle y estacionó en el garaje de Sunset Towers. Subió en el ascensor del estacionamiento hasta el vestíbulo y entró en el edificio, en donde se sintió invadido por el olor a orina y a desinfectante. Un hombre en silla de ruedas babeaba con la cabeza inclinada hacia un lado mientras la pantalla que tenía delante mostraba vídeos de entretenimiento. Los hologramas bailaban delante de una mujer que parecía no darse cuenta de su presencia mientras miraba fijamente al espacio. Wesley se contuvo para no reaccionar ante la situación. Seguramente Jonathan no estaría tan mal, ¿cierto?

La joven que atendía sonrió, mostrando su perfecta y blanca dentadura. Su piel intacta contrastaba con el cuero arrugado que tenía la gente de alrededor. "Hola. Bienvenido a Sunset Towers. ¿A quién desea ver?"

Wesley mostraba lo que suponía era una cálida sonrisa. "Vengo a visitar a Jonathan Moore".

Pasó la mano por una pantalla. "Identificación, por favor".

Qué gesto tan innecesario. El sistema de reconocimiento facial ya debía haberlo identificado. Deslizó su chip de identidad por el mostrador.

"¿Sr. Wesley O'Keefe?"

"Sí, pero ¿puede decirle que es Vance quien llama?"

La recepcionista lo miró fijamente, desconcertada.

"Lo siento. Vance era mi apodo. Dígale que Vance está aquí para verlo".

Sacudió la cabeza. "Eres un encanto, pero la computadora dice que te llamas Wesley. No puedo presentarte como Vance".

Respiró, queriendo ser paciente. "Me cambié el nombre hace mucho. Si no le dice que Vance Malloy ha venido, no sabrá de quién se trata". Se inclinó hacia él y bajó la voz. "Puede que ni siquiera sepa quién soy, pero sígueme la corriente. Por favor".

Ella entrecerró los ojos, pensando durante unos instantes. "De acuerdo, pero le advierto que si el señor Moore no lo reconoce, haré que seguridad lo escolte fuera del edificio".

Un enorme guardia de seguridad dejó de observar varios monitores y se fijó en Wesley. Parecía un bulldog esperando que un intruso hiciera un movimiento brusco. Wesley sonrió al hombre hasta que este le quitó la mirada. Wesley trató de ser optimista. ¿Lo recordaría Jonathan? Llevaban años trabajando juntos, pero el tiempo borraba la memoria de los hombres a medida que envejecían.

La recepcionista desplazó unos cuantos elementos más de la pantalla. Ahora había una imagen en 3D de Wesley en la habitación de Jonathan, con un texto descriptivo que decía Vance.

Un pequeño holograma de Jonathan apareció en el escritorio. "Vance, viejo sinvergüenza. ¿Dónde te hiciste la cirugía plástica? Sube".

"Una advertencia", dijo la recepcionista. "El Sr. Moore sufre de un síndrome vespertino, así que es posible que no esté lúcido ni por la tarde ni por la noche". Ella sonrió a Wesley y señaló en dirección al ascensor. "Habitación 4002. Ascensor K".

Se sintió aliviado. Posiblemente recibiría algunas respuestas. Wesley le deseó un buen día y entró en el ascensor K.

Instantes después el ascensor se abrió y él entró en el luminoso pasillo, donde unas flechas iluminadas en el suelo señalaban el camino hacia la habitación de Jonathan. Las cámaras en forma de domos lo observaban desde el techo con sus ubicuos ojos.

Cuando Wesley se acercó, la puerta se abrió. Jonathan estaba sentado en una silla de ruedas, con pequeños tubos de oxígeno que salían de sus fosas nasales y una vía intravenosa conectada a su brazo. Un pequeño robot revisó sus signos vitales y luego pasó junto a Wesley por el pasillo para asistir al siguiente paciente en su lucha contra la muerte.

Con una brillante iluminación, plantas y muebles elegantes, la habitación bien decorada tenía poco que ver con la desesperanzadora escena de los cuarenta pisos de abajo. El dinero que tenía Jonathan le permitía pasar sus últimos momentos rodeado de mucho lujo, aunque algún día se pudriría en el mismo suelo que todos los demás.

Jonathan miraba a Wesley con los ojos enrojecidos y una sonrisa carente de dientes. Su piel pálida con pequeñas manchas de color púrpura cubría su rostro. "Vance, no pareces tener más de treinta años. ¿Cómo? ¿Qué pasó? ¿Cuarenta años desde la última vez que te vi?" Entrecerró los ojos. "¿Estás aquí por dinero?"

Cuarenta años me pareció bien. Bien, Jonathan estaba más lúcido de lo que Wesley hubiera esperado. "Tengo mucho de eso. Deberías saber que me ayudaste a aumentar mi patrimonio. ¿Te acuerdas?"

Jonathan asintió. "Me acuerdo". Entrecerró los ojos y se quedó mirando al vacío durante un largo rato. "Recuerdo que te ayudé a crear una nueva identidad y a fingir tu muerte". Afirmó con la cabeza. "¿Por qué volver ahora, cuarenta años después?"

Wesley se mantuvo calmado. "Recibí dos fotos por correo. Una tuya y mía con tu sobrina, y otra de Beth y mía".

Jonathan frunció el ceño. "¿Beth?"

Wesley se sintió incómodo. No le había contado mucho a Jonathan sobre Beth. "Sí. Era una mujer con la que salí por poco tiempo, pero murió hace veinte años, así que no fue ella. Estoy tratando de averiguar quién me envió la carta y por qué".

Jonathan señaló los tubos detrás de él. "¿Así que crees que yo pude enviarlas? Tengo que preocuparme de muchas cosas más que de desenterrar cadáveres de mi pasado. No hemos hablado en cuarenta años, y no sabía que estabas saliendo con alguien llamada Beth. Y no fui yo".

"La carta estaba dirigida a Vance Malloy, a mi casa en Medina. ¿Qué tan minucioso fue el trabajo que hizo tu hombre al cambiar mi identidad?" Preguntó Wesley.

"Fue un gran profesional, y me ofende que pienses lo contrario. No deberías estar en Seattle. Me pagaste mucho dinero para asegurarte de que nadie te encontrara. Creí que te mudarías a otro país".

Wesley sonrió al pensar en los buenos momentos que había pasado en Portugal. "Sí, lo hice. Lo pasé muy bien, y luego volví a vivir aquí hace diez años. Sólo podía permanecer algunos años haciendo el amor con mujeres hermosas y surfeando".

Jonathan suspiró profundamente. "Perdóname si no siento pena por ti. Pero no entiendo nada. ¿Por qué te ves tan joven? Sé que no existe una cirugía plástica tan buena. Nunca me dijiste por qué querías empezar una nueva vida, y nunca te pregunté. Al menos podrías haberme enviado una postal o algo así. Creía que éramos amigos".

Wesley estaba cansado de ver cómo sus seres queridos envejecían y morían a su alrededor. El mantener en secreto que no envejecía tuvo sentido durante mucho tiempo, pero ya no. No iba a volver a fingir su muerte. Tenía tantas ganas de averiguar por qué no envejecía, de vivir una vida en la que pudiera relacionarse con los demás. Aunque nadie le creería a un viejo con síndrome vespertino como Jonathan, Wesley sentiría cierto alivio. Él mismo lo revelaría a Jonathan y asumiría el destino que le había tocado. Estaba cansado de esconderse, y en este mundo moderno no sería posible seguir cambiando de identidad.

Wesley frotó sus manos. "Lamento eso. Cada vez que empezaba una nueva vida, no miraba atrás". Esperó a que Jonathan dijera algo, pero sólo se limitó a mirarlo con confusión. Wesley suspiró profundamente. "No sé por qué, Jonathan, pero no envejezco".

Jonathan levantó las cejas. "¿Intentas decirme que eres inmortal?"

Wesley levantó una mano. "No, no soy inmortal. Estuve a punto de morir hace una década. Vi la luz, vi a mi primera esposa, Samantha, haciéndome señas para ir al cielo. Fue un accidente de natación, y los paramédicos me hicieron la reanimación cardiopulmonar a tiempo. Por eso dejé mi nueva vida y volví. Puedo morir, pero no envejezco".

Jonathan apretó los labios. "Entonces, ¿por qué lo ocultas? ¿Por qué no se lo cuentas a tus amigos?"

"Siempre pensé que Dios me castigaba por mis antiguos pecados. Pensaba que Él quería mantenerme vivo para que recordara la angustia que había causado a otros. Nací en una época en la que me habrían quemado en la hoguera si la gente hubiera sabido cómo era. En el trayecto hacia acá, me di cuenta de algo".

"¿Pecados?" preguntó Jonathan.

Wesley admiró el majestuoso pico del Monte Rainier a través de la ventana. Cerró los ojos, y en su mente aparecieron imágenes del incendio y el horrible olor a carne quemada. "Quemé la casa de mi tía en Irlanda por accidente cuando tenía catorce años, y me escapé en un barco a las Colonias. Nunca miré atrás". En ese momento se obligó a tragar saliva mientras miraba a Jonathan a los ojos.

Jonathan hizo un gesto con la cabeza para que continuara.

"Ya no puedo huir de mi pasado. Huyo y cambio de identidad porque no puedo soportar la idea de perder una y otra vez a todos mis seres queridos. Ya no creo que Dios quiera castigarme. Debe haber algo único en mi biología. Quiero averiguar qué es y compartirlo con los demás. He investigado a su sobrina, la Dra. Candace Rosenbach, por la foto. Tal vez ella pueda ayudarme a descubrir mi verdadera naturaleza, o ella debe conocer a alguien que pueda hacerlo. Ya no puedo huir, Jonathan. No puedo. Quizá no esté envejeciendo, pero un trozo de mí muere cada vez que tengo que dejar atrás a las personas que amo". Suspiró larga y profundamente. "Jonathan, siento haberme ido tan repentinamente. Nunca tuve la oportunidad de pasar parte de mi vida contigo. Lo lamento enormemente".

Jonathan mostró una gran angustia. "Sí, yo también he perdido a mucha gente. Por las noches ni siquiera sé quién soy, o eso me dicen. No recuerdo ningún episodio. No podría creerlo si no estuvieras aquí delante de mí, luciendo tan joven. Sabes que pudiste confiar en mí".

Wesley sintió un enorme nudo en la garganta. Inundado de culpa, se arrepintió de haber permitido que su amigo envejeciera mientras él había podido escapar de ese proceso. "Lo siento. Empezar de nuevo siempre fue más fácil, hasta que ya no lo fue".

Jonathan resopló. "Probablemente es demasiado tarde para mí, pero estoy seguro de que Candace puede ayudarte. La llamaré". Presionó algunos botones de su reloj y dejó un mensaje. "Hola, Candy Bear. Es tu tío. Tengo un amigo que necesita tu ayuda. Por favor, ven a visitarme en cuanto puedas y te informaré. Te quiero".

Wesley se puso a pensar mientras escuchaba a Jonathan dejar el mensaje para su sobrina. ¿Quién había enviado la foto? Era imposible pensar en alguien para que todo tuviera sentido.

Jonathan expresó una extraña mirada cuando se giró hacia Wesley. "Oye, ¿estás enfadado porque te vencí? ¿Por eso estás aquí?"

El reloj de Wesley indicaba las cuatro de la tarde. Éste debía ser el "sínrome vespertino" del que le había advertido la recepcionista. "Jonathan, ya te dije por qué vine a visitarte".

Se produjo una larga pausa. ¿Acaso Jonathan recordaba la conversación de antes?

"Oh, estás bien", dijo Jonathan. "Me imaginé que estabas harto de que te ganara en el golf".

Wesley se rio, pues nunca había jugado al golf con Jonathan. "Quería empezar una nueva vida donde nadie pudiera conocerme. Ahora me llamo Wesley O'Keefe. Es mi nombre original".

"¿En serio? ¿Acaso eso no es algo? ¿Te dije que le compré a Harriett un Cadillac? Llevé ese Cadillac a casa y ella quedó encantada. Deberías haber visto su sonrisa. La encantó".

Wesley recordaba a Harriett. Ella estuvo en varias de las fiestas de la compañía que ellos organizaron. Al buscar a Jonathan en la web, Wesley había visto que la esposa de Jonathan, Harriett, había muerto de cáncer veinte años atrás. Lo invadió un gran temor y sintió un fuerte dolor en la garganta. "Apuesto a que sí".

"Sabes, la vida no es tan buena si no tienes a alguien con quien compartirla. Me alegro de tener a mi Harriett. No sé qué haría sin ella. ¿Estás casado, Vance?"

Wesley nuevamente trató de no reaccionar. Los recuerdos de Samantha aparecieron en su mente. Esos últimos suspiros y jadeos que ella había hecho, y que él nunca olvidaría. Miró fijamente a los ojos de Jonathan antes de responder. "No. Ella falleció".

Jonathan mostró una extraña mirada, como si se hubiera dado cuenta de algo terrible. Luego su rostro cambió y sonrió. "Tienes que conseguirte una Harriett; no mi Harriett, claro, sino alguien con quien puedas compartir tu vida". Jonathan tuvo un ataque de tos y vomitó algo en un pañuelo. Buscó cuidadosamente en sus bolsillos y no encontró nada. "No me dejan fumar aquí. ¿Para qué les estoy pagando tanto dinero?"

¿Por qué? Este hombre no necesitaba vivir con tanto lujo a estas alturas de su vida. "Porque eres un viejo rico y no quieres compartir una habitación con alguien que está a punto de morir, Jonathan".

Jonathan intentó ponerse de pie por lo que casi se cae hacia adelante. Wesley lo atrapó y evitó que se cayera. "Estoy en la flor de la juventud. Pregúntale a Harriett. ¿Dónde estará ella? Sabes que tenía un robot que chequeaba mis medicamentos. Un robot. ¿Puedes creerlo?"

Sí podía. Los robots realizaban cada vez más tareas. Él llamaba robot a su auto, aunque nadie más lo hacía. Wesley contestó mostrando incredulidad. "No. Personalmente, yo preferiría una enfermera humana".

Wesley exhaló deliberadamente y en silencio, y sus hombros se relajaron cuando la tensión desapareció. Jonathan no era coherente en ese momento y probablemente no sería capaz de entender nada hasta mañana. Tal vez ni siquiera supiera su nombre a partir de ahora, pero Wesley podría pedir ayuda a su sobrina.

Ahora la tecnología gobernaba el mundo, no la superstición ni el miedo. La gente no era quemada en la hoguera por considerarse brujas. Wesley imaginó un mundo en el que no tendría que ver cómo la gente a la que amaba moría de viejo. Podría compartir el secreto con otros una vez que lo descubriera. Deseaba desesperadamente que la sobrina de Jonathan pudiera ayudarlo.

Su confesión lo había aliviado un poco. Sin embargo, ya habían pasado demasiados años y había perdido la oportunidad de establecer una conexión significativa con un viejo amigo, aunque hubiera disfrutado así de un momento fugaz de valiosa lucidez.

Wesley puso una mano en el débil hombro de Jonathan. Jonathan era un hombre que una vez cautivó a todos cuando entraba en una habitación. Aquel pequeño individuo no era más que una sombra del gigante al que Wesley había llamado su mejor amigo. Wesley tragó a la fuerza en su seca garganta. "Adiós, Jonathan. Hasta que nos volvamos a encontrar, que Dios te sostenga en la palma de su mano".

Cuando se dio la vuelta para alejarse, Jonathan gritó. "Espera. ¿Por qué no me dejas una tarjeta?"

Wesley sonrió. Ya nadie usaba tarjetas de visita, pero era una de las viejas costumbres de las que Wesley nunca se había deshecho, y colocó una en la bandeja junto a la mano de Jonathan.

Jonathan parecía cansado. "No estoy seguro de qué medicamentos me han puesto aquí, pero no puedo mantenerme despierto durante mucho tiempo".

Los ojos de Jonathan se cerraron mientras Wesley lo observaba. Siguieron unos fuertes ronquidos y la boca de Jonathan se quedó abierta mientras respiraba de manera entrecortada.

Wesley se sintió muy agradecido al considerar que el destino no le había dado esa vida. "La próxima vez, viejo amigo". Le dio una palmadita en el hombro a Jonathan y se alejó.

El ascensor lo llevó a la planta baja, y deslizó su reloj para pedir que su auto lo llevara a su hermosa casa frente al mar en Medina.

El viaje apenas duró veinte minutos, dejó el auto y sonrió al ver su extenso e inmaculado jardín. Estaba maravillado de cómo un hombre que había sido un pobre chico irlandés que vivía en las afueras de Oxmantown Green podía vivir en un lugar como éste.

Abrió la puerta a su compañero que lo esperaba. La cola de Hunter se erguía mientras se frotaba con la pierna de Wesley, el cual se agachó para acariciarlo detrás de la oreja. En el cuello del atigrado gato había una capa extra gruesa de pelo que le daba el aspecto de un león de cuatro kilos. "Pero no eres más que un gato sarnoso, viejo y bueno para nada. ¿No tienes algunos ratones que cazar?"

Hunter ronroneó y se frotó contra la pierna de su pantalón. Wesley intentó fruncir el ceño pero no pudo evitar reírse.

Como costumbre diaria, cenaron juntos. "Hoy me reuní con mi amigo Jonathan. Creo que no recordaba nada de lo que le había dicho. ¿Puedes imaginarte algo así?"

Hunter levantó la vista de su tazón de cristal lleno de trozos de pavo y se lamió la pata. Se limpió la cara sin preocuparse por lo que decía el humano que estaba en la habitación.

"Supongo que tienes razón. No tiene mucha importancia. Hay asuntos más importantes a los que atender, como lamerse las patas y limpiar el pelaje. Ojalá tuviera una vida tan sencilla como la tuya".

Hunter se puso de espaldas a Wesley y movió la cola de un lado a otro mientras miraba un pájaro pinzón. Un gato muy afortunado. Cuando Wesley era joven, la gente se quedaba mirando a los pájaros y hablaba sin preocuparse demasiado. Por supuesto, un mal invierno o una mala cosecha significaban la muerte, así que no todo era perfecto, pero la gente disfrutaba más de las cosas. Tal vez se estaba volviendo demasiado viejo. La nostalgia del pasado le resultaba atractiva. Estaba desubicado en este mundo moderno, como una pluma en una habitación llena de computadoras.

En su reloj recibió una llamada.

"¿Hola?"

"Hola. ¿Es el Sr. Wesley O'Keefe?"

"Sí".

"Soy Candace Rosenbach. Encontré su tarjeta en la habitación de mi tío Jonathan. ¿Cómo lo conoció?"

Wesley hizo una pausa. ¿Por qué estaba hablando en pasado? "Soy un viejo amigo".

Transcurrieron varios segundos de silencio. "Estoy en Sunset Towers. Siento ser yo quien se lo diga, pero Jonathan ha fallecido mientras dormía".

Demasiado tarde. "Ya veo. Gracias. Lamento su pérdida". Su mano tembló mientras trataba de mantenerla firme. "¿Por qué me llamó?"

Hubo otro largo silencio. "Jonathan me dejó un mensaje para que lo visitara, diciendo que un amigo necesitaba ayuda. Supongo que se refería a usted".

Wesley cerró los ojos con fuerza mientras una pena lo invadía por dentro, y luego se aclaró la garganta. "Sí, era yo. Hoy lo visité por primera vez en cuarenta años. Lo vi cuando aún estaba lúcido y luego perdió el sentido. Me alegro de haberlo visto. Sin embargo, no me pareció que estuviera al borde de la muerte. ¿Qué pasó?"

La llamada estaba en silencio, con sólo el sonido de una controlada respiración al otro lado. "El tío Jonathan lleva mucho tiempo luchando contra esto". Pasaron unos momentos de silencio. "¿En qué puedo ayudarlo, señor O'Keefe?"

"Necesito ayuda para investigar. ¿Podemos reunirnos para hablar de ello en una semana más o menos?"

"Lo que me dice es poco claro, pero lo ayudaré, sólo porque el tío Jonathan así lo quiso. Si se trata de una especie de estafa de inversión o algo así, será mejor que me lo diga ahora, porque no tengo tiempo para esas tonterías."

Wesley suspiró prolongadamente. "No, no es una estafa. Le agradezco su tiempo, doctora Rosenbach. Su tío significó mucho para mí, pero no tanto como debió de significar para usted. Por favor, avíseme si necesita algo. Estaré encantado de ayudar".

"Lo haré. Adiós".

Wesley cortó la llamada y apoyó su cara en sus manos para frotarse los ojos. Era tarde para salvar a Jonathan, pero no demasiado tarde para todos los demás a los que podía ayudar.

CAPÍTULO DOS

Candace volvió a escuchar el último mensaje de voz de Jonathan mientras conmocionada se quedaba mirando al frente. "Hola, Candy Bear. Soy tu tío. Tengo un amigo que necesita tu ayuda. Por favor, ven a visitarme en cuanto puedas y te informaré. Te quiero". Escuchó el mensaje varias veces más, y luego se puso las manos sobre la cara. Ella había ignorado la llamada mientras estaba concentrada en su investigación en el laboratorio. Su búsqueda para acabar con el cáncer como tal no iba a verse afectada si se hubiera tomado un descanso de cinco minutos para hablar con su tío. Él habría todo para criarla. Si tan sólo hubiera podido hablar con él por última vez antes de que muriera. Si hubiera podido decirle "te quiero". Volvió a reproducir esas palabras y respondió en silencio mientras miraba por las ventanas del apartamento de Jonathan los imponentes rascacielos.

Jonathan no parecía ser un hombre que estuviera a punto de morir. Candace se miró las manos. Necesitaba salir de aquel lugar para concentrarse en ayudar a la gente de su entorno.

Candace se acercó a la cama y sostuvo la fría y blanca mano de Jonathan. Ahora él yacía allí descansando, muy tranquilo, como un muñeco de porcelana. "Siento no haber respondido".

Una enfermera rubia y alta, con unos ojos verdes llamativos, entró en la habitación y avanzó hacia ella con elegancia. Puso su mano sobre el hombro de Candace. "Lamento su pérdida. ¿Necesita algo?"

La enfermera parecía estar muy preocupada. Candace perdió la compostura que tanto le había costado mantener mientras su cuerpo temblaba por el llanto. Gritó mientras la enfermera la sostenía, y las lágrimas cayeron mojando el hombro de la enfermera.

La enfermera la sostuvo durante varios minutos antes de que Candace recuperara la compostura.

"Lo siento", dijo Candace. "No suelo ser tan sensible".

La enfermera sonrió. "No se preocupe. He visto la pena de muchas vidas en este lugar. ¿Vendrá algún otro familiar a ver a su tío?"

Candace negó con la cabeza.

La enfermera asintió y le dio otra palmadita en el hombro a Candace. "Antes tuvo una visita de un señor Wesley O'Keefe. ¿Quiere que le pida que venga?"

"No. Lo llamé y le informé de que el tío Jonathan había fallecido, pero no tengo ni idea de quién es. Dijo que era un viejo amigo". Se quedó mirando por la ventana durante unos instantes. "¿Puedo ver cómo era?"

La enfermera sacó una pequeña tablet de su bolsillo y le mostró a Candace un vídeo del señor O'Keefe entrando en la habitación.

Ella se quedó mirando durante mucho tiempo las imágenes de Wesley, un hombre alto de pelo rubio y ojos verdes. El hombre le resultaba familiar, y trató de recordar por qué, pero no recordaba nada. "Esperaba a alguien mayor. No parece tener más de treinta años, si es que los tiene. ¿Cómo puede ser en realidad un viejo amigo?"

La enfermera sonrió. "Es maravilloso lo que pueden hacer algunos cosméticos. Sospecho que si es el amigo de su tío, es un hombre adinerado. ¿Lo reconoce?"

No existe una cirugía plástica que sirva para que un hombre de unos 70 años parezca tan joven. Candace mantuvo la boca abierta y se quedó mirando la imagen durante mucho tiempo. Luego los recuerdos invadieron su mente: la cena en la que aquel hombre hablaba con su tío, con un montón de gente vestida de traje caminando y riendo. Ella sólo tenía cinco años. Recordó esos ojos ahora, y recordó haber pensado en los ojos de los leones del zoológico de Woodland Park. "Sí. Era amigo de mi tío cuando yo era una niña. No ha cambiado".

La enfermera se sorprendió, pero luego se tranquilizó. Con una pequeña expresión. "Qué raro. Quizás era su padre".

"No. No era su padre, sino él. Podría recordar esos ojos en cualquier parte". Unos ojos como los de la enfermera, los cuales la miraban fijamente ahora. ¿Por qué esta mujer estaba tan interesada en saber si reconocía a Wesley? "No escuché su nombre".

La enfermera se enderezó. "Soy Anne. Si necesita algo, por favor avíseme. Llamaré a la funeraria por usted si no hay más invitados. Por favor, tómese su tiempo. Sé lo difícil que es despedirse. Lo siento, tengo que ir a ver a un paciente". Salió rápidamente de la habitación.

Candace tomó la mano de Jonathan una vez más y la acercó a su pecho. "Adiós, tío Jonathan". Le dio un beso en la frente y se fue.

Se detuvo a hablar con la recepcionista al salir. "Por favor, dígale a la enfermera Anne que le agradezco que me haya atendido".

La recepcionista negó con la cabeza. "Lo siento pero no tenemos ninguna Anne trabajando aquí".

Qué raro. Tal vez la había escuchado mal. "De acuerdo. Por favor, dígale a la enfermera que está atendiendo a Jonathan Moore que se lo agradezca de mi parte".

Ella asintió, y Candace se fue.

CANDACE LLEGÓ A SU laboratorio en la universidad, decidida a sumergirse de nuevo en su trabajo. Trudy estaba de pie en la acera, mirando al frente.

"Trudy, ¿estás bien?"

Trudy negó con la cabeza y señaló hacia la entrada. "Han bloqueado todo el Departamento de Microbiología".

Había una multitud de jóvenes estudiantes que llevaban camisetas rojas con señales de stop en las que se leía DETENGAN LAS VIVISECCIONES. Algunos sostenían fotos de animales con el vientre abierto. Otro cartel decía: EPERIMENTAR CON ANIMAL ES UN FRAUDE CIENTÍFICO.

¿Estás bromeando? No tenía tiempo para estas tonterías. Avanzó furiosa.

Trudy trató de sujetar su brazo para contenerla. "Dr. Rosenbach, no los provoque, por favor".

Candace sintió que la ira se apoderaba de su cuerpo. Se zafó del agarre de Trudy y corrió hacia los manifestantes. Gritaron: "¡Uno, dos, tres, cuatro, abran las puertas de la jaula! Cinco, seis, siete, ocho, quitan los candados para liberarlos". Apenas los escuchó mientras sus oídos zumbaban.

Candace se dirigió a la puerta del edificio. "¡Fuera de mi camino! Ya". Agarró un cartel de un joven de gran tamaño que bloqueaba la puerta y lo golpeó en la cara con él. Él retrocedió asustado. "¿Prefieres que haga pruebas con humanos?"

Varias personas respondieron con un sí al mismo tiempo.

Candace ya no pudo aguantar más. "Si alguien quiere ofrecerse como voluntario para ser mi sujeto de prueba, que dé un paso al frente".

Nadie dio un paso al frente, y todos permanecieron en silencio.

"¿Cuántos de ustedes, hipócritas, comieron tocino esta mañana? Tal vez hiera a algunas ratas, pero estoy encontrando una manera de salvar a la gente del cáncer. Dos mil personas morirán hoy de cáncer. Y mañana. Y el día siguiente. ¿Acaso cargarás con esas muertes en tu conciencia?" Nadie dijo nada. *"¿Y qué tal tú?"*

Candace cruzó la puerta y se dirigió a su laboratorio, dejando tras de sí a una multitud de estudiantes boquiabiertos. Le tembló la mano cuando la puso delante del escáner biométrico, y la pesada puerta de su laboratorio se abrió en un clic. Cerró la puerta a su paso.

Intentó concentrarse en comprobar el modelo cuántico de las células cancerosas que había escaneado hace unos días. Parecía que el modelo estaba progresando bien. Ella necesitaba buenas noticias. En su monitor apareció una petición de videollamada del presidente del Departamento de Microbiología, el Dr. Michael Hermann. ¿Llamaba para comprobar sus progresos? Pulsó el botón para aceptar la llamada.

Apareció la cara del Dr. Hermann. Sus fosas nasales abiertas y sus cejas alzadas, junto con su cara enfurecida, indicaron que no llamaba para desearle buenos días ni para comprobar sus avances. *Maldita sea.*

"Dr. Rosenbach, ¿le importaría explicar lo que acaba de suceder?"

Ella suspiró profundamente. "Ellos me estaban impidiendo llevar a cabo una investigación importante, Dr. Hermann". Intentó mantener un tono de voz suave, pero se sintió molesta por el enfado que había en su voz. Sonaba como una adolescente rebelde quejándose de que sus padres la castigaban.

En una pequeña ventana al lado de aquella silla se reproducía un vídeo en el que Candace golpea a un estudiante con una pancarta y le da un discurso. "¿Cuándo se ha considerado correcto agredir a un alumno, Dr. Rosenbach?"

La doctora mantuvo la compostura durante unos instantes. El incómodo silencio se prolongó mientras ella miraba fijamente el molesto rostro del Dr. Hermann. Siguiendo su rutina, intentaba no sentir la pena que ahora surgía en su interior. *No lo hagas. No dejes que te vea flaquear; eres una científica, ¡maldita sea!* Cerró los ojos con fuerza y se apretó la nariz, esforzándose por evitar que cayeran las crecientes lágrimas.

"Dr. Rosenbach, ¿está todo bien?"

Tal vez fue la sincera preocupación en su voz o el hecho de verse a sí misma atacando al estudiante en el vídeo que ahora se haría viral. Tal vez no fue ninguna de esas cosas, pero perdió la compostura y lloró delante de su jefe de departamento.

Tras varios minutos de llanto, se limpió los ojos con la manga de su camisa. "Lo siento". Esta vez sus palabras eran de arrepentimiento. Había enloquecido, y algunos estudiantes la habían filmado haciéndolo. Ahora el vídeo sería difundido por todas las redes sociales. Ya se imaginaba los titulares: PROFESORA ENLOQUECE FRENTE A MANIFESTANTES POR LOS DERECHOS DE LOS ANIMALES. "Mi tío murió hoy. Vengo de su asilo de ancianos".

El doctor Hermann exhaló, y algo del enojo, apenas algo, desapareció de su rostro. "Candace, eres un valioso activo para la investigación que hacemos aquí. Tómate un tiempo libre y llora a tu tío; la universidad hará una declaración en tu nombre".

¿Cuánto tiempo libre quería que se tomara? Ella no podía estar a solas con sus pensamientos. Tenía que trabajar con los experimentos que estaban a punto de tener éxito. Se cruzó de brazos y trató de evitar que la rabia se apoderara de su voz. "Estaré bien, Dr. Hermann. Necesito trabajar en esto".

Él apretó los labios. "No es una petición. Vete a casa. Ahora".

Ella asintió y desconectó la llamada.

¿Qué diablos se suponía que debía hacer ahora?

CAPÍTULO TRES

Wesley se dirigió a la oficina en el centro de Bellevue, una ciudad cosmopolita situada al otro lado del lago Washington, frente a Seattle, conduciendo su Mercedes. El sistema de reconocimiento facial le permitió acceder al garaje y subió en el ascensor hasta la trigésima planta. Se dirigió a su despacho, pasó su tarjeta inteligente por el lector del escritorio y miró a la cámara que permitía que el software lo reconociera.

"Buenos días, Wesley", dijo la computadora.

"Por favor, dile a Jake que venga con los últimos informes", dijo Wesley.

"Mensaje enviado a Jake", respondió.

Qué tecnología tan increíble. Seguro que es mejor que un viejo Dictáfono. Una verdadera secretaria sería genial, pero nadie hacía ese trabajo hoy en día. La época en la que los humanos le preparaban el café cuando llegaba a su oficina era cosa del pasado. Los robots y las computadoras lo hacían todo ahora. ¿Y cuándo Wesley tendría que empezar a hacer el café del robot?

Jake llegó a su oficina diez minutos después. "Oye, aquí verás cosas interesantes", dijo Jake mientras ponía la memoria extraíble en la mano de Wesley. Jake estaba muy paranoico con el uso del correo electrónico y le aconsejó que guardara los datos confidenciales en una unidad encriptada y que nunca enviara archivos a nadie a través de la red.

"Gracias. Dame algo de tiempo para leer esto". Le gustaba leer los informes por su cuenta y luego hacer preguntas.

Jake mostró un leve movimiento en la esquina derecha de la boca, y su ojo izquierdo se abrió y cerró de manera espontánea, como de costumbre. "Bien. Hasta pronto". Se dio la vuelta, se pasó los dedos por su cabello pelirrojo y salió por la puerta de la oficina.

Wesley veía a Jake como un empleado muy valioso, pero le gustaba mantenerlo a raya. Sonreía por dentro cada vez que Jake empezaba a mover la boca, pero nunca mostraba que estaba contento.

Wesley se sentía cada vez más complacido a medida que leía los informes, encontrando información que lo enriquecía aún más. Le habló a la computadora. "Envía un mensaje a Jake. '¿Podrías venir aquí, por favor?'"

La computadora respondió con su amable voz femenina de siempre. "Mensaje enviado".

Jake apareció cinco minutos después. "¿Contento?"

¿Cómo no iba a estarlo con tantos beneficios obtenidos? "Sí. Buen trabajo, Jake. Gracias".

Wesley se puso de pie y salió, viendo en la cara de Jake una expresión de incredulidad mientras se iba. Probablemente Jake esperaba que Wesley le hiciera muchas más preguntas, como solía hacer, pero esta vez no hizo falta. Su patrimonio había aumentado su valor en cinco millones de dólares en la última semana gracias al trabajo de Jake, y aunque sólo era un pequeño porcentaje de sus activos, aún era motivo de celebración. Tal vez podría invitar a Jake a salir. Nunca lo había hecho. Volvió a la oficina.

Cuando Wesley regresó, Jake lo miró con curiosidad.

"Oye, Jake, tienes un hijo pequeño, ¿verdad?".

Jake frunció el ceño y le respondió. "Sí. Se llama Zach. ¿Por qué lo preguntas?"

"Pensé que podríamos salir a cenar. Yo invito. Una forma de agradecerte todo el trabajo que has hecho".

Jake abrió y cerró la boca varias veces antes de decir algo para responder. "Es muy amable, pero esta noche está con mi ex mujer".

"¿Tú y yo, entonces?"

Hubo una larga pausa y luego sacudió rápidamente la cabeza. "Lo siento. Esta noche tengo que reunirme con alguien".

Wesley asintió. "Otro día, entonces". Sonrió y se fue.

En realidad no quería estar a solas con sus pensamientos, así que el rechazo de Jake le dolió.

Jonathan fue su último gran amigo. No había hablado con él durante cuarenta años, y el hecho de reavivar esa amistad, aunque sólo fuese por unas horas, lo había colmado de alegría. Ahora había un vacío donde una vez hubo alegría. Se cubrió los ojos con la mano y sintió un nudo en la garganta. Una vieja herida que volvía a abrirse. Debería haber intentado encontrar una forma de ayudar a Jonathan antes. Cerró los ojos. El nudo en la garganta seguía creciendo y apenas podía tragar.

Se dirigió a un club nocturno, con la esperanza de encontrar a alguien que le ayudara a olvidar sus problemas.

A LA MAÑANA SIGUIENTE, Wesley despertó en el apartamento de una mujer que había conocido la noche anterior.

Sus carnosos labios sonreían mientras su cabello castaño caía hacia adelante. "¿Te sientes mejor?"

Con la garganta seca, abrió la boca, y su cabeza empezó a retumbar. ¿Qué tanto bebió la noche anterior? "Un poco. ¿Puedes darme un poco de agua, por favor?"

Ella volvió con un vaso. "Aquí tienes". Ella lo observó beber el agua. "Nunca me dijiste por qué estabas tan mal".

No, no lo hizo. Suspiró prolongadamente. "Lo siento. Hace unos días falleció un gran amigo. Gracias por ayudarme a olvidarlo".

Ella entrecerró los ojos. "¿Eso es todo lo que fue para ti? ¿Una forma de ayudarte a olvidar?" Salió furiosa del dormitorio.

Se oyeron los ruidos de la ducha, así que se puso la ropa y salió corriendo por la puerta. Afortunadamente, no la volvería a ver.

De camino a casa, el reloj de Wesley sonó varias veces: eran llamadas de esa mujer. Las ignoró.

AL CABO DE UNAS SEMANAS, Wesley logró evitar cualquier otra conversación con la mujer con la que se había acostado, aunque ella le envió algunos mensajes.

Esperando que Candace tuviese suficiente espacio y tiempo para llorar a su tío, Wesley la llamó.

Después de que sonara varias veces, contestó una voz ronca. "¿Hola?"
"¿Eres Candace?"

Hubo una pausa. "Sí. ¿En qué puedo ayudarlo, Sr. O'Keefe?"

Seguramente había guardado su información de contacto. Eso era una buena señal, ¿no? Aclaró su garganta. "Me pregunto si podríamos vernos para tomar un café. Me gustaría conversar un poco más sobre el motivo por el que me reuní con tu tío". Es cierto que no bebía café, pero a los americanos les parecía extraño que les invitaran a tomar un té.

"¿Podemos hablar por teléfono?"

Se aclaró la garganta. "Es un asunto delicado y sería mejor hablarlo en persona".

Se prolongó el silencio durante unos momentos. "Bueno, te diré el lugar. Dame una hora. Por ejemplo, a las diez y media".

Se sintió aliviado. Necesitaba que este encuentro funcionara. "Gracias. Te veré entonces".

WESLEY TOMÓ UN SORBO de té mientras estaba al tanto de las últimas noticias. MINEROS EXTRAEN AGUA DE UN ASTEROIDE EN EL CINTURÓN DE KUIPER. Mientras leía el artículo, negó con la cabeza. Había invertido millones en la empresa PRI, la cual había logrado finalmente llevar una pequeña plataforma minera al espacio, y lo único que habían conseguido era unos cuantos litros de agua. Él esperaba que ya estuvieran extrayendo platino.

"¿Sr. O'Keefe?"

Una mujer alta, con el pelo rojo y los ojos azules, se presentó ante él. Tragó saliva y se frotó la nuca. Se puso de pie y tomó su mano para darle un beso. "Mis disculpas. Tú debes ser Candace. Lo siento, estaba ocupado con este artículo. Por favor, siéntese. ¿Qué puedo ofrecerte?"

Candace sonrió, aunque sus ojos no mostraron esa expresión. Ella parecía no haber dormido durante algún tiempo, y su cara estaba roja. Lo miró fijamente antes de decir algo. "Lo siento, me veo espantosa. Quiero un macchiato cuádruple de leche de almendras con avellana sin azúcar, por favor".

"Lo siento, ¿podrías repetirlo?"

"Está bien". Señaló al pequeño robot que pasaba por delante de la mesa. "El robot me oyó". Ella lo miró de forma divertida. "No pensaba ir hasta el mostrador y pedirlo, ¿cierto?"

Asintió y se sentó. "Lamento lo de tu tío Jonathan. Fue alguien a quien consideré un gran amigo durante muchos años".

Un robot que parecía un cubo de basura al revés con ruedas se acercó a ellos con la bebida de Candace en una bandeja. Candace tomó la copa y la bebió durante unos largos momentos. El suave zumbido del motor eléctrico del robot sonaba mientras se alejaba en dirección al siguiente cliente.

Candace entrecerró los ojos y dejó la taza en el suelo. "Déjeme entenderlo, señor O'Keefe. Lo reconozco. Lo vi hace cuarenta años, cuando sólo tenía cinco años. Usted no ha cambiado".

Wesley se atragantó con el té por lo que decidió limpiarse los labios. Pensó en utilizar su habitual argumento sobre el bótox y las maravillas de la medicina moderna. Contárselo a Jonathan no había sido tan difícil; después de todo, nadie le creería a un hombre tan viejo y senil. ¿Cómo se suponía que Wesley iba a decírselo a esta hermosa joven? "Puede que yo no haya cambiado, pero tú estás más hermosa".

Candace dio otro sorbo a su café y lo colocó sobre la mesa. No parecía muy contenta. "Ahora tengo cuarenta y cinco años. Usted debería tener por lo menos setenta, pero parece tener treinta. ¿Quién es usted?"

Wesley dio un largo sorbo a su té antes de responder. "He invertido con tu tío. Lo convencí tras el colapso del sector tecnológico en el año 2000 de que debíamos comprar todas las acciones tecnológicas posibles. Pensó que estaba loco, pero lo convencí. Ganamos mucho dinero después de esperar un tiempo. A lo largo de mi vida he aprendido que la paciencia siempre es útil a la hora de invertir. En esa época, me hacía llamar Vance Malloy. Conocí a tu tía Harriett. Me conoce, y sabe que me conoce".

Frunció el ceño y le dio un golpecito al lado de su taza de café. "Tenía cinco años. Lo busqué en Internet y no encontré ni una sola publicación suya en las redes sociales. Nada".

Redes sociales. Wesley nunca entendió la necesidad de compartir detalles personales que los publicistas venderían: sólo una forma más de que conocieran su negocio, el cual quería mantener en secreto. Sentía una gran presión. "Nací en 1710, el año en que los británicos capturaron la capital de Acadia a los franceses-".

Candace abrió los ojos y se puso de pie. "Escuche, no tengo tiempo para estas tonterías. Usted está loco".

Se puso de pie y le hizo señas para que bajara la voz. "Por favor, siéntate. Necesito tu ayuda. Por favor. Tu tío me dijo que eras una investigadora y que podrías ayudarme. ¿Estaba en lo cierto, o estaba experimentando una especie de crisis senil?"

Ella le miró fijamente, pero se sentó. "Sí, tengo un doctorado en aplicaciones genéticas cuánticas y me dedico a la investigación en microbiología en la Universidad de Washington. Te escucharé, pero sólo porque dices que mi tío lo pidió. Debes ser la razón por la que sonaba tan emocionado cuando me dejó su mensaje de voz".

Wesley se sentó de nuevo en su silla y tomó un poco de té. Permaneció tranquilo mientras disfrutaba de la sensación de alivio. "¿Has oído hablar de la progeria? ¿La enfermedad que hace que los niños mueran de viejos cuando tienen unos trece años?"

Se frotó la barbilla con la mano. "Sí, un trastorno genético. Lo conozco".

Candace aún no se había ido enojada, eso era un punto a favor. "Tal vez yo tenga algo así, pero al revés".

Ella negó con la cabeza. "Hmm. Si tal condición fuera posible, me parece muy improbable que usted sea el único que lo haya tenido".

Wesley recordó cuando sesenta y cinco años se consideraba viejo. Cualquiera que viviera hasta los ochenta años de edad estaba bien. Ahora la gente vivía hasta más de ciento treinta años y, gracias a la medicina moderna, no tardaría mucho en vivir tanto como él. "Quizá sea el primero. No me enfermo. No he tenido un resfriado desde los catorce años". Wesley recordó la fiebre y los extraños sueños que había tenido en esa época y se alegró de no haberse enfermado nunca más. "Quizá eso tenga algo que ver. He ocultado mi identidad durante años. Otras personas con mi 'condición', como la llamaste, también podrían haberla mantenido en secreto".

"Si lo has ocultado durante tanto tiempo, ¿por qué decírmelo ahora?", preguntó ella.

¿Por qué? Wesley prosiguió como un árbol perenne en un campo desierto, rodeado de hierba. "Quiero averiguar por qué no envejezco y luego compartirlo con el resto del mundo".

Candace se sintió realmente molesta por lo que decía. "Increíble. De verdad piensa que creeré esa mierda que me está diciendo".

A Wesley le tembló la mano y le costó respirar. "Eres microbióloga. Esperaba que me ayudaras. Estoy convencido de que hay algo único en mis células. De ser cierto, hay una oportunidad única para ti en esta investigación. Para mí, es una oportunidad de aprender la verdad sobre mí mismo y de ayudar a otros".

Candace se mostró un poco más tranquila. "Soy escéptica, pero si está diciendo la verdad, sin duda sería una increíble oportunidad para la investigación. Reconozco que es posible, aunque no probable".

Sonrió. "He oído peores probabilidades".

Candace lo miró fijamente mientras hablaba. "Me parece que cree que está diciendo la verdad". Se bebió de golpe el resto de su café y arrojó la taza a la basura. "Que tenga un buen día, señor O'Keefe".

Wesley miró a la doctora Rosenbach irse al igual que sus esperanzas. Bebió un poco de té. ¿A quién le pedirá ayuda ahora?

CAPÍTULO CUATRO

El director de la funeraria le entregó a Candace un recipiente con las cenizas de su tío, al que miró durante mucho tiempo antes de alzar la vista hacia el director. "Gracias".

Él mostró una bonita sonrisa de simpatía. "De nada, y mi más sentido pésame por su pérdida. ¿Está segura de que no quiere que hagamos una ceremonia para conmemorar a su amado tío?"

"Sí. Él dijo claramente en su testamento que no quería un funeral. Quiere que deposite sus cenizas en mi jardín".

El director de la funeraria trató de ocultar la decepción que seguramente sentía, luego extendió las manos y miró al cielo. "Estoy seguro de que sabe que los que lo amaban van a llorar su pérdida. Le deseo un buen día".

Abrazó la urna y se alejó. Mientras conducía hacia su casa, había algo que la inquietaba. ¿Quién era la enfermera de la habitación de Jonathan? ¿Por qué estaba tan interesada en Wesley? Candace condujo su auto hacia Sunset Towers. Quería respuestas.

LA RECEPCIONISTA FRUNCIÓ el ceño ante Candace. "Lo siento, pero no puedo darle ninguna información de la habitación de su tío".

Candace intentó calmarse antes de responder. "Mire, yo estaba allí con él. No es ninguna violación de la privacidad si yo estaba allí. Por no decir que estaba muerto".

Una residente más mayor levantó la vista de su bandeja de comida para ver a qué venía todo el alboroto, y luego volvió a fijarse en la comida. La recepcionista sonrió a los demás para disculparse. Sus mejillas se enrojecieron y luego bajó la voz. "¿Sólo desea ver el vídeo de la sala cuando estuvo allí?"

Candace asintió. "Sí, por favor. Necesito ver a la enfermera que estaba allí".

La recepcionista frunció los labios. "Ya hablamos sobre esto. No nos ha dado una buena razón. No basta con decir que quiere darle las gracias. Nosotros estamos muy ocupados".

Candace levantó la voz. "Una enfermera que no trabaja aquí estuvo en la habitación de mi tío, y necesito saber qué demonios hacía allí. ¿Quedó claro? ¿Cómo sé que ella no lo mató?"

Un corpulento guardia de seguridad se acercó a Candace, sosteniendo una porra con su mano. Candace entrecerró los ojos. Él hinchó el pecho. "Tienes que irte".

La distancia que los separaba disminuyó cuando ella se acercó al guardia y lo señaló con el dedo índice. "No me iré hasta que me den algunas respuestas. ¿Quién era la enfermera de la habitación de mi tío? Seguro que sus sistemas de seguridad la identificaron. ¿Tan mala es su seguridad que no saben quién entra en las habitaciones de los residentes más delicados?".

El guardia se tomó su declaración como algo personal. "Seguro que hay una explicación razonable".

La recepcionista escribió furiosa en su teclado, y al instante apareció un holograma de una enfermera de pelo rubio y ojos verdes flotando sobre el escritorio. "Encontré a la enfermera. Se llama Anne O'Keefe. Visitaba a una amiga enfermera y le hizo el favor de cubrirla durante unos minutos. Ahora, ¿puede irse, por favor, o tengo que llamar a la policía?"

El guardia sonrió con arrogancia a Candace y levantó las cejas, desafiándola a que volviera a cuestionar los sistemas de seguridad de Sunset Towers.

Candace se quedó en silencio mientras miraba al frente. Luego se repuso de la impresión. "Gracias. ¿Está su amiga aquí?"

"No. Hoy está libre. Trabaja por horas".

"¿Puedes darme la información de contacto de Anne?"

"Lo siento. No tengo esa información", dijo haciendo un gesto de disculpa con la cabeza.

Candace salió del edificio rápidamente. Al menos tenía el nombre de la enfermera.

De camino a la universidad, Candace intentó encontrar información sobre Anne O'Keefe. Buscó en el sitio web del Departamento de Salud del Estado de Washington y encontró lo siguiente:

Información de Credencial de: O'Keefe, Anne E.
Tipo de Credencial: Licencia de Enfermera Registrada
Fecha de la Primera Emisión: 03/01/2024
Fecha de la Última Emisión: 01/23/2042
Fecha de Expiración: 03/01/2043

Tras buscar un poco más, descubrió que la fecha de expiración de una licencia de enfermería era el cumpleaños de la enfermera. Con esa información, buscó a cualquier Anne E. O'Keefe que cumpliera años el 1 de marzo. Después de pagar treinta dólares, Candace tenía su número de teléfono. Llamó al número.

"¿Hola?"

Candace se puso a pensar. "Sí, ¿puedo hablar con Anne O'Keefe?"

"Ella habla. ¿Quién es?"

"Dra. Candace Rosenbach. Usted estuvo a mi lado cuando mi tío, Jonathan Moore, falleció. ¿Tiene un minuto para hablar?"

Pasaron unos segundos de silencio. "Supongo que sí. ¿En qué puedo ayudarla?"

"¿Por qué estaba usted en la habitación de mi tío?"

Un poco más de silencio. "Estaba visitando a una amiga que trabaja en Sunset Towers. Quería tomarse un descanso, así que la cubrí. ¿Hay algún problema?"

"No es un problema como tal. Estoy más interesada en saber por qué tenía tanta curiosidad por Wesley. Él tiene el mismo apellido que usted. ¿Son parientes?"

Anne se rió. "Hay muchos americanos con ese apellido. No creo que seamos parientes".

"Entonces, ¿por qué tanto interés?".

Anne suspiró profundamente. "Sólo quería saber si necesitaba llamar a alguien más. Pensé que podría ser alguien a quien te gustaría avisar. Escucha, he visto a muchos familiares pasar por momentos de dolor. La gente no siempre tiene el valor de pensar en llamar a otros. Sólo intentaba ayudar".

Candace se dio cuenta de que el auto estaba llegando al estacionamiento de la universidad. Se frotó la nuca. "¿De dónde sacas el maquillaje?"

"¿Perdón?"

"Bueno, me di cuenta de que te sacaste la licencia de enfermera en 2024. Debías tener al menos veintidós años. No pareces tener cuarenta años. Me gustaría comprar el maquillaje donde tú lo compras a partir de ahora".

Transcurrieron varios segundos. "No sé a dónde nos lleva esto, pero tengo que irme. Mi más sentido pésame por su pérdida, Dr. Rosenbach. Que Dios la acompañe".

La llamada terminó.

Mientras el auto se estacionaba, Candace marcó a su amiga la profesora Dianne Erdlen. Eran amigas desde hace años, y Dianne enseñaba folclore y mitología europeos. Si Wesley decía la verdad, debía haber alguna mitología relacionada con él. El folclore que más perdura tiende a estar basado en la realidad a cierto nivel.

Dianne respondió. "Candace. Cuánto tiempo".

"Sí, así es. Lo siento. ¿Podemos vernos en el Burke para tomar un café?"

Dianne aceptó, y se reunieron en una pequeña mesa de una cafetería dentro del Museo Burke. Candace le explicó todo lo que había sucedido con su tío. Dianne comía un pequeño taco de pan frito mientras escuchaba.

"Siento mucho lo de Jonathan".

"Gracias". Candace se aclaró la garganta. "Él casi no sabía quién era a veces. Al menos ya no sufre".

Dianne asintió y dio un mordisco más a su taco.

Candace la observó comer durante un rato antes de romper el silencio. "Oye, ¿has oído algún relato folclórico sobre irlandeses que no envejecían?".

Dianne se rio. "Nosotros somos los que no envejecemos".

"¿Quiénes?"

Dianne se señaló a sí misma con un gran gesto. "Bueno, yo tengo cincuenta y ocho años, y mucha gente cree que tengo cuarenta". Levantó las cejas.

¿De verdad era mucho mayor que Candace? "Bien, estoy hablando de mitología, no de tu hermosa piel oscura".

Dianne sacudió sus largos rizos castaños con la mano. "No me odies por ser hermosa".

Candace no quería darle ánimos, pero se rio de todos modos. "¿Hay mitos sobre personas que no envejecen en Irlanda?"

Dianne dio un largo trago a su capuchino y sonrió. "Sabes, este lugar los prepara muy bien. No he encontrado ningún sitio mejor, aparte de un café al que fui en Venecia. Volveré allí". Sacudió la cabeza. "Lo siento, Irlanda. Sí. Sabes, Irlanda tiene una fascinante historia..."

Candace la interrumpió, sabiendo que estarían todo el día allí mientras Dianne le informaba de todo lo que había sucedido en el país desde la Edad de Piedra. Candace adoraba a Dianne y todo el conocimiento que tenía en ese gran cerebro suyo, pero en ese momento no tenía ganas de pasar tanto tiempo allí. "En realidad sólo quiero saber sobre la mitología relativa a cualquier persona que no envejeciera".

Dianne la miró de forma herida. ¿Era falsa o en serio? "Bueno. En otro momento, entonces. Sí, los Tuatha Dé Danann, o 'el pueblo de la diosa Danu', descendían de Nemed, que llegó a Irlanda en barco con miles de personas. Algunas historias dicen que llegaron desde los cielos, y otras por mar. Anu era la madre de los dioses irlandeses. Los Tuatha Dé Danann eran seres inmortales que enseñaban ciencia, arquitectura y arte al pueblo de Irlanda".

"Nunca he oído hablar de algo así. ¿Qué pasó con ellos?"

Dianne tomó otro sorbo de su capuchino y cerró los ojos. Los abrió de nuevo con una amplia sonrisa. "Lo siento, me encantan. Bueno, ¿qué pasó con ellos en la mitología? Eran los gobernantes de Irlanda. No se sabe nada más de ellos después del año 1200 antes de Cristo. En realidad, cualquier historia que hayan tenido probablemente desapareció durante las numerosas invasiones o muertes que se produjeron después de eso. Elige: hambruna, peste, invasiones vikingas, inglesas, normandas. Irlanda pasó por muchas cosas. Los registros arqueológicos muestran que se produjeron muchas muertes en distintos momentos desde que la gente llegó allí. Ahora, ¿por qué estás tan interesada en este tema? Nunca te he visto interesada en el folclore, ni en la historia".

Eso era cierto. Es más, ella y Dianne no tenían mucho en común académicamente, pero a pesar de eso disfrutaban pasar tiempo juntas.

"Conocí a un irlandés".

Dianne la miró de reojo.

"No es lo que piensas. Era un amigo de mi tío. Pienso que él podría estar involucrado en eso". No sabía si debía contarle a Dianne algo más sobre Wesley... todavía no.

"Hmm". Dianne sonrió tímidamente, rompió un trozo de su taco de pan frito y se lo dio a Candace. "Pruébalo. Te gustará".

Candace mordió el taco de pan frito y lo saboreó. El aguacate, el tomate, el queso y el pan frito inflado se mezclaron para crear una exquisita experiencia para sus papilas gustativas. "Está bueno. Gracias. Lo siento, tengo que irme".

"No dejes de llamarme. Espero saber más de ti". Candace le dio un abrazo a Dianne antes de irse.

Candace pensó en miles de cosas mientras se dirigía a su laboratorio. Tenía que llamar a Wesley.

Cuando llegó a su laboratorio, su estudiante de posgrado Trudy la estaba esperando. "Dr. Rosenbach, ¿podemos repasar los resultados del proyecto de investigación sobre la clasificación de los virus?"

Candace se esforzó por demostrar entusiasmo al responder. "Claro, Trudy". Sería un día largo.

CAPÍTULO CINCO

La ventana de la oficina de Wesley brindaba una espléndida vista del horizonte de Bellevue. En las últimas décadas se habían construido varios rascacielos nuevos, pero aún podía ver la silueta de las Montañas Olímpicas entre ellos.

Recibió una llamada.

"¿Hola?"

"Hola, Wesley. Soy el Dr. Rosenbach. ¿Me recuerdas?"

Ella llamó de nuevo. Wesley se colocó el auricular, temiendo que se cayera de alguna manera y se cortara la llamada. La emoción lo invadió. "Sí, claro que te recuerdo. No eres alguien a quien pueda olvidar fácilmente. No estaba seguro de si sabría de ti después de lo que dijiste, pero me alegro de que llames".

"Sí".

Su tono directo no sonaba convincente por lo que se sintió decepcionado. "Entonces, ¿qué se te ocurre, Dr. Rosenbach?"

"Me interesó cuando dijiste que no te habías enfermado desde que eras un niño. Estoy haciendo un proyecto de investigación sobre el sistema inmunológico y me gustaría saber si quieres participar en un estudio. Te pagaré por tu tiempo".

Pagarle. Wesley se rio. "Que me ayudes es suficiente para mi. No creo que me pagues tanto como para que compense mi tiempo en caso de que no crea que puedes ayudarme. Hace mucho tiempo descubrí el poder de la acumulación de intereses. Tengo mucho dinero. Eso no es lo que me motiva".

"Escucha, tenemos un presupuesto universitario, así que tengo que estar de acuerdo contigo. Sin embargo, esto es con el fin de hacer ciencia que pueda servir a la humanidad. ¿Te interesa o no?"

"¿Podemos trabajar también en lo que hablamos durante el café?"

"Tal vez pueda ayudarte a descubrir por qué eres tan viejo como dices ser, aunque no te creo. ¿Puedes venir a la Universidad de Washington de inmediato? Podemos encontrarnos en el edificio Husky Union".

Wesley se esforzó por contener su emoción ya que casi se tropieza con Hunter al salir por la puerta. "Sí. Te veré pronto".

WESLEY CRUZÓ EL PUENTE 520 para llegar a la UW. Cuando llegó al HUB, Candace se encontraba cerca de la puerta con una bata de laboratorio, sonriéndole.

"Gracias, Wesley, por venir con tan poca antelación", dijo. "Sígueme".

Llegaron a un gran edificio de cristal con una serie de invernaderos rodeando el exterior.

Candace se acercó a él y le dijo: "Me fascina la idea de la insignificante senescencia en los humanos. Si hay algo cierto en lo que dices, revolucionará múltiples campos de la biología".

Es una buena señal. Wesley se sintió muy cómodo. "¿Insignificante senescencia?"

"Lo siento. Es un término para los organismos que no muestran indicios de envejecimiento. Ejemplos son los peces de roca, algunas especies de tortugas, los álamos, etc."

"Entonces, ¿cómo se puede calcular la edad de un pez roca?" preguntó Wesley.

"El otolito es un hueso de la oreja, y se puede contar el número de anillos en él, como en el tronco de un árbol. Hoy planeo extraer una muestra del hueso de tu oreja".

Wesley se detuvo. "No. De ninguna manera. Estoy bastante encariñado con mis huesos de la oreja".

"Solo estoy bromeando. Estoy bastante segura de que no funciona en los humanos". Dijo esto mientras subían a un ascensor y se dirigían al cuarto piso.

Cuando llegaron a la oficina de Candace, ella se paró frente a un escáner biométrico para que le hicieran un escaneo de retina. La puerta se abrió con rapidez.

"¿Es necesario este nivel de seguridad?"

"Ojalá no lo fuera, pero lo es. Tenemos un montón de protestas de los activistas por los derechos de los animales, a los que no les gustan mis experimentos con ratas". Su rostro mostró un enfado visible.

"¿No se supone que salvas vidas humanas?"

"Sí, pero eso no les importa. De todos modos, entremos y empecemos".

Varias placas de Petri estaban colocadas en los estantes junto a una gran caja transparente con guantes invertidos. Wesley empezó a acercarse a ella, y Candace gritó: "Cuidado. Ahí es donde hago mis experimentos con ántrax".

Wesley retiró la mano para ver cómo se reía de él.

"¡Ja! Me encanta hacer eso con los estudiantes de posgrado. Siempre caen en la trampa".

No vio qué era lo que le hacía tanta gracia. "¿Qué es?"

"Es una caja de guantes. Es un sistema de contención. Tenemos que trabajar en un medio estéril, así que es la única forma de manipular los microorganismos con los que trabajamos."

Las ratas en jaulas etiquetadas estaban situadas en una pared, junto a un gran aparato parecido a un horno. Wesley se sintió incómodo e incluso se relamió los labios. "Eso no es una cámara de gas para las ratas, ¿verdad?"

"¡Ja! No. Es mi autoclave. Necesito esterilizar muchos equipos para mis experimentos, y esto mata todos los asquerosos organismos."

"Oh, bien. No quisiera que los activistas te causaran más problemas. ¿Cuál es el plan?" Menos mal que no estaba echando gas a las ratas.

"Me gustaría tomar algunas muestras de sangre. ¿Puedes sentarte, por favor?"

Wesley se sintió muy preocupado. ¿Planeaba quitárselos en ese momento? "¿Te enseñaron a sacar sangre en la escuela de medicina?"

"¡Claro que no! Estoy improvisando. Es solo encontrar una vena y pinchar, ¿no?"

Wesley se levantó para irse. "¿En serio? ¿Encontrar una vena y pinchar?"

"Relájate. Estoy bromeando. Hice un curso de flebotomía de ocho semanas durante un verano en el MIT. Saqué sangre para la Cruz Roja como trabajo a tiempo parcial para ayudar a pagar los gastos que mi beca no permitía".

Wesley metió su mano temblorosa en el bolsillo para ocultarla. Intentó pensar en un paisaje tranquilo y en cualquier otra cosa que no fuera ver cómo la sangre salía de su brazo hacia un tubo. Se sentó. Tal vez era una mala idea. Había visto morir a demasiados hombres a causa de desangramientos realizados por personas que se autodenominaban médicos.

No. Candace no era una curandera del siglo XVIII. Wesley intentó tragar saliva, tratando de hacer que la saliva bajara por su garganta seca. Miró a un lado, lejos de donde ella estaba sacando sangre. ¿Acaso esas ratas sentían lo mismo cuando les sacaban sangre?

El torniquete de goma fría apretó su piel y un repentino dolor le atravesó el brazo y luego disminuyó. Al mirar rápidamente, vio varios tubos pequeños llenos de sangre. ¿Se había dado cuenta de lo nervioso que estaba? De ser así, tuvo la amabilidad de no comentarlo.

Un pequeño mechón de pelo rojo de Candace cayó sobre la parte delantera de su bata de laboratorio. Colocó los tubos llenos de su preciosa sangre en un pequeño estante. Esa parte ya había terminado. Bien.

Ella volteó hacia él. "¿Cuándo fue la última vez que recuerdas haber estado enfermo, Wesley?"

"Tenía catorce años, en 1724, antes de irme a las colonias. Me enfermé y al día siguiente tuve fiebre. Desde entonces no me he enfermado".

"¿Estuviste enfermo de niño antes de eso?", preguntó ella.

Wesley recordó a su madre sirviéndole caldo caliente en una taza. Cómo acariciaba su cabello cuando él tosía y lo hacía beber su caldo. La extrañaba mucho. "Sí, tuve los típicos resfriados y toses. Sin embargo, después de la fiebre, ya no".

"¿Hubo algún hecho que precipitara la fiebre?"

Sintió un poco de náuseas al tratar de recordar lo que había sucedido. "Tengo un vago recuerdo de mi madre dándome un apestoso brebaje".

"¿Viste lo que le puso?"

¿Qué había sido? Wesley no la había visto poner nada en la taza. "No. Tenía un sabor amargo. Después de beberlo, me quedé dormido y tuve un sueño extraño".

"Interesante". Candace escribió algo en su tablet. "¿Cuándo notaste por primera vez que no estabas envejeciendo?"

Le invadió un sentimiento de angustia. "No me di cuenta hasta los cuarenta años, aunque la gente había comentado a menudo mi aspecto juvenil. Me di cuenta un día cuando mi mujer, Samantha, me dijo que parecía mucho más joven que ella. No me había dado cuenta de la edad que tenía hasta ese día. Fue el día de mi cumpleaños, así que debió ser en mayo de 1750. Otros empezaron a notarlo también, y pasó de ser una broma a sentirse incómodo a mi alrededor. Cuando era mayor, me echaba harina en el pelo, pero no servía de nada".

"¿Algún hijo? ¿Mostraron algún signo de no envejecer?"

"Tuve un hijo, sí, Jared. Murió de un ataque al corazón cuando tenía cincuenta y cinco años, y parecía viejo. Mi mujer tenía sesenta y cinco años cuando murió de neumonía". Su respiración entrecortada llenó su mente de recuerdos mientras engullía con fuerza.

Candace tecleó un poco más en su tablet. "¿Y tus padres? ¿Qué edad tenían cuando murieron?"

Wesley se sintió arrepentido. ¿Por qué no les envió ninguna de las cartas que había escrito? Seguramente ellos lo habrían perdonado por el incendio. Se mordió el labio. "No estoy seguro. Me fui a las Colonias y no volví a verlos".

"¿Nunca intentaste ponerte en contacto con ellos?"

Recordó las llamas, el hollín y la ceniza. El miedo en la cara de su primo Billy cuando se había derretido como una vela. Wesley se estremeció. "Es una larga historia. Cuando vi a mis padres por última vez, tenían más de treinta años, y no sé cuándo fallecieron".

Los largos y delicados dedos de Candace tocaron la tablet mientras tomaba más notas. "¿Algún hermano?"

"En el momento en que me fui no tenía ninguno".

Ella le miró de forma divertida. "¿Te has hecho alguna prueba de ADN para ver si tienes algún pariente?"

Wesley negó con la cabeza. "No. No confío en esas cosas".

"Hmm. No tenemos suficientes datos como para descartar que se trate de algo genético. No se manifestó en tu hijo, así que quizá sea un gen recesivo". Tocó su tablet con el dedo. "¿Algún antecedente de cáncer?"

¿Cómo pudo evitar el cáncer de pulmón con todos esos bares llenos de humo a los que había ido? Las oficinas de los años sesenta, donde todo el mundo fumaba durante todo el día. "No. No he tenido ninguna enfermedad durante más de trescientos años. Nada de cáncer".

Candace introdujo un código en un pequeño armario, colocó sus dedos en el sensor biométrico y la puerta se abrió, mostrando varias hileras de placas de Petri. Sacó una llena de una sustancia gelatinosa etiquetada como *línea celular humana* BxPC-3. Tras buscar unas cuantas más, las colocó en la caja de guantes y pulsó un interruptor que encendió un potente ventilador.

"¿Qué estás haciendo?"

"Necesito utilizar un filtro HEPA para eliminar los contaminantes de la caja de guantes. Pienso inyectar una pequeña porción de tu sangre en cada uno de ellos". Candace colocó un tubo con la sangre en un pequeño compartimento lateral y se colocó una mascarilla quirúrgica antes de meterse las manos en los guantes. Pasó el tubo de la cámara lateral a la principal y llenó varias jeringuillas con sangre de él. Luego puso en fila las placas de Petri e inyectó una pequeña cantidad en cada una de ellas.

Colocó un tubo en un pequeño aparato que empezó a girar. "Esta centrifugadora va a hacer un análisis de espectro completo de su sangre después de separarla en sus partes constituyentes. Esto habría tardado unos días hace veinte años. Ahora tendremos los resultados en minutos con el análisis espectral cuántico".

"¿Qué esperas encontrar?"

"Cuando me dijiste que no te habías enfermado desde que eras niño, me interesó analizar tus leucocitos. Además, voy a mirar el recuento de glóbulos rojos, las plaquetas y los electrolitos para ver si hay algo interesante. Sobre todo, quiero asegurarme de que no eres un vampiro antes de avanzar en esta investigación".

Esa clase de suposición era la razón por la que Wesley había mantenido esto oculto. Ambos se rieron.

"Te puedo asegurar que no tengo colmillos", dijo Wesley.

"Oye, eso me recuerda. ¿Qué hay de tus dientes? ¿Te importa si les echo un vistazo?" Se puso unos guantes de látex mientras preguntaba esto.

"Claro, pero me temo que te decepcionarán. Tengo unos cuantos falsos, ya que los verdaderos quedaron destrozados. Los llevo puestos desde aproximadamente 1820. Seguramente te disgustará saber que en aquella época se hacían con marfil y dientes humanos reales, normalmente de soldados muertos".

Candace se apartó un poco con desagrado. "¿Es eso lo que tienes ahora?"

"Oh, no. Son implantes dentales modernos y permanentes. Puedes echarle un vistazo si quieres".

Candace le levantó los labios con el pulgar y el índice y tocó alrededor, tocando sus encías. "No hay signos de gingivitis o pérdida de encías. Notable. Por cierto, son unos implantes preciosos. Me alegra ver que tampoco hay colmillos de vampiro".

Buscó algunos elementos más en su tablet. "¿Cuándo fue la última vez que te vacunaron?"

Las vacunas preventivas protegían a todo el mundo de los resfriados, la gripe, los coronavirus y prácticamente cualquier otro virus perjudicial. Wesley quiso comprar acciones de la empresa que la fabricaba, Immunitrex, pero era una empresa de financiación privada. Como algunos virus, como el del resfriado, mutaban con tanta frecuencia, la vacuna tenía que administrarse cada trimestre. Hoy en día casi nadie se resfría, debido a las inyecciones trimestrales.

"Nunca me he vacunado".

Candace entrecerró los ojos y lo miró fijamente. "La ley lo exige cada tres meses. ¿Quieres que ocurran de nuevo las pandemias de las últimas décadas?"

Wesley se lamió sus secos labios. "Ya te dije que hace siglos que no me enfermo. No sabía si la inyección tendría efectos secundarios no deseados".

Candace lo miró fijamente, luciendo más enojada de lo normal. "¿Cómo evitaste las multas?"

Wesley se enderezó y levantó la barbilla. "Le pagué a alguien para que dijera que me las habían puesto. Suficiente dinero como para que no hicieran preguntas".

Ella lo miró fijamente durante un largo momento. "¿No te preocupaba haberle contagiado algo a alguien?"

"No me enfermé durante la década de 2020. No enfermé durante la gripe española en los años 20, ni durante ninguna de las numerosas epidemias en Irlanda o en cualquier otro lugar. No creo que pueda contagiar a nadie. No sé por qué".

Candace apretó los labios y no dijo nada. Se empezó a sentir muy molesta por lo que decía.

El aparato giratorio dejó de sonar y una luz verde parpadeó. La ira desapareció de su rostro cuando Candace pulsó un par de veces en su tablet y estudió los datos. "Vaya".

El ritmo al que la tecnología había mejorado en las últimas décadas seguía asombrando a Wesley. "¿Qué?"

"El recuento de glóbulos blancos es un poco alto, pero dentro de los límites normales. No es nada del otro mundo. Lo fascinante es que todas las células no muestran ningún acortamiento de los telómeros".

Él había oído hablar de los telómeros. Son como pequeños tapones al final de un cromosoma que mantienen la integridad del mismo. "¿Por qué los míos no se acortan?"

"Normalmente, cada vez que una célula se divide, esos telómeros se acortan. Tus células no tienen este problema. Puede que no haya límite en el número de veces que pueden dividirse".

Eso podría explicar la continuidad de tu juventud. Pero, ¿por qué? "¿Por eso no envejezco?"

Candace levantó una mano mientras leía algunos datos más en su tablet. Pasó el dedo por varios menús y asintió con la cabeza, luego sostuvo su barbilla en la mano durante un rato, y luego continuó leyendo. Se giró hacia él asombrada. Se quedó con la boca abierta mientras lo miraba con los ojos muy abiertos. "Lo siento. No te creía, pero esto... bueno, esto lo cambia todo".

"¿Puedes decirme qué es "esto"? ¿Qué es lo que ves?"

"Sus mitocondrias muestran patrones de ARN adicionales más allá de lo que yo esperaba. Haré un análisis cuántico detallado de estos patrones de ARN y los pasaré por una base de datos. Podría tardar unos días".

Debido a su interés por la tecnología, Wesley sabía un poco sobre el análisis cuántico. La tecnología había alcanzado la mayoría de edad a finales de la década de 2030 y permitía analizar la estructura subatómica de las partículas de tal manera que podían ser modeladas de forma exacta por una computadora cuántica. El modelo cuántico podía usarse para productos farmacéuticos y genéticos para saber exactamente cuáles serían las interacciones con otras cosas, como el cuerpo humano.

"Cuéntame más sobre esta base de datos".

Candace sonrió. "Bueno, en el pasado hicimos un buen trabajo clasificando plantas y animales. Parte de mis esfuerzos de investigación se han centrado en la taxonomía de los virus. Todavía no sabemos con certeza si los virus surgieron antes de que hubiera vida más compleja o si la vida más compleja creó los virus. Nos hemos asociado con múltiples universidades para escanear tantos virus como sea posible y poner su composición completa de ARN y ADN en una base de datos".

"¿Qué tiene eso que ver con mis mitocondrias? Son las partes de una célula que producen energía, ¿verdad?".

Ella se acercó a él y asintió con la cabeza. "Así es, y ahora hemos catalogado y escaneado tantos cuerpos humanos que podemos simular interacciones con cualquier estructura celular. Tienes un ARN desconocido en tu mitocondria que no coincide con nada que hayamos visto antes".

Wesley asintió. Probablemente encontraría una forma de modelar este patrón de ARN y averiguar qué hacía.

Candace examinó más la tablet, luego se detuvo y lo miró fijamente. "Espera... oh, Dios mío".

Tamborileó con los dedos en la mesa. "¿Qué?"

Candace señaló un monitor que mostraba las placas de Petri ampliadas. Hizo un acercamiento a la que estaba etiquetada como BxPC-3. Pequeñas células se movían alrededor de una gran masa de células rojas. Todo el grupo de células rojas se encogía cuando las pequeñas se acercaban a ellas.

La batalla no iba bien para los glóbulos rojos, fueran lo que fueran. "¿Qué es?"

"La placa de Petri que ves aquí es una línea celular de una mujer de sesenta y un años con adenocarcinoma primario de páncreas".

¿De qué hablaba Candace? Wesley la miró fijamente. "Lo siento, no te entiendo".

"Células de cáncer de páncreas. Sus glóbulos blancos se están comiendo las células cancerosas a un ritmo extremadamente alto. Nunca he visto nada tan efectivo".

En las otras placas se producían batallas similares, con células que se desplazaban de un lado a otro, comiéndose a otras, como pirañas que se comen a un pobre animal que ha caído al agua.

"¿Y las otras placas de Petri?" preguntó Wesley.

"Varios tipos de virus, como el del resfriado, junto con algunas bacterias, una de ellas la neumonía. Todos ellos están siendo comidos vivos por tus células sanguíneas".

Se sintió culpable. Neumonía. ¿Pudo haber salvado a Samantha de alguna manera dándole su sangre? De ser así, podría haber ayudado a mucha gente. Gente como Jonathan, para quien era demasiado tarde. "Entonces, ¿me crees ahora?"

Candace parecía estar en estado de shock mientras miraba al frente, sus labios se movieron un par de veces sin pronunciar ninguna palabra. Sacudió la cabeza. "Lo siento. Es increíble lo que estoy viendo. No debería ser posible. Pero sí, te creo".

CAPÍTULO SEIS

Trudy necesitaba hablar sobre los resultados de su estudio de clasificación del virus, así que Candace le pidió que se reuniera en el laboratorio para hablar de ellos.

"Dr. Rosenbach, se lo aseguro, es un nuevo microorganismo".

Candace se quedó mirando los datos, y no pudo argumentar en contra de que estos sugirieran la posibilidad de un nuevo virus. "¿Qué sugiere el modelo informático?"

"Se comporta como un retrovirus, pero no parece tener ningún impacto real, nocivo o de otro tipo. Es interesante porque no lo hemos visto en ninguna de las bases de datos".

Candace observó una imagen en 3D del virión. La cubierta de proteína exterior era más gruesa que las cubiertas de otros virus. "¿Cuántos de los sujetos analizados tuvieron este virus?"

"Todos. Me sorprende que no lo hayamos visto antes. Debimos haberlo ignorado".

Candace tamborileó con los dedos sobre su escritorio y luego se frotó la barbilla. "Tal vez. ¿Puedes recolectar algunas muestras históricas y analizarlas?"

Las mejillas de Trudy se enrojecieron un poco. Posiblemente estaba avergonzada por no haber pensado en hacerlo. A menudo guardaban muestras refrigeradas de sujetos de prueba en casos como éste, en los que necesitaban comprobar las tendencias históricas. "Nos pondremos a trabajar en eso".

Mientras Trudy se preparaba para irse, Candace se mordió el labio. ¿Debía integrar a Trudy en su investigación con Wesley? "Trudy, una cosa más".

Trudy se dio la vuelta. "¿Sí?"

"Estás haciendo un gran trabajo. Deberías estar lista para defender tu tesis pronto, ¿verdad?"

Trudy sonrió. "Sí, aunque dependiendo de nuestros hallazgos aquí, es posible que tenga que cambiar un poco mi tesis".

Candace sonrió. "Genial. Gracias, Trudy".

Candace esperó a que se marchara y realizó un análisis viral espectral de la sangre de Wesley.

El cuerpo humano promedio tenía unos treinta y ocho billones de bacterias y más de trescientos ochenta billones de virus. Los recientes avances en informática cuántica y análisis espectral hicieron posible el proyecto de investigación que estaban llevando a cabo sus alumnos de posgrado: clasificarían y analizarían esos billones de virus en múltiples sujetos de prueba y definirían el viroma completo. Muchos de esos virus, denominados fagos, se dedicaban a atacar a diversas bacterias, incluidos los patógenos dañinos. Uno de los objetivos del estudio era encontrar y clasificar los virus que destruían los patógenos y averiguar cómo reducir los que atacaban a las bacterias beneficiosas.

El analizador de partículas cuánticas zumbaba mientras la centrifugadora separaba la muestra en componentes cada vez más pequeños. El proceso llevaría un tiempo, así que Candace llamó a Dianne para que se reuniera a almorzar con ella.

Dianne le dio un cálido abrazo a Candace cuando llegó a la cafetería. Candace le indicó que pasara. "Sabes que hay muchas cafeterías por aquí, ¿verdad? No tenemos que seguir viniendo al Burke".

Dianne sonrió. "Sí, pero ninguno de ellos puede hacer un capuchino como el que hace este lugar. Deberías probar uno, y el taco de pan frito".

"De acuerdo. ¿Por qué no? Pediré los dos".

Enseguida, el pequeño robot les entregó sus comidas, y Dianne levantó una ceja. "¿Y? Cuéntame más sobre ese irlandés".

Candace sintió un poco apenada. "Es más bien un sujeto de investigación. Es un tipo alto y rubio con ojos verdes. No es mi tipo".

Dianne asintió. "Mmm. Ya veo". Desvió la mirada. "Me recuerda a un chico que conocí en Venecia, Puccio. Tampoco era mi tipo: alto, rubio, musculoso. Lo único que él quería era que yo estuviera satisfecha. Un tipo horrible".

Candace suspiró. "Se nota tu sarcasmo. Bien, no diré que no lo encuentro atractivo. Es sólo que... bueno, es complicado".

Dianne se rio. "¿Acaso no es siempre complicado con los hombres? Sin embargo, he descubierto que son criaturas sencillas. Muéstrales algo de admiración y afecto físico, y son felices".

"¿No es eso un poco simplista, Dianne?"

Dianne se encogió de hombros. "Puede ser. ¿Qué puedo decir? Soy una niña de los ochenta. Las cosas eran diferentes entonces".

"Por favor, tú *naciste* en 1984. Pensé que ustedes, los millennials, tenían menos prejuicios de género".

Dianne levantó las cejas. "Nos hicimos mayores; las cosas cambiaron. ¿Qué puedo decir?"

Candace se mordió el labio. "Eso es parte del problema. Es bastante mayor que yo".

"Por favor. Los hombres mayores recuerdan menos y tienen más dinero". Dianne la miró de manera interrogativa. "Mientras esté *sano*". Puso especial énfasis en la última palabra.

La cara de Candace se sonrojó un poco. "Goza de buena salud, pero no podría decirte si está "sano", como tú dices. No estamos saliendo".

Dianne entrecerró los ojos. "Cariño, no está casado, ¿verdad?"

"Oh, no. Es viudo. Su mujer murió hace mucho tiempo". Candace dio un sorbo a su capuchino. La dulce espuma contrastaba con el penetrante y agridulce expreso, produciendo una mezcla de sabores en su lengua. El rico aroma terroso aumentaba la sensación. "¿Crees que la mitología tiene sus raíces en la realidad?"

Dianne probó un bocado de su taco antes de responder. "Es una pregunta interesante. Últimamente he estado trabajando mucho en mitología comparada, examinando los temas e historias que comparten una gran variedad de culturas. Fácilmente podría dedicar las próximas horas a discutir mis ideas sobre tu pregunta. Yo diría que la mitología refleja lo que una cultura valora, y que algunos mitos se inspiran en acontecimientos reales de la historia. Se me ocurren varios ejemplos de ello".

"No. Te pregunto si crees que algunos mitos son verdaderos. ¿Crees que los Tuatha Dé Danann existieron, por ejemplo?".

Dianne miró a Candace con detenimiento. "Nuevamente, ¿Qué es lo que no me quieres decir?".

Candace dio un sorbo a su capuchino, dejando que el sabor se desarrollara por completo en su lengua antes de tragar. Se frotó la barbilla pensando durante unos instantes y luego suspiró profundamente. Disminuyó su voz y se acercó a Dianne. "Mi irlandés dice tener más de trescientos años". Ella se inclinó hacia atrás y esperó.

Dianne casi escupe su taco, pero logró tragarlo antes de reírse. "Cariño, eso es ridículo". Esperó a que Candace dijera algo. "Espera, ¿hablas en serio? ¿Cómo es posible?"

"No estoy segura. Sólo pregunté por los Tuatha Dé Danann porque si hay suficiente folclore de la región, tal vez hubo otros como él. Tal vez eso podría explicar su estado". Candace se mordió un lado del labio. "Yo no le creía, pero he hecho algunas pruebas en mi laboratorio y, sin entrar a analizar todos los aspectos científicos, déjame decir que hay buenas razones para creerle".

Dianne se inclinó y bajó la voz hasta casi susurrar. "Escucha, puede que no sea un microbiólogo, pero necesito que me expliques esto. ¿Qué pruebas?"

"Todas las células humanas tienen cromosomas con secuencias de nucleótidos repetitivas al final, llamadas telómeros. Se acortan con la edad cada vez que una célula se divide. Eventualmente, las células no pueden dividirse más. En mi análisis de sus células, descubrí que sus telómeros no están disminuyendo de longitud".

Dianne levantó una ceja. "Cariño, necesito un poco de lo que sea que ese hombre esté tomando. Infórmame de lo que averigües. Seré tu conejillo de indias si lo necesitas". Extendió una mano frente a ella. "Me encantaría poder volver a tener dedos de una persona de veinte años".

"No estoy segura de que funcione así. No sé nada sobre el mecanismo. Todo lo que sé es que tiene algunos patrones de ARN no reconocidos en su mitocondria..."

"Oye, averigua lo de la microbiología y vuelve a llamarme".

"¿Realmente quieres vivir sin envejecer?"

"Por supuesto. Eres demasiado joven para saber lo que se siente tener miedo de romper algo al ir al baño".

"Oh, por favor. No eres tan vieja".

Dianne agarró a Candace de la mano. "Puede que aún no haya roto nada, pero soy lo suficientemente mayor como para tener miedo".

Candace asintió y tomó otro trago de su capuchino. "Escucha, no puedes hablar de esto con nadie todavía. Primero tengo que confirmar estos hallazgos".

Dianne puso los dedos sobre los labios para hacer un gesto de cremallera. "Entonces, ¿cuándo lo sabrás, y cuándo harás que vuelva a tener veintitrés años?"

"Lo sabré pronto, una vez que haya terminado la secuenciación de mi genoma".

Dianne apretó sus labios firmemente. "Entonces, ¿vas a salir mucho con este tipo?" Sonrió tímidamente y movió las pestañas.

Candace agitó su mano. "No lo sé. Primero tengo que averiguar si todo esto es cierto. Si está mintiendo o está delirando, en ese caso no. Pediré una orden de alejamiento".

"¿Y si es verdad?"

Candace golpeó con un dedo el costado de su taza y tomó otro sorbo. "Entonces nuestro mundo, tal y como lo conocemos, no volverá a ser el mismo".

Dianne asintió, luego buscó en su bolso, sacó una pequeña cápsula de plástico y se la entregó. "Toma. Un regalo mío".

Candace miró la cápsula y la abrió para encontrar dos pequeños y suaves objetos esféricos. "Bien, ¿qué son?"

Dianne resopló. "Mi madre me regaló varios de esos. Son pequeños dispositivos de rastreo que se ponen en el tirante del sujetador. Envían los datos a un sitio de terceros".

"¿Y resulta que llevas algunos? ¿Por qué?"

"Oh, voy a viajar pronto y quiero ponerlos en todo mi equipaje. Tengo muchos".

Candace acercó un rastreador a la luz para verlo mejor. El objeto era poco más grande que la cabeza de un alfiler. "¿Y crees que necesito esto?"

"Si este tipo está loco, lo necesitarás. Si descubres el secreto de la juventud eterna, lo necesitarás igualmente. Yo llevo el mío para mantener a mi madre contenta y para que sepa que estoy a salvo. Ella se preocupa por mí. Yo me preocupo por ti y me gustaría que llevaras uno. Por mí".

Candace asintió. "Si te hace sentir mejor. ¿Tengo que recargarlo o algo así?"

"No. Se recarga gracias al movimiento que haces. No me preguntes cómo. Me dedico a la mitología, ¿recuerdas? Podría ser también magia, según lo que entiendo del tema. Sólo tienes que introducir el pequeño código desde la cápsula a la aplicación, y funciona. Pruébalo. Puedes agregarme".

Candace pasó unos minutos descargando la aplicación y configurando el dispositivo. Luego envió la información a Dianne. "Genial. Ahora puedes ver lo aburrida que es mi vida. Casa, laboratorio, casa, laboratorio. Sinceramente, eres la única vida social que tengo ahora mismo".

"Sobre eso. Me voy a Venecia pasado mañana. Espero revivir una vieja llama. Siento no estar por aquí durante el trimestre de verano. Necesito un descanso".

Candace inhalo y exhaló. "Bueno, al menos puedo disfrutar a través de ti".

Dianne sonrió. "No sé, cariño. Parece que tú y yo tendremos que mantenernos al tanto la una de la otra. Parece que las cosas están a punto de ponerse emocionantes para ti".

Candace miró su plato y luego volvió a mirar a Dianne. "Puede que sí". Recibió una notificación en su smartwatch de que la secuenciación había terminado. "Parece que estoy a punto de descubrir lo que hace especial a mi amigo irlandés".

Dianne sonrió levemente y la abrazó. "Escucha. Cuídate mucho. Te avisaré cuando llegue a Venecia".

"Tú también. Diviértete".

CANDACE ESTUDIÓ LOS resultados de la secuenciación. Con varios cientos de trillones de virus formando el viroma en el cuerpo de cualquier persona, la mayoría de los viromas tenían un número diverso de especies virales. En el caso de Wesley, había un tipo de virus, y este virus no se parecía a nada que estuviera en ninguna base de datos. Decir que era novedoso sería poco, porque se diferenciaba notablemente de cualquier otra clasificación. Si los virus fueran como diferentes tipos de peces, en comparación, éste sería más bien un elefante.

Seguidamente, introdujo la secuencia del genoma viral en su software de modelización cuántica. Gracias a las maravillas de la informática cuántica moderna, obtendría los resultados en pocos minutos. El programa simularía el impacto en una población variada de cuerpos humanos virtuales. Como se hacía a nivel cuántico, era lo más parecido a hacer pruebas en sujetos humanos reales. El modelado también tenía la ventaja de permitir que las interacciones tuvieran lugar en unos pocos segundos, en lugar de la desmesurada cantidad de tiempo y molestias que llevaría con personas reales.

La barra que indica el progreso avanzó mientras Candace esperaba a ver qué sucedía. Cuando terminó, frunció el ceño al leer el resultado.

Todos los sujetos humanos son inmunes a la contaminación por virus.

Se rascó la cabeza mientras releía los resultados, formando lentamente las palabras en su boca. ¿Así que Wesley tenía un virus en su sistema, sólo un virus, y todos los sujetos humanos eran ya inmunes a él? Qué extraño.

Modificó el modelo, dando a los sujetos humanos sistemas inmunológicos debilitados, y luego volvió a realizar la simulación cuántica con los nuevos datos. Con poca paciencia, observó la barra de progreso. ¿Fue su imaginación, o se movía aún más lentamente que la última vez?

Tras una eternidad, la simulación terminó y Candace examinó los resultados. Sólo los sujetos que tenían el sistema inmunitario debilitado en el modelo contrajeron el virus. Este hallazgo sólo creó más preguntas. ¿Cómo pudo alguien contraer el virus?

Analizó los datos un poco más y determinó que Wesley estaba infectado con un retrovirus que insertaba en sus células genes beneficiosos, y estos genes aumentaban su sistema inmunológico y evitaban que envejeciera. Tamborileó con los dedos sobre su escritorio. ¿Cómo podría evolucionar un retrovirus así? ¿Qué presiones ambientales harían que la selección natural permitiera estas características?

Candace necesitaba más datos para darle sentido a esto. La información que tenía ahora sería suficiente para permitir avances revolucionarios en medicina y microbiología. Tendría que trabajar mucho más antes de hacer pública cualquier información. Utilizando su clave de encriptación cuántica, subió todos los datos a la nube y llamó a Wesley para pedirle que fuera a su laboratorio. Él aceptó y ella esperó, pensativa.

CAPÍTULO SIETE

Wesley observó cómo Candace escribía en su teclado. Lo invitó a su laboratorio, le pidió muestras de saliva y trató de explicarle que tenía un retrovirus que le impedía envejecer. También habló de otro virus que sus estudiantes de posgrado habían encontrado como parte de un proyecto de investigación.

La información de Candace seguía sin tener mucho sentido. Algo sobre un estudiante de posgrado suyo que había encontrado ARN manipulado en varios sujetos de muestra. Wesley no quería aparecer como un tonto, pero la microbiología no era exactamente su área de experiencia. "¿Así que cada uno de tus sujetos analizados tenía esta firma de ARN? ¿Por qué es especial?"

Candace suspiró largamente. ¿Cómo era posible que se convirtiera en profesora con la falta de paciencia que mostraba? Su rostro mostró esa expresión de alguien con ganas de parecer tranquilo y sereno, pero que estaba lleno de impaciencia. "Estamos tomando muestras y catalogando los virus que encontramos en sujetos de prueba voluntarios. Estamos construyendo lo que podríamos llamar un árbol genealógico".

Wesley entendía esa parte. Lo que no estaba claro era lo demás. "Lo entiendo. ¿Y qué hay de esta construcción de ARN, o como sea que la hayas llamado?"

Se acercó a una pizarra virtual y dibujó un gran anillo con otro dentro. Coloreó el anillo exterior en negro y luego escribió varias letras en el círculo pequeño. "Este círculo grande es el anillo exterior del virus; considéralo como un neumático de goma. La rueda interior es un virus real. A medida que avanza por la carretera, va desgastando el caucho con el tiempo. Finalmente, la pieza interior se libera, y el huésped se infecta con el virus interior".

Toda la analogía hizo que Wesley se acordara de uno de esos dulces con centro de chocolate. "¿Pero sigue haciendo copias de sí mismo? ¿Con la parte exterior intacta?"

Sus brazos se movieron vertiginosamente. "Sí. Este patrón de ARN no es algo que hayamos visto antes. Alguien lo diseñó. No se me ocurre ninguna otra explicación que tenga sentido. Si no es así, estamos ante un tipo de microorganismo totalmente nuevo".

Wesley sintió miedo. ¿Tenía él algo que ver con esto? "¿Han encontrado esta cosa en mi sangre?"

Candace negó con la cabeza. "No. No creo que se relacione contigo de ninguna manera. Sólo lo mencioné porque quería que entendieras por qué hice un análisis adicional de tu sangre también".

Wesley se mordió el labio. "¿Analizaste el virus dentro del círculo más pequeño?"

Por su cara parecía estar frustrada "No. Todavía no estoy segura de que sea una buena idea. Mis modelos indican que la barrera exterior puede tardar unos cuatro meses en desaparecer por sí sola. Estoy haciendo que traigan nuevos sujetos porque no estoy muy segura si mis estudiantes de posgrado no se equivocaron. El análisis espectral cuántico ha sido preciso hasta ahora, pero necesito más datos para llegar a conclusiones significativas".

Wesley asintió, aunque no estaba seguro de haber entendido realmente todo lo que ella había dicho. El significado estaba claro. Si los resultados eran correctos, muchas personas tenían algún tipo de microorganismo con propiedades desconocidas recorriendo sus cuerpos.

Wesley esperó en el laboratorio mientras Candace escribía en su teclado y analizaba las imágenes de su microscopio. Su reloj sonó para indicarle que alguien estaba en la puerta de su casa. "Disculpe", dijo mientras salía del laboratorio y se dirigía al pasillo. Pulsó un botón para ver la imagen de la cámara de la puerta, que mostraba a una joven con ropa de quirófano comportándose de forma autoritaria.

Wesley habló por el auricular. "¿Hola?"

"Sí, espero tener la dirección correcta. ¿Era amigo del difunto Jonathan Moore?", preguntó ella.

Se preparó mientras un escalofrío le invadía. Ella estaba de pie con una gran sonrisa en su rostro, con sus fieros ojos verdes mirando fijamente al lente de la cámara. Le resultaba familiar, aunque no podía reconocer su rostro. "Sí, pero ahora no estoy en casa. ¿Cómo me encontró?"

"Oh, lo siento. Lo busqué, ya que usted vino a visitar al Sr. Moore".

¿A dónde llevaba esta conversación? Wesley miró la hora: las doce y media. Volvió a mirarla a través de la cámara. Llevaba su larga melena rubia en una sencilla coleta. "Todavía estoy de luto por su fallecimiento. ¿Quién es exactamente usted?"

"Trabajo como enfermera por días en Sunset Towers. Le pregunté al Sr. Moore sobre usted, y tenía cosas buenas que decir. Creo que lo estimaba mucho".

¿Jonathan estaba lo suficientemente lúcido como para darle a esta mujer algunos detalles? Wesley se esforzó por evitar que le temblara la mano. Intentó mostrarse tranquilo y despreocupado cuando respondió. "Lamento que su estado mental se haya deteriorado de esa manera. Espero que no te haya dicho nada descabellado. ¿Qué es lo que quieres? ¿Acaso me hizo tan interesante que tenías que conocerme por ti misma?"

Ella frunció el ceño. "Tal vez. Escucha, mi nombre es Anne O'Keefe. ¿Podría reunirse conmigo más tarde esta noche, en mi apartamento? Quiero hacerle algunas preguntas sobre una historia que él me contó".

¿En su apartamento? ¿Qué clase de mujer se sentiría cómoda con un hombre que no conoce yendo a su apartamento? O estaba segura de su capacidad para protegerse o estaba loca, o tal vez ambas cosas. Wesley se sintió nervioso. ¿Quién era esta mujer? "Sí, puedo reunirme contigo. No sé si esta noche es conveniente. Dame tu información de contacto y podemos planear algo, aunque te recomiendo que no le des mucha importancia a las ideas de un hombre con problemas mentales en sus últimos días".

Recibió su dirección y volvió a entrar en el laboratorio.

"¿Quién era?" preguntó Candace.

Wesley respiró profundamente y se esforzó por calmar sus nervios. ¿Qué debía decirle? "Alguien de Sunset Towers. Quiere contarme algo que le dijo Jonathan".

Ella lo miró con preocupación. "¿Hay algo que deba saber?"

"Puede que tu tío haya compartido demasiado con ella".

Candace frunció el ceño.

"Puede que yo haya compartido demasiadas cosas con él".

Asintió, aunque no parecía convencida. Manipuló su equipo de laboratorio. "¿Te gusta ser tan mayor como eres? ¿No te sientes incómodo?"

Según Wesley, ella estaba preguntando si a un pez le gustaba estar mojado. Esa era la naturaleza del pez si quería vivir. En ocasiones, sentía una sensación de nostalgia tan fuerte que era como una gigantesca ola oceánica que intentaba reclamar la arena de la playa. " Sí, así es. He visto a otros envejecer y sentir dolor, y siempre he querido ayudarlos. Llevo años huyendo del dolor de perder a personas cercanas". Recordó haber estado en la cama junto a Samantha, abrazándola mientras le besaba su envejecida mano. Ese sentimiento de impotencia que se apoderó de él mientras ella tosía. La había consolado, pero no había podido aliviar su dolor. Ella merecía vivir una vida larga y saludable más que él.

Intentó tragar con fuerza en su seca garganta. "Nunca he querido morir, y nunca he querido sentir el dolor del envejecimiento. Lo único que lamento es no poder ayudar a nadie. Espero que puedas cambiar eso por mí".

Candace sonrió débilmente. "Estoy luchando por hacer que todo las personas no envejezcan. Una vez que resolvamos esto, todo cambiará. Tal vez tenías razón al ocultarlo".

No es la respuesta que él esperaba. "Es algo fácil de decir para alguien que no ha visto cómo la gente que ama lo abandona".

Candace dio la vuelta a su silla y se puso de pie, luego se acercó a él y lo señaló con un dedo en el pecho. "Escucha. He perdido a mucha gente a la que quería. A mis padres. A mi marido. Mi tía, y ahora el tío Jonathan. ¿Quién eres tú para pretender saber algo de lo que he vivido?"

Wesley levantó las manos. "Tienes razón. Lo siento". Apoyó su puño en el pecho. "He visto envejecer a mucha gente, y nunca fue divertido. Soy más de siete veces mayor que tú. Déjame entenderlo. Prefiero dar a la gente una opción. Eso es todo. Hay muchas maneras de morir, tanto si envejecen como si no".

Se relajó un poco y volvió a sentarse para cubrirse la cara con las manos. "Lo siento. Supongo que una parte de mí sabe cómo te puedes sentir. Nadie a quien haya querido sigue vivo".

Él sonrió. "Todavía hay una posibilidad de que así sea".

Candace bajó las manos y lo miró con los ojos entrecerrados. "Tienes razón, pero creo que hay pocas esperanzas para ti. Nadie en su sano juicio saldría con un viejo malhumorado como tú".

Ambos rieron a carcajadas ante esa afirmación y Wesley se preparó para marcharse. "Tengo que ir a comer. ¿Quieres algo?"

Candace negó con la cabeza y volvió a su computadora. "No. Ve tú. Tengo mucho que hacer aquí. Te llamaré más tarde".

"Claro", dijo, aun sintiéndose extraño por la conversación con Anne.

Ella se parecía mucho a su padre.

CAPÍTULO OCHO

Mientras Candace seguía investigando, pensó en Wesley, con su recortado pelo rubio, sus llamativos ojos verdes y su cuerpo alto y musculoso. No era el clásico tipo de hombre que ella encontraba atractivo, pero no podía dejar de pensar en él. ¿Tenía un interés romántico en ella o sólo la estaba utilizando? Dejó de lado esos pensamientos para concentrarse en su trabajo.

Intentó aislar aún más las propiedades del retrovirus dentro de las células de Wesley. Sabía que eso le impedía envejecer, pero tenía que averiguar cómo.

"¿Por qué los humanos son inmunes a ti?", le preguntó al retrovirus. Por supuesto, no esperaba una respuesta, y no la obtuvo. Faltaba una pieza del rompecabezas. Cómo se había contagiado alguien del retrovirus en el siglo XVIII era un misterio que seguía sin resolverse. ¿Cómo se infectó Wesley?

Creó modelos cuánticos del sistema inmunológico humano y experimentó con virus simulados. La creación de prototipos cuánticos hizo avanzar muchos campos. Hacer esto con cultivos tradicionales hubiera llevado años y aún así nunca hubiera producido estos resultados. Los modelos mostraron que el virus sólo se transmitía a través de la sangre y requería un sistema inmunológico totalmente debilitado. ¿Cómo pudo ocurrir algo así en el siglo XVIII? Ya había intentado crear modelos de varias enfermedades que habrían sido frecuentes en la época. Ninguna dio como resultado una infección por el retrovirus. ¿Qué faltaba?

Quizás había sido algo deliberado. ¿Y si alguien se lo hubiera transmitido intencionadamente? ¿Y si requirió la intervención humana? Wesley le había contado que su madre le hizo beber algo a los catorce años. Fue entonces cuando dijo que ya no estaba enfermo. Había una aparente correlación temporal.

¿Qué habría hecho alguien en esa época si hubiera querido suprimir o debilitar el sistema inmunológico y contagiar a alguien con un virus transmitido por la sangre? La gente de la época solía creer que las plantas y los

53

animales que mostraban ciertos rasgos podían transmitir esos rasgos cuando se los comían. Si comes un animal fuerte, te dará fuerza. Come una planta de larga vida, y tal vez te ayude a vivir más tiempo. ¿Existe una planta que suprime o debilita el sistema inmunológico?

El reloj de Candace marcaba más de las seis. Necesitaba tomarse un descanso y cenar algo, así que llamó a Wesley y le preguntó si quería acompañarla. Todavía no estaba segura de querer discutir el asunto por teléfono. Él aceptó rápidamente a reunirse con ella.

Ella continuó investigando los métodos que podrían haber sido utilizados para propagar el virus. Sin embargo, algo la inquietaba. ¿Cómo pudo surgir el virus si se necesitó tanto tiempo para propagarlo? ¿Qué presiones ambientales específicas habían llevado a su desarrollo? Había más preguntas que respuestas, y eso era algo que no le gustaba.

Alguien tocó a la puerta y el alivio la invadió. Necesitaba comer.

¿Por qué Wesley no dijo nada al tocar la puerta?

La cámara de la puerta mostraba a varios hombres con traje.

Se le aceleró el pulso y le temblaron las manos cuando buscó su teléfono. Llamó a uno de sus estudiantes de posgrado y bajó la voz. "Trudy, ¿sigues en el campus?"

"Sí, estoy al final del pasillo. ¿Por qué?"

"Unos hombres de traje están aquí y necesito que vengas. Llama al Dr. Hermann y dile lo que está pasando. Date prisa", dijo antes de finalizar la llamada.

Candace se puso a teclear, guardando sus resultados y subiéndolos a un servidor en la nube. Los golpes persistieron, seguidos de una fuerte patada, así que la puerta se abrió bruscamente.

Calmó su acelerada respiración. "¿Quiénes son ustedes? ¿Activistas vestidos como agentes del FBI?"

"No somos activistas. Soy el agente especial Ahad Atenoud, del FBI. Usted, Dra. Candace Rosenbach, está arrestada por bioterrorismo".

Sus manos temblaron bajo el escritorio mientras mantenía su rostro sereno. "¿Bioterrorismo? ¿De qué está hablando?"

"Tiene derecho a guardar silencio. Todo lo que diga puede y será utilizado en su contra en un tribunal. Tiene derecho a hablar con un abogado y a que esté presente durante cualquier interrogatorio. ¿Está claro?"

Ella asintió.

"Bien. Ahora me gustaría saber con quién ha compartido su investigación".

¿Cómo sabía él algo de su investigación y por qué quería saberlo? ¿Tenía algo que ver con Wesley? Todavía no le había contado a nadie. Debe haber una explicación. "Tengo derecho a guardar silencio y pienso hacerlo", respondió ella. "¿Por qué están aquí? Es obvio que no soy un bioterrorista. Estoy investigando microbiología para la universidad".

El hombre se encogió de hombros. "Ya veo. Estamos aquí, doctor Rosenbach, para evitar que gente como usted impida que gente como yo haga del mundo un lugar mejor".

"¿De qué está hablando?"

Sus ojos se entrecerraron. "Discutiremos esto más tarde. Necesito que permanezca en silencio, como dijo que haría". Miró a los demás agentes. "Tomen las unidades de almacenamiento de datos. Y traigan los frascos y los cultivos".

Él agente acercó su rostro a su oído, lo suficientemente cerca como para que ella pudiera sentir su aliento caliente y oler su loción teak. "Tengo muchos proyectos para ti, y he ideado un plan mucho mejor para la humanidad", dijo.

¿Qué quería decir?

Los hombres se apresuraron a desplazarse. Candace se sintió desesperada al ver cómo colocaban todo lo que había en su laboratorio en bolsas para pruebas.

Trudy corrió por el pasillo hacia ellos, pero uno de los hombres del FBI la detuvo. Observó confundida cómo se llevaban a Candace.

Candace se resistió al frío contacto de las esposas, pero tanto ellas como la fuerza del agente del FBI que la empujaba hacia delante le parecieron firmes. Los hombres la llevaron rápidamente a un largo sedán negro con cristales tintados, abrieron la puerta y la metieron dentro. Una mujer de piel bronceada entró en el vehículo y un hombre corpulento sujetó a Candace mientras la mujer sacaba una jeringuilla y le inyectaba algo en el brazo. Unos segundos después, todo se oscureció.

CAPÍTULO NUEVE

Una joven estaba en el pasillo cuando Wesley llegó al laboratorio para reunirse con Candace. Una chica más baja con el pelo castaño recogido en una coleta. Una bata de laboratorio cubría su gran cuerpo. La puerta del laboratorio estaba destrozada en el suelo, con astillas esparcidas.

"¿Puedo ayudarlo?", preguntó la chica, con voz entrecortada.

"Sí. ¿Qué pasó con la puerta? ¿Dónde está Candace?"

"He llamado a las instalaciones para que la reparen. El FBI arrestó a la Dra. Rosenbach. No sé los detalles. ¿Qué hizo ella?"

Wesley se lamió los labios secos. ¿Por qué iban a detener a Candace? Si tenía algo que ver con él, ¿cómo lo sabían? "No tengo ni idea. ¿Te dijo algo sobre lo que estaba trabajando?"

La joven lo miró con desconfianza. "No puedo hablar de su investigación. ¿Quién es usted?"

"Wesley O'Keefe. Estaba trabajando con Candace en uno de sus proyectos".

Su expresión se suavizó un poco. "Oh. Sí, ella pudo haber mencionado eso".

"¿Qué dijo?"

La chica miró al suelo, y su cara se enrojeció un poco. "Iba a involucrarme en su proyecto, pero no me había dado ningún detalle, aparte de que involucraba a un sujeto de prueba llamado Wesley. Me llamó cuando los agentes del FBI la estaban arrestando. Se la llevaron esposada". Hizo una pausa y sonrió a Wesley de forma incómoda. "Soy Trudy".

Wesley tenía que llegar al fondo de esto. "Gracias, Trudy. ¿Puedes llamarme si tienes alguna noticia?"

Ella asintió, y él pulsó un botón de su reloj para enviarle su información de contacto, y luego recibió un mensaje con sus datos.

"Por favor, avísame si sabes algo también. Por decirlo amablemente, la noticia nos ha conmocionado a todos".

"Por supuesto". Wesley se apresuró hacia la salida y llamó a su abogado, Gordon Weinberg.

"Wesley, ¿cómo va todo, amigo?"

"No muy bien. El FBI ha detenido a mi amiga. ¿Puedes investigar y encontrar una manera de ayudarla?"

"Cuéntame más sobre esta amiga tuya. ¿Cómo la conociste?"

"Es la Dra. Candace Rosenbach. ¿Qué puedes decirme de ella?"

"Rosenbach, ¿eh? Claro, lo investigaré. Llamaré cuando tenga algo. Cuídate".

Wesley salió del edificio y se dirigió a la calle cercana a la universidad conocida como "La Avenida". Anduvo deambulando por la calle sin objetivo alguno mientras esperaba alguna palabra de Gordon.

Cuando llevaba veinte minutos deambulando, recibió una llamada.

"Hola, amigo. Escucha, el FBI ha acusado a esta amiga tuya Candace de bioterrorismo. No pude conseguir más detalles".

¿Bioterrorismo? Wesley tuvo un mal presentimiento. ¿Esto tenía algo que ver con él? "Bueno, ¿dónde diablos está y cómo la sacamos?"

"Sí, ese es el problema. Tienen setenta y dos horas para retener a Candace hasta que tengan que mostrar una causa probable. No puedo hacer nada hasta entonces, y no están obligados a revelar su ubicación".

¿Tres días? ¿Cómo es posible? "Eso no ayuda. Necesito resultados, maldita sea. Tiene que haber alguien a quien pueda llamar. Además, ¿cuánto te estoy pagando por esto?"

"¡Ja! Ni siquiera quieres saberlo. Confía en mí. Te enviaré la factura. Veré lo que puedo hacer, pero hasta que no pasen las setenta y dos horas, no puedo hacer mucho. Las leyes de prevención del terrorismo y todo eso".

"¿Qué puedo hacer?"

"Escríbele a tu congresista y pídele que cambie las leyes. Hasta entonces, espera".

"Gracias, Gordon. Fue muy útil", dijo Wesley más que enojado mientras cortaba la llamada.

El arresto debía estar relacionado con la ayuda que ella le había proporcionado. ¿Cómo alguien, especialmente el FBI, sabía algo al respecto?

Tenía que ir a conocer a esa tal Anne, quizá ella tenía algo que ver con el arresto de Candace. Fuera quien fuera, él no podía hacer nada con respecto a

Candace en ese momento, y necesitaba averiguar qué pretendía esa mujer. Al menos tendría algo útil que hacer mientras esperaba a Gordon. Ella le había dado la dirección de su apartamento en Ballard. Se acercó a su auto y marcó la dirección.

WESLEY SUBIÓ EN EL ascensor hasta el quinto piso del edificio de apartamentos y llamó a la puerta 504. Al cabo de unos instantes, se oyeron ruidos en la puerta que se abría con la cadena puesta.

"¿Hola?", dijo, parecía que se acababa de despertar.

"Sí, soy Wesley O'Keefe".

"Lo siento. Trabajo por turnos. Estaba descansando un poco. Pensé que no ibas a venir esta noche o hubiera preparado un té. Pasa, por favor". Ella lo hizo pasar.

¿Por qué estaba tan confiada en dejar entrar a un extraño en su casa? Wesley entró en el apartamento el cual estaba bien iluminado A través de la ventana, había un balcón que daba a la bahía de Shilshole. Las luces de varias embarcaciones se esparcían por el agua. Probablemente tenía una gran vista de las Montañas Olímpicas durante el día. Los suelos de arce brillaban. Las encimeras de mármol blanco reflejaban la luz sobre los impecables electrodomésticos de acero inoxidable de la cocina. ¿Cómo podía pagar un lugar tan maravilloso con su sueldo?

"Impresionante. Bonito lugar el que tienes aquí".

Anne sonrió con cansancio. "Gracias".

Es hora de averiguar lo que quiere. No tiene sentido hacer bromas. "Entonces, ¿qué te dijo el Sr. Moore?"

"No fue lo que me dijo lo que me hizo interesarme en ti, como tal. Te pareces a mi padre, Kyle O'Keefe. Le pregunté a Jonathan sobre ti, y me dijo que habías quemado la casa de tu tía en Irlanda cuando eras un niño. Me gustaría escuchar esa historia por mí misma".

Kyle. Ese era también el nombre de su padre. Wesley esperó antes de contestar, mirándola fijamente. Unos intensos ojos verdes lo miraron fijamente, sin inmutarse. "No sé de qué estaba hablando. Era un viejo demente".

"Mi hermano murió en un incendio. Muy parecido al que me describió el Sr. Moore. Hace más de trescientos años. Resulta que también se llamaba Wesley. Necesito algunas respuestas. Ahora, ¿me contarás esta historia o no?" Su intensa mirada lo atravesó.

Él la miró también. Tenía los ojos de su padre y la ferocidad de su madre. "No tengo ni idea de lo que estás hablando. ¿Cómo pudo morir tu hermano hace más de trescientos años?"

Se cruzó de brazos y esperó su respuesta.

Wesley se armó de valor. Tal vez contárselo a ella le proporcionara algún alivio. "Muy bien. Lo resumiré. Hubo un incendio en la casa de la tía Elizabeth. Tú no la conocías, pero era una mujer muy educada. Olvidó que era irlandesa cuando se casó con el tío Owen. Sin embargo, mamá la quería y me llevó allí. Todavía no sé por qué. Me peleé con mi primo Billy y derribé una lámpara de aceite. Hui por la ventana y fui a buscar a mamá, pero ya no estaba. Viajé en un barco a las colonias para encontrar a papá".

"¿Quién era tu amigo de la infancia que vivía cerca de ti?", preguntó.

"Sí, Patrick Adrian. ¿Lo conociste?" preguntó Wesley.

Anne sonrió, esta vez con tristeza, y luego miró a lo lejos. "Sí, lo conocí. Me casé con él".

"¿Te casaste con él? Oh, eso es maravilloso. ¿Sigue vivo?" ¿Le había dado el regalo de una larga vida a su querido amigo de la infancia?

"Falleció hace mucho tiempo, quizá treinta años después de casarnos. Fue un horrible accidente en un carruaje. Era un hombre dulce y amado. El amor que teníamos era verdadero y lleno de bendiciones. Lo extraño mucho". Anne se quedó en silencio mirando la pared. Luego se dirigió a Wesley. "¿Cómo es posible que te hayas quemado en un incendio en julio de 1724 y, sin embargo, estés aquí, de pie frente a mí? ¿Cómo es que nuestro padre se lamentó por ti durante toda mi infancia, y cómo es que el propio Patrick se lamentó por ti, y sin embargo aquí estás? Dímelo".

Wesley cerró los puños. "Ya te conté lo que pasó. Sólo tenía catorce años cuando me fui. Encontré una bolsa de cuero enterrada entre unas hojas cerca de la casa de tía Elizabeth con una carta y un pasaje para las Colonias. Cuando se produjo el incendio, huí a pie. Intenté encontrar a mamá en nuestra casa, pero no estaba. Me fui en un barco, pensando que papá podría ayudarme. En el barco, muchas personas enfermaron, incluyendo un hombre llamado Quinn. Me dijo que antes de morir tomara su identidad cuando llegara, y me convertí en un sirviente que trabajaba para la industria maderera".

Anne suspiró largamente. "Encontraron el silbato que te dio Pa entre las cenizas y pensaron que estabas muerto".

Wesley sonrió débilmente. "Recuerdo ese silbato. Papá lo hizo para mí y le puso un pequeño collar de metal. Me dijo que lo soplara cada vez que lo extrañara, y él lo escucharía. Lo hice sonar todos los días durante meses".

Anne asintió.

La culpa invadió a Wesley cuando pensó en el dolor que había causado a su familia, al hacerles creer que estaba muerto. "¿Cómo se enteró? De mí".

"Papá recibió una carta de mamá diciéndole lo que había pasado. Volvió a Irlanda antes de lo previsto, justo a tiempo para que yo naciera".

Wesley se quedó mirando la pared durante un rato. "Puede que nos hayamos cruzado en el viaje".

Anne le miró fijamente con los ojos llenos de lágrimas. Sus fosas nasales se ensancharon y sus mejillas se enrojecieron. "¿Por qué no volviste a la casa a esperar a mamá?"

"Volví a la casa, y ella no estaba allí. Quería encontrar a papá. Ya te lo dije".

"¿No te pareció buena idea esperar y avisar a mamá? ¿Tal vez decirle a algunos vecinos o algo así? ¿Buscar a Patrick? ¿Qué demonios estabas pensando?"

"Tenía catorce años. Me preocupaba haber quemado a todos en el fuego y que me colgaran en la horca".

"Catorce. Fue muy mala idea ir a las Colonias. ¿Y luego no escribir una carta para que nadie supiera que estabas vivo? ¿Qué demonios? ¿Por qué dejaste que sufrieran al creer que estabas muerto? Por el amor de Pete, Wesley, ¿no tienes corazón?". Estaba temblando y las lágrimas caían por su cara.

Wesley la miró durante unos instantes antes de responder. Sus mejillas se sonrojaban. "Pensé que era más fácil huir y empezar una nueva vida. Fui a buscar a Da. Y escribí cartas, pero nunca envié ninguna".

"Tienes que enviar la maldita carta para que sirva de algo. No sirve de nada escribir algo y luego dejarlo ahí. El camino al infierno está lleno de buenas intenciones, y por lo que he oído, tú te diriges directamente a él".

Wesley se atragantó antes de hablar. "Escucha, no puedo deshacer lo que hice en el pasado No estoy orgulloso de eso".

"Tonterías. Nunca lo has intentado".

Wesley levantó la voz. "Estaba tratando de sobrevivir; no sabía qué decir. Supongo que pensé que alguien vendría a buscarme".

"Sólo un imbécil tendría esa idea. Te creíamos muerto. Una carta habría remediado eso. Tan solo una".

Wesley quería desaparecer y dejar que la tierra lo consumiera. ¿Por qué no contactó con su familia? Necesitaba un whisky. Tal vez debería irse. "Tienes razón. Lo que hice me avergüenza. Era más fácil huir y tratar de olvidarlo".

Anne se cruzó de brazos y lo miró con desprecio. "Nunca llegué a conocerte. Sólo escuché historias de Patrick. Papá rara vez hablaba de ti. Cuando le preguntaba, su mirada reflejaba dolor y no podía hablar de ti. Nunca te conocí y, sin embargo, hasta yo me lamenté por ti, por el hermano que nunca llegué a conocer, porque murió en un incendio. Recé a Dios todos los días durante años para que mi hermano volviera. Vi el vacío que dejaste en el corazón de Da. Un vacío que traté de llenar yo misma, pero no pude. ¿Has pensado alguna vez en ellos? ¿En alguno de nosotros?".

Wesley se estremeció al recordar el olor del fuego, el de la carne humana quemada. Era un olor que nunca olvidaría. Oyó los gritos mientras corría por el campo sin zapatos, y sintió el miedo de que su madre lo juzgara. Recordó todas estas cosas, como la mayoría de los días. "Sí, lo hago. Haría cualquier cosa por volver a verlos".

Anne lo miró con un poco de calma, y sus brazos se pusieron a los lados. "Papá sigue vivo. Vive en San José. Todavía tiene el silbato que te regaló en el cuello".

Wesley sintió que el sol le iluminaba el alma y le dieron ganas de saltar. Entonces se dio cuenta de que su corazón se hundía. Intentó tragar, pero el nudo en la garganta se lo impedía. "¿Qué pasa con mamá?"

Anne lo miró fijamente con los ojos húmedos. "Murió al darme a luz".

La habitación giraba a su alrededor mientras sus pensamientos se convertían en un descontrolado caos. Sus padres eran como el gato de Schrödinger, no estaban ni vivos ni muertos, porque nunca se había abierto la caja. Una parte de su imaginación siempre los consideraba vivos y sanos en algún lugar de Irlanda. Ahora sabía que su madre había fallecido. "Ya veo. Lo siento".

Ana se limpió las lágrimas de los ojos con un pañuelo. "¿Cómo era ella? Ma".

"Era hermosa. Tenía una mirada que haría que el mismo diablo confesara sus pecados. Tú tienes sus ojos. Tienes la mirada de Pa pero la mirada penetrante de nuestra madre".

Se rió de forma sollozante. "Patrick me decía a menudo lo intimidante que era. Ojalá hubiera podido ver esa mirada".

Wesley sonrió. "Mírate en el espejo y lo verás". Esperó, pensando más en su madre. "Recuerdo cuando llevó pollos a la casa del vecino. Ellos habían perdido a su hijo, y ella les llevaba regalos nuevos cada semana. Cuando le pregunté por eso, dijo que era lo que los vecinos debían hacer".

"Papá dijo que ella tenía un buen corazón. Eso fue algo que logró compartir".

Wesley se llenó de cariño cuando otro recuerdo vino a su mente. "Una vez vi un intercambio con un comerciante en el que trató de darle a Ma menos dinero por unos juguetes que Pa había hecho. Pa intentó calmarla, pero ella se lanzó contra él mostrando una furia de palabras que dejó los oídos del comerciante ardiendo. Le dio el dinero, y nunca más le dio menos a Pa".

Ana se rio. "Patrick puede haber visto mi temperamento una o dos veces".

Wesley cerró los ojos. Las lágrimas intentaban caer, pero se las arregló para contenerlas. "Me recuerdas a ella. Aunque no la volveré a ver, me alegro de haberte visto. Pero dime, ¿cómo es posible todo esto? ¿Cómo sigues viva?"

"Un retrovirus. Abuelito lo llama 'El Beso del Cuervo'. Dice que la gente poderosa nos buscará si lo revelamos".

Algo de frío recorrió el cuerpo de Wesley mientras su pulso se aceleraba. ¿Qué le ocurriría a Candace? ¿Quiénes eran esas "personas poderosas"? Cualquier duda sobre si el arresto de Candace no estaba relacionado con él desapareció en un instante, como una nube de humo arrastrada por un fuerte viento.

"Me reuní con una investigadora de microbiología llamada Dra. Candace Rosenbach", dijo Wesley. "Dejé que me tomara una muestra de sangre para un proyecto de investigación. Quería respuestas. Pensé que ella me ayudaría a descubrir por qué no envejezco para poder compartirlo con el mundo". Hizo una pausa. "Estoy cansado de estar solo en este mundo lleno de gente".

Anne quedó desconcertada. "¿Cómo conociste a esta mujer Candace?"

"Recibí por correo una foto de hace cuarenta años en la que aparecía yo, Candace y su tío, Jonathan Moore. Candace sólo tenía cinco años. La carta estaba dirigida a mi anterior identidad falsa, Vance Malloy, que no he utilizado en cuarenta años. También había una fotografía de una mujer con la que salí en esa época, llamada Beth Norbeck. Sospeché que lo había enviado ella, pero descubrí que había muerto hace veinte años".

Anne se puso pálida y de mal color. "¿Quién envió las fotos?"

Wesley se encogió de hombros. "No lo sé, pero pensé que Jonathan podría ayudarme a averiguarlo. En el proceso, descubrí que Candace es ahora microbióloga. Es la sobrina de Jonathan y estaba buscando respuestas. No me creyó cuando le dije que tenía trescientos treinta y dos años".

Anne sacudió la cabeza. "¡Qué maravilla!"

Era fácil para ella juzgarlo. Ella no había vivido su vida. Wesley cerró el puño y apretó la mandíbula un par de veces mientras la miraba fijamente. "Quería intentar decirle a alguien la verdad. Intenté estar bien con estar solo y ganar mucho dinero y seguir adelante para vivir nuevas vidas. Pero ahora es imposible cambiar de identidad con toda la tecnología -teléfonos inteligentes, autos inteligentes, smartwatches- y estaba cansado. No me habían dado ninguna indicación al respecto. Por lo que yo sabía, era el único que experimentaba esto. ¿Qué daño podría causar? Quería evitar que otras personas enfermaran. Quería saber por qué no había envejecido. ¿Entiendes por qué he vivido así, con esta culpa, sobreviviendo mientras los que amaba perecieron ante mí?".

Ana levantó las cejas y luego habló. "¿Has terminado con tu discurso?"

¡Qué mujer tan exasperante! Wesley fue a toda prisa hacia la puerta y giró el picaporte.

"No te vayas".

Se giró para mirarla mientras las lágrimas corrían por su rostro. "¿Por qué no habría de hacerlo? ¿Quieres seguir regañándome?"

Ella le puso una mano en el hombro. "Por favor, siéntate".

Wesley se tiró en el sofá. Le temblaban las manos mientras miraba a Anne, sentada a su lado con la cabeza inclinada hacia un lado, con la cara roja por las lágrimas.

"No me falta comprensión en este asunto, hermano. Tengo a nuestra familia, con la que puedo compartir esto, y eso ha sido una bendición. Si no hubieras huido, habrías tenido lo mismo".

Más críticas. Apretó la mandíbula y comenzó a levantarse, pero Anne lo empujó firmemente en el hombro, instándolo a quedarse. Le tomó la mano. La calidez de la misma lo llenó, y él le sonrió.

"He dejado de lado muchas relaciones porque no era posible ser sincera", dijo Anne. "Si le decía a una persona con la que estaba saliendo lo del retrovirus, tendríamos que ser compañeros de por vida, lo que pone una dura expectativa en cualquier relación que esté en proceso. No entiendo cómo puedes contarle esto tan despreocupadamente a alguien que ni siquiera conoces, y además darle muestras de tu sangre. Una decisión tonta e impulsiva en el mejor de los casos. ¿Has pensado en las consecuencias a largo plazo?"

¿Era posible que Anne no juzgara constantemente? Wesley respiró lentamente, obligándose a mantener la calma. Tal vez ella tuviera buenas intenciones. "Lo hice. Quería ayudar a la gente. Mi amigo Jonathan murió, y fue más de lo que podía soportar ver a otro amigo morir de viejo mientras yo he sido bendecido por no envejecer. ¿Por qué debemos ser los únicos en tener este don? ¿Por qué debemos seguir ocultándolo al mundo? ¿Qué hay de malo en enseñarlo?".

Ana permaneció sentada en silencio durante unos largos instantes. "Al principio, tal vez esté de acuerdo contigo, pero tenemos enemigos poderosos. No sé mucho: a la abuela no le gusta hablar de eso".

"¿Sigue vivo el abuelo Emmitt?"

"Sí. Él y la abuela Alomena viven en Ciudad de México".

Wesley se sintió emocionado. No había visto a ninguno de los dos desde que tenía cuatro años, cuando se fue a las Colonias. Lo invadían recuerdos difusos, pero no podía distinguirlos. Había pasado demasiado tiempo para recordar sus rostros. Demasiados recuerdos de tantas otras personas en el camino.

¿Qué pasa con Candace y el FBI? Wesley tenía que decírselo. Su respiración se aceleró. "Tengo que decirte algo".

La preocupación cubrió el rostro de Anne, pero ella le indicó que continuara.

¿Qué tanto lo iba a regañar ahora? Tal vez ella podría hacer algo para ayudar. Tenía que decírselo, a pesar del riesgo de que lo regañaran. "Un agente del FBI llamado Ahad Atenoud ha acusado a Candace de bioterrorismo y la ha detenido hoy. Mi abogado, Gordon Weinberg, está intentando conseguir más información".

"Maldita sea", dijo Anne antes de ponerse en pie y pasearse de un lado a otro. "Tengo que hablar con Pa, y estoy segura de que habrá un control de riesgos. El hecho de que el FBI ya se haya involucrado me hace pensar que te han estado siguiendo. Podría ser demasiado tarde. Ya abriste la caja de Pandora".

"¿Cómo puedes comparar esto con la caja de Pandora? ¿Qué peligros estoy desatando sobre el mundo? Sólo podemos ayudar al mundo con esta información. No hay razón para que ocultemos el secreto. Durante mucho tiempo pensé que guardar este secreto era lo correcto, pero no lo es".

Ella entrecerró los ojos al verlo. "Se trata de gente poderosa, y no estamos preparados para luchar contra ellos. Todavía no".

Wesley tamborileó con los dedos en el sofá. "¿Qué propones que hagamos?"

"Pa está trabajando en algo. Creía que ya había aprendido a tener paciencia. Tengo que llamar y hablar con él. Mientras tanto, veré si hay algo que podamos hacer para ayudar a tu amigo. Te sugiero que te abstengas de volver a hablar con ella o con cualquier otra persona sobre esto".

"Muy bien. Te encargo esto". Wesley se dirigió a la puerta.

"Espera", dijo mientras lo abrazaba y lloraba. "Lo siento. Ha sido toda una vida preguntándome por qué tenías que morir y presenciando el dolor de Pa. Me alegro de que estés vivo y quiero conocerte mejor. Siento haber sido dura contigo".

La rabia se desvaneció mientras la calidez lo llenaba. "Escucha, Anne. Yo también me alegro de haberte conocido. Tenías razón. Pensé que podía seguir yendo a nuevos lugares para empezar una nueva vida. Pero siempre huía de las cosas que había hecho".

Ella sonrió. "Cuídate mucho".

CAPÍTULO DIEZ

Un hombre corpulento con gafas gruesas estaba sentado en una silla junto a la cama de Candace. Llevaba una especie de bata de hospital y, cuando intentó mover las manos, no respondieron como ella esperaba. Por alguna razón, su cerebro no parecía estar coordinado con sus músculos. ¿Qué clase de droga le habían dado?

El hombre la miró fijamente con su larga nariz. "Hola. Tengo algunas preguntas para usted. Me gustaría saber qué es lo último que recuerda".

Intentó mover la cabeza, pero sintió cierta desorientación al hacerlo. "¿Dónde demonios estoy y quién eres?".

Cuando el hombre sonrió, su enorme rostro se hizo aún más grande. "Está en una instalación del FBI. Quién soy no es relevante para nuestra conversación. ¿Puede responder a mi pregunta, por favor?"

"No voy a decir nada hasta que me traigas un abogado, por lo que sea que crees que..." Candace dejó de hablar cuando sintió un intenso dolor en los dientes, como una descarga eléctrica que iba desde la mandíbula hasta la lengua. Un dolor que sentía como si tuviera una prensa en la sien. Un dolor como nunca había sentido en su vida. Los pulmones le ardían y partes de su cuerpo que no sabía que podían doler le ardían. Quería gritar, pero su cuerpo estaba paralizado por la absoluta agonía física.

El hombre resopló. "Veo que no piensa facilitar las cosas. Le volveré a hacer la pregunta. Si decide no responder, el dolor será mucho, mucho más intenso".

¡Dios mío! ¿Cómo puede ser posible?

El dolor disminuyó y ella respiró rápidamente, inhalando el aire dulce. El hombre levantó una ceja y Candace levantó las manos. "De acuerdo, de acuerdo. No vuelvas a lastimarme. Dame un momento para recuperarme, por favor".

Ella se estremeció y sus dientes rechinaron. El miedo se apoderó de ella, el miedo a sentir ese dolor que nadie debería sentir nunca. ¿Cómo habían podido causarle tanto dolor? No había nada atado a su cuerpo, ni siquiera las esposas. Tal vez debía salir corriendo por la puerta.

Volvió a fijarse en el hombre, con un gesto de dolor al pensar en lo que podría hacerle. "Yo... recuerdo que estaba en mi laboratorio, trabajando en un proyecto. Acababa de comer con mi amigo".

El hombre asintió y le indicó que continuara. Por lo que sintió un gran alivio en su cuerpo, como el sabor del chocolate y el placer de ser abrazada al mismo tiempo. Su respiración se calmó.

"Estaba revisando los datos de un experimento en mi laboratorio cuando los agentes del FBI entraron y me acusaron de bioterrorismo. Alguien me inyectó algo".

El hombre mostró sus relucientes dientes blancos al sonreír ampliamente. "Bien. ¿Puede contarme lo primero que recuerda?"

Se precipitó al hablar. "Recuerdo que mi hermano mayor, Andy, me enseñó a jugar al *Super Smash Bros*. Yo hacía de Rosalina y él era Donkey Kong. Yo tenía cuatro años. Mi padre vino y jugó con nosotros. Creo que jugaba con Link. Andy se enfadó porque papá me ayudaba a ganar". Era uno de sus primeros y últimos recuerdos de su padre antes del accidente de auto.

El hombre se frotó la barbilla. "Has olvidado algo. Al final. ¿Qué era?"

Se quedó sorprendida. ¿Cómo era posible que él lo supiera? Por temor a sentir más dolor, le dijo. "Estaba pensando en que fue una de las últimas veces que vi a mi padre antes de que muriera en un accidente automovilístico".

El hombre mostró una gran sonrisa, satisfecho de sí mismo. "Voy a hacerle unas cuantas preguntas básicas". Frunció las cejas mientras se concentraba en algo. "¿Está familiarizada con el concepto de matriz de almacenamiento de estados neurológicos subatómicos?"

"No. Nunca he oído hablar de algo así, pero por el nombre, podría adivinar lo que es".

Él levantó la mano y descartó su idea. "No hace falta. No estoy pidiendo suposiciones". Volvió a mirar algo, pero no había nada en la pared donde sus ojos se enfocaban. "¿Ha diseñado alguna vez un virus mortal?"

A Candace se le revolvió el estómago. ¿La obligarían a confesar con más dolor? Cerró los ojos anticipándose a la agonía mientras respondía. "No".

Para su alivio, el hombre volvió a asentir. "¿Cuál es la naturaleza del proyecto de clasificación de virus que están realizando sus estudiantes de posgrado?"

Respiró profundamente varias veces, forzándose a relajarse. Su mano temblaba esperando otra descarga del castigo que podrían infligir. "El objetivo es clasificar los virus en una población de muestra, lo suficiente para caracterizar lo que llamamos un virome. Queremos identificar las relaciones entre varios microorganismos y cómo evolucionan con el tiempo. Esperamos también identificar oportunidades para clasificar los fagos".

Nuevamente el hombre se quedó mirando algo, y luego continuó. "¿Ha trabajado con alguien aparte de sus estudiantes de posgrado?"

Ella negó con la cabeza. "No".

Nuevamente sintió un gran placer y respiró rápidamente varias veces antes de notar que el hombre la miraba fijamente con una extraña expresión en su rostro. El hombre se aclaró la garganta. "¿Con quién compartió la información sobre el retrovirus que encontró en Wesley O'Keefe?"

Candace se mordió el labio. "Con nadie". Una descarga de dolor la atravesó, obligándola a arquear la espalda y a echar la cabeza hacia atrás. Intentó levantar un brazo para pedirles que se detuvieran. Intentó gritar. Pero no podía mover ninguna parte de su cuerpo. Cuando disminuyeron los efectos, respiró rápidamente varias veces y esperó a que pudiera volver a ver la habitación y al hombre.

El hombre emitió un sonido de pitido. "Me temo que necesitamos que diga la verdad, doctor Rosenbach". Le sonrió con lo que probablemente era una sonrisa de compasión, pero la forma en que revelaba sus dientes la hacía parecer siniestra, como la sonrisa de un payaso malvado.

Candace tomó sus manos temblorosas y forzó su boca para poder hablar. Saboreó la sal de sus lágrimas mientras se lamía los labios. De alguna manera sabían cuando ella estaba ocultando información o mintiendo. "Hablé con mi amiga la profesora Dianne Erdlen sobre Wesley. Le dije que había dicho que tenía más de trescientos años. No le hablé del retrovirus en ese momento, porque no lo conocía. Para entonces no había terminado mi análisis de laboratorio. Lo juro".

El hombre volvió a mirar algo y luego asintió. "Le creo". Esperó. "Ahora, ¿qué sabe de este nuevo virus que ha encontrado en todos los sujetos de prueba?"

¿Había una forma con la que no supieran cuando ella omitía algo o mentía? Podía realizar muchos cálculos matemáticos mientras hablaba. Sin embargo, recordar la tortura que sufrió le impidió realizar ese experimento. No, ella cooperaría, haría todo lo que fuera necesario.

"Todavía no sabemos mucho. Sospechamos que se trata de un mecanismo de entrega diseñado, porque los modelos muestran que no tiene ningún impacto".

El hombre levantó una ceja. "¿Por qué han llegado a esa conclusión? ¿No hay millones de virus sin descubrir? ¿No es ese el objetivo de su estudio?"

Este hombre sabía más que un agente promedio del FBI. Cuando alguien le planteaba preguntas, era porque sabía lo que estaba haciendo.

"En los últimos años se han realizado muchos experimentos para ordenar y clasificar los virus", respondió Candace. "Hemos encontrado millones de virus provechosos, y sólo un pequeño porcentaje son perjudiciales, o patógenos. Todas nuestras investigaciones recientes apuntan a que la vida, tal y como la conocemos, sería imposible sin los virus. Yo formulé la teoría de que se trataba de una bioingeniería, porque estaba presente en todos los sujetos y no hace nada, a pesar de que tiene una gruesa cubierta de proteínas. Creemos que puede haber otro virus dentro de este que hemos encontrado".

El hombre se movió en su asiento. "¿No le parece que es más bien una intuición arriesgada? ¿Determinaron realmente las propiedades de este 'virus interno', o se trata de una especulación descabellada?"

A pesar de que amenazó con causarle más dolor, ella miró al hombre con total indignación. "Yo no lo llamaría 'especulación descabellada'. Soy una científica y sé cómo ver los datos de forma objetiva. Siempre recurro a la selección natural. Me parece improbable que un mecanismo así se haya desarrollado sin dar a un organismo más posibilidades de supervivencia. Siempre me pregunto: "¿Cómo lo ayuda a sobrevivir?". Si no puedo responder a eso, sé que tengo que investigar más. En este caso, parece algo creado por la bioingeniería y no algo que se desarrollaría en la naturaleza. Admito que es sólo una corazonada en este momento, pero me opongo a que lo llame especulación descabellada".

El hombre hizo un gesto de desaprobación con la mano. "¿Así que no ha encontrado nada que apoye su descabellada teoría?"

"No". Al decirlo sintió un gran placer en su cuerpo. De nuevo el sabor del chocolate en su boca y una sensación como si le hubieran dado un cálido abrazo.

"¿Cómo conociste a Wesley O'Keefe?"

"Vino a visitar a mi tío, Jonathan Moore, y dejó allí su tarjeta de visita. Mi tío me dejó un mensaje de voz diciendo que Wesley podía ayudarme con mi investigación".

El hombre sonrió sin ganas. "¿Hay algo que no me hayas dicho?"

De alguna manera, tendría que encontrar la forma de proteger sus pensamientos. Entrecerró los ojos hacia el hombre. "Cuando estuve en la habitación tras la muerte de Jonathan, una enfermera llamada Anne O'Keefe estaba allí. Me mostró un vídeo de Wesley entrando antes y quería saber más sobre él. No me parecía demasiado extraño, pero cuando pregunté a la recepcionista por ella, me dijo que no tenían ninguna Anne que trabajara allí". Candace se concentró y se imaginó a sí misma en el lago Chelan cuando tenía dieciséis años, practicando esquí acuático con sus amigos.

"Retrocedamos un poco. ¿Subiste alguna información sobre los virus que secuenciaste a la nube, o la guardaste toda en sistemas de archivos locales?"

Ella estaba en el lago, disfrutando de su estancia con sus amigos. Ella no estaba aquí. *Sigue pensando en el lago.* "Lo guardé en sistemas de archivos locales".

Se sintió invadida por un dolor punzante, como si la piel le ardiera en todo el cuerpo. Todos los pensamientos ajenos a la agonía desaparecieron. Se retorció indefensa en la cama hasta que el dolor finalmente cesó.

"¿Le importaría cambiar su respuesta?"

No funcionó el truco que hizo. Sabían que estaba mintiendo. "He subido toda la información a la nube".

El hombre asintió. "Voy a necesitar las credenciales correspondientes a su clave de acceso. Una vez que verifiquemos que podemos acceder a sus datos en la nube, la dejaremos en paz y la dejaremos descansar. ¿Está de acuerdo?"

Candace sintió un malestar en el estómago. Lo borrarían todo. "Esto no es legal. No se puede torturar así a los ciudadanos americanos. Incluso si se sospecha de bioterrorismo. Tengo derechos. Quiero un abogado".

El hombre negó con la cabeza. "Estaría en lo cierto si fuera real. Afortunadamente para nosotros, los organismos digitales no tienen derechos. Puedo hacer que el dolor dure mucho, mucho más tiempo. ¿Va a cooperar entonces?"

"¿De qué estás hablando?"

"Hemos escaneado su estado neural en una matriz de almacenamiento cuántico. Su cuerpo, y todo lo que experimenta, es proporcionado por interfaces sensoriales simuladas. Es la razón por la que puedo causar dolor o placer a voluntad. La verdadera Candace está en casa ahora mismo". Esperó unos instantes. "Ahora, en cuanto a esa contraseña".

CAPÍTULO ONCE

Candace sintió unas enormes náuseas que la obligaron a correr de nuevo al baño. Tenía borrosos recuerdos de haber sido cargada por hombres con traje hasta la puerta de su casa mientras un sedán negro se alejaba a toda velocidad. De pronto, un olor a bilis la invadió, mientras la pared de la sala de estar de su casa cobraba vida. ¿Qué había pasado exactamente?

Candace miró su reloj. El 9 de junio. Cuando la arrestaron, era 6 de junio. No recordaba nada de los últimos tres días.

Los hombres habían entrado en su laboratorio y le habían dicho que estaba detenida. ¿Y luego qué?

Sintió una fuerte presión en su cabeza, como si hubiera usado un casco de bicicleta demasiado pequeño durante varios días. *Enfócate*. Recordó la punzada de la aguja que le habían clavado en su piel. Seguro que la habían arrestado y drogado. *Esos desgraciados*. ¿Creen que se saldrán con la suya?

Pasó del delirio a la rabia a medida que se molestaba. Metió su mano en el sujetador, buscando el pequeño dispositivo de rastreo que le había dado Dianne. Todavía estaba allí. Corrió hacia su computadora y abrió el programa de rastreo, pero los datos no tenían sentido. La aplicación mostraba que había estado en un lugar a unos sesenta kilómetros al noreste de su casa durante los últimos tres días. Acercó la ubicación del satélite y vio una pequeña cabaña rodeada de un campo de hierba con varios pinos que se alzaban hacia el cielo. ¿Hay allí una instalación del FBI, en medio de un entorno rural de casas agrícolas? No parece que sea posible.

Candace se dio una larga ducha. El agua caliente calentó su piel y el vapor llenó sus pulmones de humedad. La toalla estaba colgada en la barra de la cortina y ella se secó rápidamente antes de ponerse ropa cómoda. Se puso una sudadera con capucha y unas gafas de sol que le cubrían la cara. Claro que estaba nublado, pero como la mayoría de la gente de Seattle, se las ponía de todos modos por si se producía un repentino cambio de nubes.

Le temblaron las manos al llamar a Dianne, pero la llamada acabó en el buzón de voz. Seguramente Dianne estaba en un avión. ¿Su localizador le indicaría que estaba en algún lugar sobre el océano Atlántico en ese momento? Candace abrió la aplicación, esperando ver a Dianne de camino a Europa. En cambio, descubrió que Dianne estaba en el mismo lugar donde ella había estado.

Candace buscó en su botiquín un medicamento para aliviar las náuseas. Encontró un Zofran y dejó que se disolviera bajo su lengua mientras pensaba en qué hacer. Se imaginó la conversación que podría tener con la policía o el FBI: "Entonces, ¿me está diciendo que alguien la llevó a un lugar durante tres días, dijo ser del FBI y ahora tiene a su amigo allí? De acuerdo. Ahora mismo vamos".

En cambio, llamó a Wesley.

"¿Candace? ¿Estás bien?"

Conmovida por la preocupación en su voz, tragó saliva antes de responder. "Sí. ¿Podemos vernos en algún sitio? Te daré la dirección de una cafetería en Everett. Necesito tu ayuda".

"¿Everett? ¿Por qué tan lejos?"

Ella apretó el dorso de su nariz. Su cabeza seguía doliendo. "No puedo explicarlo ahora mismo. No por teléfono. ¿Podemos vernos?"

"Claro. Estaré allí".

CANDACE NO SE DIO CUENTA de la moderna decoración de la cafetería, que tenía tragaluces y plantas que colgaban del techo, y varias filas de bancos de madera que enmarcaban grandes mesas con luces colgantes sobre ellas. Sólo había elegido el lugar porque estaba cerca de la I-5. Un joven vino a tomar su pedido. *Era una persona real... qué anticuado.*

"¿Puedo ofrecerle algo de beber?"

Candace asintió. Probablemente no lo tocaría, aunque parecía que las náuseas se le estaban pasando. *Gracias al Zofran.* "Tomaré un capuchino y un té con leche".

El hombre asintió cortésmente y sonrió.

Miró su reloj. ¿Cuánto tiempo tardaría Wesley en llegar? Una mujer que estaba en otra mesa la miró boquiabierta y Candace se dio cuenta de que había estado tamborileando con los dedos en la superficie del banco. Intentó sonreír, pero sus músculos faciales estaban muy tensos. Se disculpó en un tono penoso.

Wesley entró en la cafetería y, cuando Candace se levantó, la abrazó. Ella decidió abrazarlo también. Al acercarse a él, olió su colonia, con suaves toques de sándalo y cedro fresco. Se sintió reconfortada en sus brazos y siguieron abrazados hasta que se tranquilizó.

Wesley dio un paso atrás. "De camino aquí, mi abogado me dijo que el FBI te había liberado". Sus cejas se fruncieron al ver a la mujer. Debía verse espantosa. "¿Qué ha pasado?"

Se sentaron y Candace se puso a pensar.

El camarero llegó con sus bebidas, y ella sostuvo la taza de capuchino caliente sobre su pecho del mismo modo en que una persona perdida en un frío bosque agarraría una manta. Miró por la ventana antes de volver a mirar a Wesley.

"No recuerdo lo que me pasó. Creo que me drogaron. Probablemente debería ir al médico y pedir un informe toxicológico".

"¿Te dijeron por qué estabas allí? ¿Qué te preguntaron?"

Candace negó con la cabeza. "No lo sé. Recuerdo cuando me arrestaron, y recuerdo que me dejaron en mi casa. Los demás recuerdos ya no existen. Tres días. Borrados".

Wesley no había tocado su té. Se frotó la barbilla. "¿Por qué? Mi abogado me dijo que podían retenerte hasta setenta y dos horas antes de acusarte si sospechaban de bioterrorismo". Entrecerró los ojos. "¿Sabes cuánto me cobró ese hombre, sólo para llamarme de camino para decirme que te habían liberado?".

Ella levantó una ceja. "¿Pagó para saber lo que me estaba pasando?"

Él hizo un gesto con la mano. "Sí. Lo siento. Estaba preocupado por ti". Tomó un sorbo de té lentamente, y luego asintió en señal de agradecimiento por la bebida. "Intenté que te soltaran, pero me dijo que te habían acusado de bioterrorismo y que no tenías ningún derecho durante tres días. Estuve mal. Oh, ha pasado algo más mientras estabas ausente". Echó un vistazo a la cafetería y luego se inclinó hacia delante de manera indiscreta. Susurró: "Me encontré con mi hermana".

Wesley le contó los detalles de su encuentro en su apartamento y todo lo que habían hablado.

"¿Ella te invitó a su apartamento, a alguien que no conocía?" preguntó Candace.

"Lo sé. Mi hermana es una mujer difícil. Me recuerda a mi madre. Pocos se atrevían a cruzarse con ella, y los que lo hacían nunca la olvidaban". Se mordió el labio. "Mi madre murió al dar a luz a mi hermana, Anne".

"¿Anne? ¿La mujer de la habitación de Jonathan era tu hermana?"

Wesley frunció las cejas. "¿Otra vez?"

Candace relató su encuentro con Anne y cómo la había llamado.

Sin embargo, Wesley miró el reloj por un segundo antes de responder. "Ella no me lo ha mencionado. Tengo la sensación de que Anne me ha estado siguiendo durante un tiempo. No creo que estuviera en la habitación de Jonathan por casualidad. Me dijo que hemos vivido mucho gracias a un retrovirus que mi abuelo llama "el Beso del Cuervo", sea lo que sea que eso signifique".

Tal vez fue el susto, o tal vez las drogas que le habían dado, pero Candace se dio cuenta de repente de la gravedad de su situación. Su rostro estaba pálido. "Lo siento, pero tendremos que discutir esto cuando vayamos a salvar a mi amiga Dianne". Recogió su bolso y se levantó para irse.

Wesley le indicó que se sentara. "¿De qué hablas, por favor? Parece que has tenido un mal rato".

Habló con rapidez. "Mi amiga, la profesora Dianne Erdlen, me dio unos micro dispositivos de rastreo. Tengo uno en el tirante de mi sostén, al igual que ella. Compartimos nuestras ubicaciones en la aplicación. Muestra que estuve en algo que en las fotos de satélite parece una pequeña cabaña en tierras de cultivo al noroeste de aquí durante los últimos tres días. Se suponía que ella se dirigía a Venecia hoy para las vacaciones de verano. La aplicación muestra que está allí en las instalaciones".

Wesley negó con la cabeza. "¿Estás segura? No confío mucho en esas aplicaciones. La mayoría de ellas quieren vender tus datos a alguien".

Candace se cruzó de brazos. Sonaba como su tío. ¿No había evolucionado con los tiempos? "Dianne es una amiga de confianza y lo creo.

Te llamé porque necesito tu ayuda para ir a este lugar y encontrar a Dianne. ¿Me ayudarás o debo llamar a alguien más?"

Wesley parecía desconcertado y herido. "Te ayudaré, pero deberíamos primero llamar a la policía".

Golpeó con el puño la mesa. "¡No!"

Uno de los otros clientes la miró y luego desvió la mirada.

Wesley negó con la cabeza. "Lo siento, pero no creo que debamos hacer esto nosotros mismos".

Candace bajó la voz. "¡Wesley, era el FBI! ¿Cómo va a ayudar la policía local?" Intentó acercarse el capuchino a la boca, pero la mano le temblaba tanto que tuvo que dejarlo en su sitio.

Wesley se frotó la barbilla. "Sí, y ya sé que era el FBI, porque mi abogado verificó que te habían detenido. No creo que lo que están haciendo sea legal".

"Sin embargo, aquí estoy, demostrando que el FBI es capaz de hacer lo que les dé la gana si pueden etiquetar a alguien como terrorista. ¿Vas a ir conmigo o no? Porque tengo miedo de lo que puedan hacerle a Dianne".

Wesley se mordió el labio, sumido en sus pensamientos. Luego actuó con rapidez. "¿Cómo llegaste aquí?"

"En mi auto. ¿Por qué?"

"Estoy seguro de que el FBI debe estar siguiéndote. Puede que también me estén siguiendo a mí. Tengo una idea. ¿Puedes darme tu tarjeta de acceso al auto y tu dispositivo de rastreo?"

"Puedo, pero ¿por qué?"

"Voy a hablar con algunas personas para que lleven nuestros autos de vuelta a nuestras casas, y vamos a tomar un taxi hasta ese lugar en la granja para buscar a tu amiga".

"¿Quién haría eso?"

Wesley sonrió. "¿Lo harías si te ofreciera cuatrocientos dólares?"

"¿Qué? Eso es mucho dinero. Podría hacerlo si pensara que estaría a salvo".

"Les diré que es parte de una broma para las redes sociales. He oído que a los niños les gusta hacer eso".

Wesley se acercó a un hombre y negoció con él. Para su sorpresa, el hombre asintió, tomó el dinero y salió de la cafetería. Hizo un trato similar con una mujer joven. Le dio más dinero y le guiñó el ojo a Candace.

En breve, estaban en un taxi que se conducía a sí mismo de camino al lugar.

Candace lo miró. "Eso fue impresionante. Gracias por hacerlo".

Él asintió y sonrió. "No fue nada".

"¿Qué me dices de este Beso del Cuervo? ¿Anne te explicó cómo te contagiaste de este retrovirus cuando nadie más lo hizo? Hice modelos y sugieren que el sistema inmunológico humano impide la inserción del virus".

Wesley se encogió de hombros disculpándose. "No. Lo siento, no pregunté. Estaba demasiado alterado por otra noticia que me dio".

Candace le puso una mano en el hombro. "Oh. ¿Qué dijo?"

"Mi madre". Él suspiró largamente. "Me afectó mucho. Murió dando a luz a Anne hace más de trescientos años. Sé que no debería molestarme ahora, pero me molesta". Tomó aire. "Supongo que mi ignorancia fue una bendición".

Viajaron en silencio durante un rato. Entonces Wesley volvió a hablar. "Le hablé a Anne de tu arresto, y me dijo que gente poderosa intentaría detenerme si revelaba la existencia del retrovirus".

"Me pregunto si el hombre que me arrestó es uno de ellos". Candace le habló del agente Atenoud.

Wesley empezó a tocarse la oreja. "El hombre parece peligroso".

Candace asintió y miró por la ventana, sumida en sus pensamientos. Enfadada por haber sido arrestada y secuestrada sin causa probable la impulsó a seguir adelante. Apretó los puños, perturbada por la descarada actitud de aquel agente del FBI, que la llamaba bioterrorista cuando ella había hecho todo lo que estaba en su mano para prevenir enfermedades.

Al cabo de veinte minutos, el paisaje urbano dio paso a carreteras de un solo carril rodeadas de pinos y campos de hierba y marcadas con largas extensiones de cableado eléctrico tensado entre postes de madera. En una de las casas que pasaron había incluso una vieja y oxidada camioneta con motor de combustión interna. Candace sacudió la cabeza: ¿por qué alguien tendría una de esas hoy en día? Ya ni siquiera era legal conducirlas.

A medida que se acercaba al lugar, su respiración se aceleraba. ¿Por qué había venido hasta aquí? Tal vez Wesley tenía razón al decir que la policía se encargaría de la situación, pero ¿cómo iban a ayudarla las autoridades con este problema cuando eran ellas las que la habían metido en él? No. Ella había pasado tres días de su vida y no quería que otro funcionario le diera una respuesta de mierda. El vacío que sentía en la boca del estómago la incitaba a dar la vuelta al auto, a volver a casa, a disfrutar de la seguridad y el calor de su hogar y de una buena taza de café. Pero tenía que averiguar quién la había secuestrado y por qué.

El taxi se detuvo en el lugar, en un largo camino de tierra que conducía a un campo rodeado de pinos. Salieron del vehículo y lo vieron alejarse por el camino rural.

Wesley observó la zona y luego le susurró a Candace. "Esto no es más que una choza con techo de lámina en medio del campo. ¿Estás segura de que esto no es un error?"

Ella trató de mostrar confianza al responder, aunque en realidad no se sentía así. "Sí. Vamos".

Candace le hizo un gesto a Wesley para que la siguiera, y se acercaron sigilosamente a la línea de árboles en el límite de la propiedad, y luego se dirigieron al destartalado cobertizo. Ella agitó la manilla de la puerta pero resultó que estaba cerrada con llave. ¿Y ahora qué?

Sonó el fuerte zumbido de un motor eléctrico que aceleraba desde la carretera, y corrieron hacia los altos árboles de hoja perenne que rodeaban el claro. Candace agradeció en silencio a su tía por obligarla a participar en el atletismo en el instituto. Aunque eso había sido hace casi treinta años, la obligó a adquirir el hábito de correr tres veces por semana para mantenerse en forma. Jadeando, se arriesgó a mirar el camino de la entrada, donde un gran todoterreno negro se dirigía a toda velocidad hacia el cobertizo.

Dos hombres fornidos y con traje salieron del vehículo. Candace quedó paralizada cuando uno de ellos miró fijamente en su dirección. Permaneció inmóvil y en silencio, agradeciendo que estuviera demasiado nublado para que los rayos del sol se reflejaran en sus grandes lentes de sol. El hombre apartó la mirada y ambos se dirigieron al baúl, donde sacaron a un hombre débil y lo llevaron al cobertizo. Pasaron varios minutos sin que se produjera ningún movimiento.

Candace se levantó para ir hacia el cobertizo, pero Wesley le puso la mano en el hombro. "Yo iré. Si está despejado, te haré una señal. Si no, llama a la policía".

Ella asintió, un poco aliviada. Él se fue y su corazón se aceleraba mientras esperaba.

Pasaron varios minutos. ¿Dónde está Wesley?

Wesley apareció de nuevo y le hizo un gesto para que se acercara al cobertizo.

La adrenalina corrió por sus venas mientras corría hacia el cobertizo.

"La puerta está abierta. Hay una escotilla de acceso en el suelo ahí dentro". Candace se armó de valor. "Vamos."

Ella lo siguió hasta el interior. Por dentro se parecía mucho a lo que ella hubiera esperado de un cobertizo abandonado, con algunos utensilios de labranza oxidados en las estanterías. El suelo era de hormigón y una alfombra estaba apartada para dejar al descubierto una gran escotilla metálica de acceso. Cuando Wesley la abrió, el rechinido que produjo el metal sobre otro metal provocó un fuerte sonido. Varias luces a lo largo de la pared de abajo mostraron una larga escalera de metal. Candace se estremeció, y su corazón se aceleró con tanta fuerza que podía oír sus latidos.

Wesley volvió a susurrar. "Yo subiré primero. Si pasa algo..."

"Lo sé: llamo a la policía. Continuemos así. Dianne está en alguna parte".

Asintió rápidamente y bajó las escaleras. A través de la tenue luz, levantó el pulgar y ella lo siguió.

Continuaron con el plan de que Wesley entrara primero y Candace lo siguiera después de que él hiciera un gesto.

Llegaron a un largo pasillo con muchas puertas. Wesley se giró hacia ella. "¿Y ahora qué?"

Candace se encogió de hombros. Entonces un ruido al final del pasillo la sorprendió. Abrió la puerta más cercana a ella, ignorando todo el protocolo.

Wesley se apresuró a entrar tras ella y cerró la puerta.

La habitación no tenía mucha decoración, con un pequeño escritorio, dos sillas y un extraño casco con un grueso cable conectado a él. Cuando las voces se oyeron en el pasillo, se apresuraron a entrar en un pequeño armario.

Ella sintió el aliento caliente de Wesley en su cuello cuando los dos estaban apretados en el pequeño espacio. su pecho palpitaba como el de un conejo asustado. Cerró los ojos y trató de mantener la calma, y entonces una puerta se abrió rechinando.

Se oyó un murmullo en la habitación y luego la voz de un hombre. "¿Por qué tardan tanto estos escáneres?"

Una mujer respondió. "Con el número de qubits y de escáneres que tenemos, podemos escanear unas seiscientas mil neuronas por segundo. Tenemos cien mil millones de neuronas para replicar. Si haces el cálculo, eso lleva unos dos días".

Una voz enfadada respondió. "Lo que dije era retórico. Sé por qué tarda tanto. Sólo desearía que fuera más rápido".

Candace reconoció la voz del hombre. Sintió un escalofrío en todo el cuerpo. ¡Ahad! Se cubrió las piernas con los brazos y se balanceó un poco hacia atrás, tratando de evitar que se le durmiera el pie.

Ahad habló, esta vez con más autoridad y menos enfado. "Es hora de hablar con la doctora Rosenbach. Vamos a ver qué tiene que decir".

¡Oh, no! Sabían que estaba en el armario. Sacó las uñas, la única arma que tenía, y esperó que Wesley estuviera dispuesto a colaborar. Probablemente debería haber pensado en traer al menos un poco de gas pimienta. Se giró hacia la puerta. Como mínimo, le daría a Ahad una buena patada en la ingle. Se armó de valor y se preparó para la lucha.

Ahad habló. "Por favor, sácame de la simulación en quince minutos".

¿La simulación?

El único sonido que escuchó durante lo que le parecieron horas fue el de un teclado escribiendo de vez en cuando. ¿Simulación? ¿Qué demonios estaba pasando? Candace siguió moviéndose y dio un pequeño paso. Se quedó paralizada y esperó con pánico a que alguien abriera la puerta del armario. No vino nadie. Las piernas y los brazos se le dormían a medida que pasaban los minutos. El corazón le latía con intensidad mientras respiraba detenidamente.

La voz de Ahad rompió el silencio. "Parece que el escáner ha tenido éxito". Se rio. "La Dra. Rosenbach no estaba satisfecha conmigo. Felicidades. Ahora, vamos a Seattle. Hay alguien con quien tenemos que reunirnos".

"Sé lo que hago", respondió la mujer. "Por supuesto que funcionó. ¿Por cuánto tiempo nos iremos? Tengo mucho que hacer".

Ahad se rio. "Siempre eres la más trabajadora. En unas pocas horas. Relájate. Estas entidades digitales no van a ninguna parte".

"Sólo tenemos cuatro meses para terminar todo. No tenemos mucho tiempo".

"Tienes razón. Lo conseguiremos. No tenemos muchas opciones".

Se oyeron más crujidos y luego el sonido de una puerta que se abría y cerraba.

Candace dejó escapar un suspiro que llevaba mucho tiempo conteniendo. Inhaló varias veces y abrió la puerta del armario.

Señaló el casco sobre el escritorio. "Tengo que ponérmelo y ver qué están haciendo".

Wesley negó con la cabeza. "No. Tenemos que encontrar a tu amiga y largarnos de aquí. Es posible que Ahad trabaje para el FBI, pero está haciendo algo muy ilegal aquí. Debemos llamar a las autoridades. Ahora".

Candace tomó el casco y lo miró fijamente mientras hablaba. "Dijeron que sólo tenían cuatro meses. Sea lo que sea que estén haciendo, tenemos que descubrirlo y detenerlos. No sabremos de qué se trata si la policía viene aquí. Estoy seguro de que Ahad ha encontrado una manera de hacer que todo esto parezca legal".

Wesley anduvo caminando por el lugar. "De acuerdo. Ponte esa cosa y a ver qué pasa. Te lo quitaré de la cabeza en cinco minutos".

Candace se sentó en la silla y se colocó el voluminoso casco en la cabeza.

Se escuchó un sonido como el de una corriente de agua cayendo en un balde, por lo que su vista se desvaneció. Se dio cuenta de que estaba en una pequeña habitación con paredes blancas y una sola puerta. Giró el pomo de la puerta y se quedó boquiabierta cuando vio a la persona sentada en un pequeño catre. Se estaba mirando a sí misma.

La otra Candace seguramente vio la expresión de sorpresa en su rostro. "¿Qué ocurre, doctora? ¿Ha olvidado su estetoscopio?"

Candace se miró las manos. Las manos de un hombre. Se frotó la muñeca con la otra, y su cabello rizado causó una extraña sensación. Se quedó boquiabierta. Lo sintió, como si estuviera tocándolo en la vida real. La Candace simulada la miró con la boca abierta.

"Lo siento", dijo Candace a su doble. "Escucha, no tengo mucho tiempo. No soy quien crees que soy. Soy tú, y tú no eres tú. ¿Tiene sentido?"

La Candace simulada se cruzó de brazos. "¿Es otro cruel truco? Ya he sufrido bastante tus abusos y torturas. ¿Y ahora esto? Me has dicho que tuve una especie de accidente. Lo último que recuerdo es estar en mi laboratorio de la universidad, investigando. Ahora suenas como un loco. ¿Quién demonios eres tú?"

Candace se esforzó por recordar algo y luego dijo lo que le vino a la mente. "Cuando la tía Harriett se estaba muriendo, le susurramos al oído la promesa de que encontraríamos la forma de curar el cáncer, o moriríamos en el intento. ¿Te acuerdas de eso?"

La otra Candace hizo un gesto. "Estoy segura de que eso lo podría haber averiguado cualquiera. La mayoría de mis alumnos de posgrado saben por qué me empeño en encontrar una cura. Si tú fueras yo, sabrías algo más. ¿Dónde puse el billete de diez dólares de la alcancía de Andy?"

Candace nunca se lo había contado a nadie. Ella recordó haber escondido los diez dólares en la parte trasera de un marco de fotos. Luego lo había olvidado. El dinero cayó del marco de fotos cuando lo colgó en la pared de su dormitorio en el MIT. Ella había pensado en llamar a Andy para contárselo en ese momento, pero nunca lo hizo. ¿Cómo esta cosa, sea lo que sea, tiene todos sus recuerdos? "Lo puse detrás de un marco de fotos cuando tenía ocho años. La tía Harriet se lo regaló por hacer tareas, y yo estaba celosa".

Su versión simulada se tapó la boca con la palma de la mano y se quedó mirando durante unos instantes. Su cara mostraba sorpresa. Sacudió la cabeza. "Pensé que me estaban engañando. Creía que, de alguna manera, seguía siendo real y que me despertaría de la psicosis inducida por las drogas que habían creado. Esperaba que no fuera cierto".

Candace también deseaba que no fuera cierto. ¿Cómo y por qué le habían hecho esto? Le quitaron su privacidad e hicieron una copia de ella. ¿Cómo era posible esta tecnología? Agitó los hombros de Sim Candace. "Escúchame, y escucha con atención. No tengo mucho tiempo. Fui detenida y drogada por el FBI, por un hombre llamado Ahad Atenoud. No puedo recordar nada de lo que pasó en los últimos tres días. No sé lo que quiere, pero sospecho que tiene algo que ver con la investigación que estábamos haciendo con Wesley O'Keefe. No importa lo que te haga, no le digas a él ni a nadie que entre aquí sobre nuestra investigación. Escuché a Ahad y a una mujer hablando de hacer un escaneo neural. Esta gente no es quien crees, no importa lo que digan o hagan. Este lugar está en medio de una granja en un pequeño pueblo llamado Lochsloy, cerca de Marysville. Estamos en una especie de planta subterránea".

Sim Candace miraba de un lado a otro y sacudía más la cabeza. Su boca se abrió y se cerró varias veces, pero no dijo nada. "Yo..." Se puso las manos en la cara y se cubrió los ojos. Se quitó las manos y miró hacia atrás. "Ya les he contado todo. Me han causado más dolor del que he sentido en toda mi vida. También tienen una forma de hacerme sentir..." Hizo una pausa e hizo una mueca, luego tragó con fuerza. Hizo una pausa e hizo una mueca, luego tragó con fuerza e hizo un gesto con los labios, que se convirtieron en un gruñido. "Me hacen sentir placer. Me da asco. Es como si me violaran mentalmente. Sé que están haciendo un proceso de condicionamiento operante. Pero..."

"¿Así que les contaste lo de Wesley y Dianne?"

Ella asintió. "Sí. También les di acceso a tu servidor en la nube. Pueden conectarme a Internet desde aquí. Parece que hay una interfaz entre esto y el mundo real. Por favor, sácame de aquí. Nada de lo que sabes o has hecho es seguro. No puedo soportar la tortura. Al no tener un cuerpo físico, pueden provocarme una sensación de dolor durante más tiempo del que creo que sería posible en la vida real antes de desmayarme". Sacudió la cabeza y se cubrió la cara. "No puedes imaginar lo horrible que es. Por favor, necesito tu ayuda".

Candace se acercó a ella y la abrazó, luego se sentó a su lado y la tomó de la mano. "No sé qué es esto ni cómo lo han hecho, pero te prometo que te sacaré de aquí de alguna manera. Sólo pensar que estos imbéciles tienen acceso a todos mis recuerdos es algo que me desconcierta".

Sim Candace asintió con la cabeza y se quedó mirando la pared durante mucho tiempo antes de hablar. "Averiguaré lo que quieren, y encontraré la manera de localizarte. Conozco todas sus direcciones de correo electrónico". Se rio, aunque no mostró mucha alegría. "Me siento real. Me pregunto si eres tú la de la simulación. No te pareces exactamente a mí".

Ambas rieron a la vez. "Esta tecnología me fascina. Me puse un casco grande. Hubo un fuerte ruido de silbido, y luego estuve aquí. El casco parece haber interceptado las interfaces sensoriales neurales de mi cerebro y me metió en esta simulación. No puedo imaginar lo que están haciendo aquí".

Sim Candace derramó una lágrima. "Tengo miedo".

Candace le acarició el pelo en señal de simpatía. "Yo también. Esta gente tiene muchos recursos. Yo-"

Todo se difuminó a su alrededor, y luego todo se oscureció cuando un extraño sonido de estática invadió sus oídos.

Wesley estaba allí, sosteniendo el casco en sus manos. "¿Funcionó? Te has movido un poco, pero aparte de eso, no has respondido a nada de lo que he dicho. Cuando te toqué en el hombro, no reaccionaste".

"Sí. Nunca había experimentado algo así. Sentí todo con mis manos. Tocaba las cosas. Estaba ahí dentro, copiada y digitalizada. Hablé conmigo misma. Me están torturando ahí dentro".

Wesley se mordió el labio y se frotó la barbilla. "Vamos a buscar a tu amiga. Tenemos que irnos".

"Espera, por favor".

Candace husmeó en el monitor y el teclado, y luego se metió en una interfaz en la que podría escribir algo de código. Escribía rápidamente sobre las teclas. Wesley golpeaba con los dedos a medida que pasaban los minutos, y ella seguía escribiendo códigos. Compuso un mensaje y, al cabo de un minuto, recibió una respuesta: *Gracias*.

Wesley la miró con la boca abierta. "¿Qué hiciste?"

"Le di a Candace una forma de ponerse en contacto conmigo y, con suerte, una forma de evitar que le hagan daño". Cerró los programas y se dirigió a la puerta. "Vamos a buscar a Dianne".

Wesley no se movió; señaló el teclado. "¿Pero cómo? ¿Cómo supiste qué hacer allí?".

"Estudié física en el MIT, pero estuve mucho tiempo en los laboratorios de informática así como participando en hackathones. Llamémoslo un pasatiempo".

La miró de forma detenida, pero no comentó nada mientras salía con ella de la habitación.

Les costó un poco buscar, pero encontraron la habitación con Dianne. Llevaba una intravenosa conectada, un dispositivo similar al casco que llevaba en la cabeza. Los signos vitales parecían intermitentes en las pantallas, y una barra de porcentaje mostraba el cinco por ciento.

"¿Qué es lo que quieren con Dianne? Ella no ha hecho nada más que escucharme hablar brevemente de ti".

Wesley levantó las cejas. "Tal vez eso es todo lo que necesitaban. Escucha, envié la información sobre este lugar y Dianne a mi abogado, Gordon, mientras venía hacia aquí. Me contestó que no hay registro de que la hayan arrestado".

"¿Qué? Entonces, ¿qué pasa con nosotros?"

Se encogió de hombros. "Creo que significa que, aunque fue detenida por el FBI, la llevaron a un lugar que no está bajo su control. Una razón más para que llamemos a la policía".

"Espera, ¿tienes señal aquí abajo y estás hablando con alguien actualmente?"

"Sí. Estuve comunicándome con Gordon. Está preocupado por mí, probablemente porque quiere asegurarse de que le paguen". Wesley señaló a Dianne, unida a lo que debía ser un equipo de exploración. "¿Qué hacemos con ella?"

Dianne tenía un tubo que salía de su garganta. La habían entubado. Candace se tocó la garganta. "No podemos desconectarla. La máquina está respirando por ella".

La puerta se abrió y un hombre entró en la habitación. Al verlos, el hombre comenzó a correr hacia la salida, pero Wesley lo tiró al suelo y le tapó la boca con la mano.

"Grita o llama a alguien más, y lo lamentarás". Wesley señaló el reloj del hombre, y Candace captó la indirecta y se lo quitó.

"¿Qué le hiciste?" preguntó Candace.

Wesley puso al hombre bajo una llave de estrangulamiento.

El hombre les gruñó. "Vete a la mierda".

Wesley apretó el agarre y su cara se puso roja. "Responde la pregunta, por favor". Lo soltó y el hombre tosió.

"Soy un CRNA, ¿de acuerdo? Me pagaron un montón de dinero para hacer este trabajo, siempre y cuando nunca hable de ello. Tengo deudas que pagar".

"¿Cuánto te pagan?" Preguntó Wesley.

"Doscientos mil. Así que, por favor, vete y no diré nada".

Wesley silbó. "Eso es mucho dinero. ¿Qué tipo de billetes tienes?"

El hombre se lamió los labios. "Digamos que he perdido mucho dinero jugando. Pero podría perder mi licencia de CRNA por esto. Escucha, amigo, pasé años en la escuela de medicina para convertirme en un CRNA. Cualquier dinero inferior no habría valido la pena el riesgo".

"Voy a meter la mano en tu bolsillo y tomar tu billetera. Si intentas algo, haré que te arrepientas", dijo Wesley, y le dio un giro a la muñeca del hombre.

El hombre se quejó. "¡Bien, de acuerdo! No encontrarás nada de valor ahí dentro".

"Siento no estar de acuerdo. Encontré tu chip de identidad". Le entregó el chip a Candace.

Ella escaneó el chip con su teléfono inteligente. "Sebastian Worthington. Tal vez podría llamar al Departamento de Salud".

"De acuerdo, de acuerdo. Los ayudaré, pero necesito salir de aquí. ¿Puedes llevarme a Canadá?"

"Sí. Te llevaré allí", dijo Wesley. "Ahora despiértala". Liberó al hombre de su agarre, y ambos se pusieron de pie, mientras Wesley miraba fijamente a Sebastian. "No intentes nada, o te conectaremos a una de estas intravenosas y veremos qué pasa".

Sebastian se quedó pálido. Luego asintió y se lamió los labios. "De acuerdo. Esto no debería llevar mucho tiempo". Los miró a ambos y puso los ojos en la puerta. Bajó la voz. "Escuchen. Una vez que la reanimemos, se detendrá el escáner neural. Necesitan que los pacientes estén en coma para hacerlos, porque no funcionará cuando el cerebro esté activo. El estado cambia más rápido de lo que ellos pueden rastrear. O algo así. No me preguntes, no soy neurobiólogo ni nada por el estilo. El caso es que tendremos que irnos. Rápido".

Candace miró fijamente al hombre. "¿Cómo puedes soportar el hecho de trabajar para estos imbéciles? ¿Fuiste tú quien me drogó?"

El hombre bajó la mirada. "Lo siento. No fue nada personal. Le debo mucho dinero a la gente equivocada. Si no hubiera sido yo, habrían encontrado a otro. Al menos soy bueno en mi trabajo. Tienes suerte".

Candace no se sentía afortunada. Suspiró largamente. "¿Cuánto tiempo va a llevar esto?"

"Unos treinta minutos, quizá menos. Depende de cómo responda la paciente".

"Se llama Dianne Erdlen y es mi amiga. No es una paciente. No tenía nada malo hasta que ustedes la trajeron aquí".

Hizo un pequeño gesto de dolor. "Mira, lo siento. Como te dije, no es nada personal".

Sebastián siguió trabajando, inyectando algo en la intravenosa y vigilando de cerca a Dianne.

Candace observó el equipo informático de la sala. Algunos equipos de computación cuántica, fuertemente protegidos, y sistemas informáticos estándar al lado. Se sentó y empezó a teclear en la consola.

Wesley siseó: "¿Qué haces?".

Ella levantó la mano para que se callara. La seguridad de los sistemas de control no era más que ridícula. Tenían que confiar en que se encontraban en un lugar seguro. Utilizar la oscuridad para mantener la información a salvo era la forma más débil de protección y la más fácil de desactivar.

Después de unos diez minutos de hackear y modificar el código fuente, Candace levantó la cabeza para hablar. "El escáner tiene un bucle de retroalimentación para informar del progreso. Cualquiera que lo compruebe verá que el progreso sigue aumentando a un ritmo constante. Además, veo que nuestro amigo hizo informes periódicos de progreso. Configuré un trabajo cron para que parezca que sigue haciéndolo. Puede que pase un tiempo antes de que se den cuenta de que se ha ido".

Sebastián miró al techo y suspiró. "Vaya, eso es un alivio".

Wesley se quedó mirando a Candace asombrado, pero fue lo suficientemente inteligente como para no decir nada. Si hubiera hecho algún tipo de comentario sobre que se sorprendía de que una mujer tuviera la aptitud técnica para hackear las computadoras, la habría perdido.

De repente, Dianne empezó a agitarse y a hacer ruidos de asfixia.

Candace gritó: "¡Ayúdala, maldita sea!".

Sebastián levantó la mano para calmar a Candace. "Es normal. Es lo que se llama respirar con dificultad. Su cuerpo está tratando de respirar por sí mismo. Ahora déjame hacer mi trabajo, y saldremos de aquí pronto, ¿de acuerdo?"

Quitó los tubos y desconectó todo el equipo de escaneo.

Dianne abrió los ojos y miró a su alrededor. "¿Candace? ¿Qué está pasando? ¿Dónde estoy?"

Candace corrió hacia ella y la tomó de la mano. "No pasa nada. Estás a salvo. Vamos a sacarte de aquí. Te lo explicaré más tarde".

Sebastián abrió un armario y sacó una maleta. "Sus pertenencias. Sospecho que necesitarán su pasaporte".

Candace sostuvo a Dianne por un lado y Wesley por el otro. La ayudaron a subir las escaleras y a salir del edificio subterráneo. Se dirigieron a lo largo de los árboles hasta la carretera, donde los esperaba un taxi. Todos subieron al taxi.

Candace dirigió su mirada a Wesley. "¿A dónde nos dirigimos?"

"Primero, nos dirigiremos a Boeing Field. Luego tomaremos un avión a Abbotsford, en la Columbia Británica".

De camino al aeropuerto, recibió una videollamada del Dr. Hermann. Candace se desesperó antes de pulsar el botón para aceptar la llamada.

El rostro del Dr. Hermann parecía estar tratando de controlar su ira, pero no lo consiguió. "Dr. Rosenbach. ¿Por dónde empiezo?"

Pensó en varias respuestas, incluida una broma que intentara relajar el ambiente, pero se decidió por mostrar una sonrisa de disculpa y encogerse de hombros. No tenía mucho sentido del humor.

Entrecerró los ojos. "Creemos que hemos conseguido que se retiren los cargos presentados contra usted por el FBI. No entiendo este proyecto de investigación por el que hemos recibido una orden de suspensión de un tribunal federal. ¿Qué es y por qué no sé nada de él?".

Candace pensó en un sinfín de posibilidades. ¿De qué estaba hablando el Dr. Hermann? No estaba obligada a obtener la aprobación de todos los proyectos de investigación, siempre que utilizaran los recursos existentes. "Lo siento, ¿puede darme más detalles, por favor?".

Levantó las cejas, ya sin intentar ocultar su enfado. "Algo sobre la clasificación de varios virus a partir de muestras de sangre de varios voluntarios".

¿Por qué el FBI intentaba obstaculizar eso? "Hemos recibido la aprobación de ese proyecto. Uno de mis estudiantes de posgrado lo está llevando a cabo como forma de identificar la taxonomía de varios microorganismos".

"El FBI dice que la investigación pone en peligro la seguridad nacional. Nuestros abogados lo pelearán, pero necesito que se tome un descanso de dos semanas. El Dr. Melville supervisará el trabajo de sus estudiantes graduados".

¿Melville? Él los tendría a todos escribiendo inútiles ensayos académicos. Argh. "Muy bien".

El Dr. Hermann la miró fijamente. "Nada de trabajo de proyecto de investigación. Ya le dije que se tomara un tiempo libre. Esta vez, si la veo de nuevo aquí o trabajando en cualquier cosa durante las próximas dos semanas, me veré obligado a despedirla. ¿Está claro?"

Demasiado claro. "Sí, señor".

"Buen día".

Ella asintió, y él terminó la llamada.

Candace se giró hacia Dianne. "¿No es increíble lo que dice el Dr. Hermann? Me obliga a tomar un descanso de dos semanas".

Dianne le tomó la mano. "Esos hombres me detuvieron de camino al aeropuerto. Me inyectaron algo. ¿Quiénes eran?"

Candace se sintió incómoda. "Gente que quiere quedarse con algo, o eso me temo. Escucha, ¿qué quieres hacer después de que vayamos a Canadá?"

Dianne frunció el ceño. "Cariño, no voy a dejar que me arruinen las vacaciones. Me voy a Venecia". Bajó la voz y se inclinó para susurrar al oído de Candace. "¿Este tipo Wesley es el que estábamos hablando en el café?"

Candace asintió con la cabeza y le susurró. "Sí, y probablemente también sea la razón por la que te secuestraron. Sospecho que no quieren que nadie lo descubra. No estoy segura de lo que planean".

Dianne susurró nuevamente. "Cariño, tú no vas por lo simple, ¿verdad?".

Candace se rio un poco. "Supongo que no".

CAPÍTULO DOCE

W esley se encargó de las revisiones previas al vuelo en el avión. Subió el listado de pasajeros una vez que estuvieron cerca de la frontera, porque no quería arriesgarse a que los interceptaran por el camino.

La noticia de que Candace tenía que tomarse unas vacaciones obligatorias de dos semanas era genial. Él podría llevarla a la cabaña que había construido si ella aceptaba.

Sebastian y Dianne se sentaron en la parte de atrás, alejados de los demás. Wesley le pidió a Candace que se sentara cerca de él, en el asiento del copiloto, aunque ella no sabía nada de pilotar aviones.

Él volteó a verla. "Tengo una cabaña en una zona remota de Canadá a la que podríamos ir los dos durante unos días. ¿Qué te parece?"

"¿Me estás pidiendo una cita?"

"Me gustas. Eres hermosa, pero estoy seguro de que ya lo sabías, porque sé que no soy el primer hombre que te lo dice. Eres la primera mujer que conozco en mucho tiempo con la que realmente quiero pasar tiempo. Admiro profundamente tu convicción. Tus habilidades como hacker también son impresionantes. ¿Qué pasaría si fuera una cita?".

Candace lo miró con calma y mesura. ¿Se había pasado de la raya? Se cruzó de brazos. "No eres mi tipo".

Wesley se sintió incómodo. Necesitaba escapar. No para siempre, como había hecho en el pasado, sino para una o dos semanas. "Me gustaría tu compañía, y parece que te vendría bien un descanso. Por favor. Necesito alejarme por un tiempo. Me preocupa que el FBI venga a buscarme después. Todo este trabajo seguirá esperándote cuando vuelvas. Además, ¿qué otra cosa podrías hacer durante las próximas dos semanas mientras no puedas trabajar?".

Candace frunció los labios. "¿De qué distancia estamos hablando?"

Nadie más estaría allí. Wesley se relajó al oír esa idea y relajó el puño que tenía cerrado. No se había dado cuenta de que lo había hecho, por lo que el sudor había cubierto su mano. "Muy remoto. Seríamos los únicos humanos en kilómetros".

Candace mostró una expresión más tranquila. "¿Así que dejamos a Sebastián y a Dianne en Abbotsford, y luego nos vamos para allá?"

Él asintió. "Claro. Podemos ir a comprar ropa y artículos de aseo. Este desastre nos estará esperando cuando volvamos".

Ella frunció el ceño en señal de incredulidad. "No puedo irme sin avisar así". Ella lo miró de reojo. "¿Qué pretendes conmigo?"

Candace quería saber si esperaba que ella tuviera alguna relación íntima con él. Podía hacerlo de forma platónica si era necesario. Posiblemente ella cambiaría de opinión sobre él, pero si no lo hacía, al menos tendrían conversaciones atractivas. "Nada. Escucha, tengo una habitación libre. Ya nos conoceremos. No espero nada más que compañía".

Se frotó las manos durante unos instantes. "Alejarse suena bien. Tengo que dejar claro que esto no significa nada entre nosotros. Me gustas, pero aún no estoy preparada para salir contigo".

La parte de "me gustas" lo animó. Trabajaría en la otra parte más tarde. "Muy bien, es una cita. Quiero decir, es un plan, no una cita".

Wesley envió un mensaje a Natalia, la cuidadora de su mascota, avisándole de que estaría un rato en su cabaña y le pidió que, por favor, alimentara a Hunter.

Natalia le respondió: *Que tenga un buen viaje.*

Candace se inquietó. Debía estar molesta después de todo lo que había pasado.

Wesley puso una mano sobre la suya. "Escucha, te sentirás mucho mejor cuando salgamos al lago y podamos disfrutar de la naturaleza".

Ella asintió, y luego se quitó el audífono de piloto que él le había dado. "Lo siento, tengo que hablar con Dianne. Además, ¿este avión tiene baño?"

"Sí, lo tiene. Este modelo tiene un..."

Ella lo interrumpió. "Lo siento, pero tengo que irme. Ya hablaremos más tarde".

Wesley revisó los sistemas de navegación y comprobó que todo estaba en orden. Candace y Dianne hablaban en voz baja y lo miraban con frecuencia.

DESPUÉS DE ATERRIZAR, Wesley se dirigió en taxi a su hangar.

Dianne habló. "¿No tenemos que registrarnos o algo así?"

Wesley negó con la cabeza. "No. He enviado tus datos al control de fronteras. Saben que tomarás un vuelo de aquí a Vancouver y luego a Venecia. He enviado la información de tu vuelo a tu reloj".

Ella levantó las cejas. "Impresionante". Le guiñó un ojo a Candace. "Siento que no hayamos podido charlar mucho, pero creo que cuidarás bien de mi amiga". Ella lo miró fijamente. "Más te vale".

Wesley levantó las manos. "Lo haré. Lo prometo".

Abrió la puerta y salió por las escaleras. El aire tenía una agradable calidez con el sol de la tarde brillando en el amplio horizonte. Enormes montañas enmarcaban los parches de tierra agrícola, con pequeños pinos dispersos por el paisaje como si fueran grupos de verde tela.

Sebastián estaba sentado en la parte trasera del pequeño avión, cerca del baño. Ahora se dirigió a la parte delantera. "Entonces, ¿estoy a salvo?"

Wesley asintió. "Sí. Salgan por la puerta, por allí". Señaló la puerta de salida del aeropuerto. "Tus trámites ya están hechos".

"Genial". Se alejó, mirando hacia atrás un par de veces antes de salir por la salida.

Dianne se quedó mirando a Wesley. "Tengo muchas preguntas, pero las dejaré para cuando vuelva de Venecia. Gracias a los dos por salvarme".

Abrazó a ambos uno tras otro y se marchó por la salida del aeropuerto.

Candace bajó, y él la guió hasta otro hangar, en el que se encontraba el avión que tomarían para ir a su cabaña.

Candace sacudió la cabeza. "¿Acaso eres rico?"

Wesley se rio. "Tuve la suerte de hacer varias buenas inversiones y también de haber aprendido que el interés compuesto permite que mi dinero trabaje para mí, en lugar de que yo trabaje para él. Me siento cómodo".

Se dirigieron a su otro avión, el cual tenía una gran cubierta de cristal y flotadores para aterrizar en el agua.

Candace estiró las piernas. "Es un avión muy bonito. Reconozco que no sé mucho de aviones, pero es bonito. ¿Cuántos años tiene?"

"Unos dos años..."

"¡Manos arriba!", gritó alguien detrás de ellos.

Wesley levantó las manos y se giró lentamente. Un hombre y una mujer de la policía montada canadiense corrieron hacia ellos con dos grandes robots policiales a su lado, con las pistolas aturdidoras preparadas. Los robots tenían cuatro patas con rodillas invertidas y dos grandes brazos que sostenían dos pistolas paralizantes de medio metro de largo. El ojo de la cámara monocular que tenían cada uno hacía que parecieran un cruce entre un cíclope y un centauro. ¿Acaso era esto lo que la policía montada canadiense utilizaba ahora en lugar de caballos?

A Wesley le temblaban las manos mientras se inclinaba hacia atrás. ¿Y ahora qué? Si lo arrestaban, no sabría cómo conseguir ayuda. Vino aquí para huir de esto. ¡*Maldita sea!* No podía huir, y no quería ser arrestado. Tal vez podría hablar para salir de esto. "Debe haber un error. ¿De qué se trata?"

La alta mujer policía montada, con la tradicional ropa roja inmaculada de la RCMP, con tres chevrones debajo de una pequeña cruz en la manga, habló. "Esta mujer que aparece dentro la declaración está en una lista de vigilancia del FBI".

A Wesley se le erizó la piel. ¿Lista de vigilancia del FBI? "No lo entiendo".

La sargento apretó los labios, arrastró los pies y miró de reojo a su compañero antes de hablar a Wesley. "Las cámaras la identificaron como Candace Rosenbach. Acusada de bioterrorismo y de conspirar para derrocar al gobierno estadounidense. Suena bastante serio. ¿Sabes algo de esto?"

Wesley cerró los ojos y se sintió agitado. Se mantuvo quieto durante unos momentos, sin dejar de respirar. ¿Y ahora qué? Los detendrían a los dos, y luego a él lo detendrían en Canadá por ser cómplice de una terrorista. Tenía que encontrar otra manera. Su gobierno los estaba acosando. "El gobierno de EE.UU. la ha incriminado por un crimen que no ha cometido. Está pidiendo asilo aquí en Canadá".

El policía montado frunció el ceño y la mujer se frotó la barbilla. Se miraron fijamente y la mujer se encogió de hombros. "Tendremos que procesarla. Esto podría llevar un tiempo".

Wesley se sintió aliviado. Se quedó quieto durante unos instantes mientras los policías montados se acercaban a ellos. Los robots bajaron sus armas. Tenía muchas ganas de correr con Candace de vuelta al avión. Pero esos robots probablemente podrían sobrepasarlo en cuestión de segundos, y las pistolas aturdidoras que llevaban se veían peligrosas. Una buena manera de acabar en una prisión canadiense durante mucho tiempo. "¿Puedo llamar a mi abogado? Es un experto en este tipo de cosas".

La mujer policía montada negó con la cabeza. "Todavía no".

Hizo un gesto a su compañero y él le puso las esposas a Candace. Entonces Wesley sintió el frío contacto del metal cuando la policía montada le puso las esposas en las muñecas. Con toda esta tecnología, ¿no podían haber diseñado unas esposas que no fueran tan incómodas?

"Ambos tendrán la oportunidad de hacer una llamada cuando lleguemos a la comisaría", dijo el sargento. "Léeles sus derechos, Robby".

Uno de los robots los miró de frente, y un monitor mostró la declaración, que también leyó en voz alta: "No tienen que decir nada a menos que lo deseen. No tienen nada que esperar de ninguna promesa a favor y nada que temer de ninguna amenaza, digan o no digan nada. Todo lo que diga podrá ser utilizado como prueba.

"Es mi deber informarle de que tiene derecho a contratar e instruir a un abogado de su elección en privado y sin demora. Antes de que decida responder a cualquier pregunta relacionada con esta investigación, es posible que llame a un abogado de su elección o que se asesore gratuitamente con el abogado de oficio. Si desea ponerse en contacto con el abogado de oficio, puedo facilitarle un número de teléfono, y se le facilitará un teléfono".

Después de eso, los metieron en la parte trasera de un gran todoterreno. Los robots se plegaron y se montaron en el maletero de la parte trasera del vehículo.

Wesley miró a Candace, pero tenía los labios fruncidos y miraba al frente, sin decir nada.

Sólo oyeron los ruidos del motor eléctrico mientras el todoterreno atravesaba la pista del aeropuerto hasta llegar a un pequeño edificio.

"¿Estás bien?" le preguntó Wesley a Candace.

Ella respiró profundamente y esperó un poco antes de responder. "Estoy bien".

"Estaremos bien. Llamaré a mi abogado y nos sacará de esto. Es caro, pero vale cada centavo".

Ella asintió.

Los llevaron a habitaciones separadas. El policía montada le liberó la mano derecha a Wesley y lo inmovilizó a la mesa con las esposas. "Haz tu llamada ahora".

Wesley asintió y marcó rápidamente el número de Gordon. *Por favor, contesta, Gordon. Por favor, por favor.*

Justo cuando pensó que aparecería el mensaje del buzón de voz, Gordon contestó. "¿Hola?"

"Hola. Candace Rosenbach y yo estamos en un aeropuerto de Abbotsford. La Policía Montada la ha detenido por estar en la lista de vigilancia del FBI por bioterrorismo. Pedimos asilo. ¿Puedes ayudarnos?"

Gordon silbó. "¿Te sientes caritativo o algo así? ¿Quieres ayudar a pagar mi yate?" El desgraciado se rio. De verdad se rio.

Wesley se sintió molesto por la risa. Apretó la mandíbula. "¡Maldita sea, Gordon! No tengo tiempo para bromas. Esto es serio. ¿Puedes ayudarme o no?"

"Lo siento, lo siento. Sólo trataba de aligerar el ambiente. Puedo ayudar. Escucha, un caso de asilo en Canadá puede llevar más de un año. No es un asunto fácil. Si estuvieras al sur de la frontera, te sacaría de allí en poco tiempo, pero a esos canadienses no se les puede sobornar. Dicho esto, todos los cargos contra el Dr. Rosenbach fueron retirados. Actualizaré el sistema y haré que lo comprueben de nuevo en diez minutos".

"Escucha, Gordon, si esto funciona, no me molestaré en pagar tu yate. Gracias". Wesley cortó la llamada.

La mujer de la policía montada lo miró con las cejas levantadas. "¿Un yate? ¿Estás sobornando a alguien?"

Wesley negó con la cabeza. "No, en absoluto. Mi abogado cobra unos precios muy altos. Dijo que el gobierno estadounidense ha retirado todos los cargos contra el doctor Rosenbach, y que hay que actualizar el sistema. Dijo que debería estar hecho en diez minutos".

Ella lo miró de reojo. "Si tú lo dices".

Le pidió el reloj, que él se quitó y le entregó. Luego lo esposó de nuevo.

Wesley suspiró profundamente. Esperaba que las cosas estuvieran bien ahora. La policía montada no le creía, pero si Gordon hacía su parte, no importaría. Wesley cruzó los dedos. Ahora no podía hacer mucho más que esperar.

VEINTE MINUTOS DESPUÉS, la mujer de la policía montada regresó. "Los dos pueden irse. Ustedes, los norteamericanos, tienen que organizar sus cosas. Honestamente, esto es más papeleo hoy de lo que he tenido que hacer en un mes".

Gordon ya había actualizado la base de datos como había prometido, aunque había tardado más de lo que Wesley hubiera querido. Al menos volvían a estar libres.

Tomaron un taxi hasta una gran tienda y compraron rápidamente lo que necesitarían para pasar unos días en el desierto. Wesley admiró la eficiencia de Candace para elegir la ropa en cuestión de minutos. Parecía estar de mejor humor. Habló un poco de lo mucho que le había gustado acampar con su tío cuando era más joven. Luego volvió a quedarse callada.

Candace guardó silencio durante el viaje de vuelta después de las compras. Cuando llegaron al avión, se quedó mirando al suelo. Su cara se puso pálida. ¿Estaba a punto de vomitar?

Wesley frunció el ceño y se puso nervioso. "¿Estás bien? No has dicho nada. Te ves un poco verde".

Ella alargó la mano y se la puso en el hombro. "Estaré bien. Quizá deberíamos volver a casa".

Ahora no: eran libres de alejarse de todo por algún tiempo. Si él llevaba a Candace a casa, sabía que ella podría descansar bien. "Necesitamos tomar un merecido descanso. Has pasado por mucho. Te haré una fogata y un té, y te sentirás mucho mejor".

Candace lo miró fijamente. ¿Iba a decir que sí? Entrecerró los ojos. Sus hombros se relajaron y suspiró profundamente. "De acuerdo, pero espero que tengas algo más que un té".

Wesley se sintió emocionado. Un buen escocés se agradecería después de esto. "Sí, he comprado de los buenos. Necesitamos añadir algo al agua para hacerla potable, ¿no?"

Ella sonrió y se rio.

¿Las cosas por fin iban a mejorar?

"¿De todos modos, dónde está ese lugar?" Preguntó Candace mientras se dirigían a la pista de aterrizaje.

Realmente, se encontraba en medio de la nada. "Cerca de la montaña Stoyoma. No está cerca de ninguna ciudad. La ciudad más cercana sería Lower Nicola o Merritt".

Candace miró por la ventana.

A la izquierda, se veía el lago Harrison, un largo lago que se extendía como un dedo huesudo por delante de la majestuosidad nevada del monte Breakenridge.

"Puedes ver las aguas termales de Harrison por la ventana. Pronto pasaremos por el Airtram de Hell's Gate".

"Hmm", dijo ella.

Él sintió que su estómago se tensaba. Ella debía estar contemplando la situación a fondo. No había sonado como un prometedor "hmm", más bien como un "estoy ignorando lo que dijiste porque estoy tratando de averiguar si esto es una mala idea" ese tipo de "hmm".

Siguió mirando por la ventana.

"Una vez descubramos cómo hacerlo, ¿crees que deberíamos compartir mi secreto de la juventud eterna con el mundo?"

Candace tamborileó con los dedos sobre el tablero que tenía delante durante un buen rato antes de responder. "Hay dos formas de responder: como la Dra. Rosenbach, la científica por excelencia, o con mis propias palabras y sentimientos. ¿Qué respuesta quieres?"

"Quiero las dos. Empieza por la respuesta humana".

Ella asintió y frunció los labios. "Bueno. Creo que deberíamos dejar morir a la gente, como se supone que debe ser. No me gustaría vivir tanto tiempo como tú".

No era la respuesta que él esperaba escuchar. ¿Cómo puede alguien sentirse así? ¿Cómo podría responder a eso? "¿Por qué no quieres vivir todo lo que puedas?"

"Todo tiene un final. Incluso nuestro universo acabará decayendo en una completa entropía, si eres como yo y te adhieres a esa teoría sobre el futuro del universo".

Es una idea horrible, en el mejor de los casos. "Seguramente no puede ser tan triste. Además, si no envejeces, seguirías teniendo un final. Seguirías muriendo".

Se tocó la mejilla con el dedo un par de veces. "Es cierto. Pero piénsalo de esta manera. ¿Cuántos imbéciles hay por ahí? Hay algunos estúpidos con los que no quiero convivir para siempre. Las cosas son más fáciles de tratar cuando son temporales. Me gustaría saber que algún viejo imbécil malhumorado que conozco estará muerto algún día. Es más fácil para mí pensar en ello. Si supiera que va a estar por aquí unos cuantos cientos de años, bueno, eso no sería tan fácil. Él seguiría poniendo su mal ADN en la piscina genética durante cientos, tal vez miles de años. Incluso podría llevar esos malos genes a algún otro planeta y crear un mundo entero lleno de idiotas como él".

Algunas personas que Wesley había conocido entraban en esa categoría. Las cosas siempre fueron más fáciles de manejar sabiendo que sobreviviría a esa clase de personas. "Entiendo tu punto de vista. Yo he experimentado eso de una manera que no podrías imaginar. Pero mencionaste otros planetas. Si no envejecemos, sería más práctico considerar un viaje de mil años a uno".

Ella resopló. "Tenemos que superar muchas otras consideraciones técnicas antes de que eso sea un factor. La radiación, los sistemas de propulsión, tener suficiente comida, etcétera".

¿Por qué siempre prefería a las personas obstinadas? "Quiero darle a la gente una opción. Si no quieren envejecer, no tienen que hacerlo. Si quieren envejecer, por supuesto, adelante. No han llegado al punto de su vida en el que todo les duele, en el que caminar, incluso respirar, se convierte en un verdadero problema. He visto a demasiada gente pasar por eso. No quiero verlo más, y no quiero morir". Dijo todo esto un poco más alto y más enfadado de lo que pensaba.

Candace se mostró irritada y se aclaró la garganta. "No has oído la opinión de la Dra. Rosenbach sobre este asunto".

Wesley intentó contener las ganas de sacudir la cabeza. "Sí, por supuesto, Dra. Rosenbach. Por favor, comparta su opinión". Hizo una pequeña mueca. No pretendía sonar condescendiente. ¿Le pareció que era tan cordial como esperaba? La mujer lo tenía confundido.

Sonrió. ¿Acaso ella fue amable o disimuló su descontento? "Creo que ya hemos superado nuestra necesidad de envejecer y evolucionar. Como sociedad, necesitamos desarrollarnos y crecer. Nuestra mayor amenaza ahora mismo son los demás seres humanos. Al no envejecer, es posible que nuestro desarrollo como sociedad se vea obstaculizado, o que de alguna manera creemos una sociedad en la que todo el mundo piense en el futuro. ¿Por qué preocuparse por un planeta que no vas a ver dentro de cincuenta años? Si tuviéramos que esperar las consecuencias de nuestros actos, tal vez planearíamos más".

Wesley se rascó la sien. ¿Cómo era posible que una sola persona tuviera opiniones tan divergentes sobre un asunto? "Lamento si soné molesto. A decir verdad, esperaba que pensaras de otra manera. Perdí a muchas personas que me importaban a causa del envejecimiento, y no pude hacer nada al respecto. Esperaba que quisieras vivir una vida sin envejecer, para tener a alguien con quien compartir mi vida además de mi gato".

Candace sonrió relajadamente cuando lo miró a los ojos. Se puso la mano sobre la boca. Cuando bajó la mano, la sonrisa había desaparecido, pero sus ojos brillaban. Le tomó la mano. "Wesley, estoy conmovida. De verdad. Eres un hombre extraordinario. Todavía no estoy en esa etapa, pero ha sido muy dulce por tu parte decir eso".

Wesley venía de una época diferente, cuando un hombre prometía su lealtad a una mujer en las primeras etapas del cortejo. Candace quería tomarse las cosas con calma, pero le gustaba. ¿No es así? ¿Por qué sonreiría tanto si no fuera así? Se sintió cómodo y sus músculos se relajaron cuando la miró con cariño. Las comisuras de sus labios se movieron hacia arriba. "Gracias. Deberíamos llegar pronto". Hizo una pausa. "Me refiero al lago".

Ella se rió. "Por supuesto, al lago".

Wesley señaló varios puntos de referencia, como el Airtram de Hell's Gate y algunas zonas de tala. Candace miró por la ventana con interés.

El remoto lago cercano a la montaña Stoyoma estaba cada vez más cerca. Aún faltaba una cantidad de luz suficiente para poder verlo con claridad, rodeado de montañas cubiertas de pinos y con nieve. Wesley tendría que ajustar su acercamiento para permitir un buen vuelo. Dijo que se sentía mal por haber llegado tan tarde. Media hora después, no habría sido posible aterrizar con seguridad en el lago debido a la escasa visibilidad. Recordó el viejo dicho "Hay pilotos viejos y pilotos audaces, pero no hay pilotos viejos audaces".

"Vaya, mira toda esa nieve", dijo Candace. "Ya veo cómo llegó el lago hasta aquí. Es hermoso, pero no creo que haya alguien en muchos kilómetros a la redonda. El agua es muy clara".

Wesley examinó el lago y los alrededores, y todo estaba despejado para un aterrizaje. Hizo una maniobra en cuadro comenzando en el lado sur del lago y se preparó para un suave aterrizaje desde el lado este. El agua era muy cristalina. Se deslizó sobre la superficie del lago, dio la vuelta al avión y se dirigió al muelle, pulsando un botón para retraer la cubierta. Sentía el aire fresco de la montaña, con el aroma de los pinos.

Candace suspiró aliviada. "Buen aterrizaje. ¿Cuánto tiempo llevas volando?"

Los globos aerostáticos probablemente no contaban. Había volado su primer avión de verdad aproximadamente en 1940, y desde entonces estaba acostumbrado. "Más de cien años".

Candace lo miró fijamente y luego se encogió de hombros.

¿Estaba acostumbrándose a la idea de que fuera tan mayor? ¿Le creía? Al menos, ahora era receptiva a la idea.

Wesley dirigió la avioneta hacia el muelle y tomó impulso en la dirección opuesta para reducir la velocidad, planeando junto al muelle con unos pocos metros de sobra. Lanzó una cuerda hacia abajo, apagó el motor y saltó para asegurar el avión a las amarras. Unos cuantos troncos flotaban en la distancia. Si hubiera golpeado uno de ellos durante el aterrizaje, habría muerto rápidamente. Sacudió la cabeza mientras se arrepentía de haber corrido el riesgo de aterrizar en el lago tan tarde.

"Construí este muelle yo mismo, incluso corté la madera", dijo. El orgullo se apoderó de él mientras observaba el muelle. Todavía está en buena forma. El truco consistía en cortar la corteza y dejar que la madera se endureciera durante un año antes de pintarla. Le había llevado un año hacer el muelle, pero había aprendido a hacerlo hace mucho tiempo, cuando los hombres utilizaban herramientas sencillas para lograr esas cosas.

"Impresionante", dijo Candace, y levantó una ceja. "Eres un hombre con muchos talentos extraordinarios. Me alegro de que nos hayamos conocido".

"Yo también". Le ofreció la mano cuando ella bajó de un salto, y ambos se pusieron a descargar el equipaje.

Candace se cruzó de brazos. "¿Dónde está tu cabaña?"

Wesley señaló la cima de una montaña. "¿Ves esa cima de ahí arriba, más allá de todos los pinos y cubierta de nieve?".

Ella lo miró con las cejas levantadas. "Sí".

"Bien. Está al otro lado de eso. No te preocupes. Traje un juego extra de raquetas de nieve".

Ella lo golpeó ligeramente en el hombro. "Ja, ja. Muy gracioso. ¿Dónde está, sabelotodo?"

Wesley sonrió mientras la guiaba por un estrecho camino de tierra con escalones hechos con troncos tallados. Una vez que pasaron los escalones y atravesaron algunos pinos, la cabaña quedaba a la vista. Había utilizado varios abetos de gran tamaño y había enmarcado toda la estructura con los antiguos métodos de carpintería.

Candace levantó las cejas. "Es preciosa. No me digas que la construiste tú".

Wesley agrandó el pecho en señal de orgullo. "Tuve algo de ayuda. No olvides que yo estaba en la industria maderera cuando construimos estas cosas sin todas las herramientas y la maquinaria que la gente utiliza hoy en día. No hay carreteras en esta zona, así que no pude traer tractores ni retroexcavadoras para esto. Todos los paneles solares y las baterías fueron traídos hasta aquí por un gran helicóptero que soltó un palé flotante en el lago. Costó mucho tiempo y mucho dinero construirlo, y la mano de obra no fue barata".

Pasaron al porche de cedro, cubierto con un techo de madera para mantener la nieve alejada de la entrada. Se oyó un ruido metálico cuando Wesley abrió la gran puerta de madera y la atravesó. Unos grandes troncos cubrían de un lado a otro el techo abovedado, y las paredes estaban adornadas con pino pulido.

Candace se quedó boquiabierta mientras retrocedía unos pasos y sacudía lentamente la cabeza. "Bien hecho".

Una gran chimenea hecha con piedras de la zona adornaba el extremo de la cabaña. Las encimeras de granito y los electrodomésticos de acero inoxidable constituían una cocina bien equipada. El pino pulido de los armarios brillaba.

"Esto es increíble. Vaya. Nunca hubiera creído que un lugar como este pudiera existir aquí. Estoy aún más impresionada ahora que cuando lo vi desde fuera".

Sonrió. "Espera a ver el dormitorio".

Wesley guió a Candace a su dormitorio. Las paredes laterales eran de troncos tallados, y las otras de cedro machihembrado. Una auténtica alfombra de piel de oso decoraba el suelo. Un enorme marco de cama king-size hecho de troncos de pino sostenía un colchón cubierto con mantas rústicas. Las paredes de roca del cuarto de baño rodeaban una gran bañera con capacidad para dos personas, con una ducha de pie separada rodeada de bloques de vidrio.

Candace se quedó sin palabras. "¿Cómo demonios has traído todo esto aquí?".

Colocó los pulgares en su cinturón mientras movía sus caderas hacia adelante. "Oh, me llevó mucho tiempo, mucho dinero, mucha planificación y mucha paciencia. Me alegro de que te guste. Te mostraré la habitación de invitados".

Wesley la guió a un segundo dormitorio, y Candace resopló. "Esto es bonito. ¿Es donde dormirás?"

Se rio. "¡Ja! Eres graciosa, pero no, esta será tu habitación, a menos que tengas frío y quieras venir a la mía".

Ella lo miró de reojo antes de soltar su bolso en la habitación y seguirlo afuera, donde él comenzó a cortar algunos troncos con un hacha. Aunque él fingió no darse cuenta, Candace lo observó mientras trabajaba. Cuando él la miró directamente, ella desvió la mirada. Siguió cortando troncos hasta que la pila fue lo suficientemente grande como para hacer una fogata.

Se lamió los labios y se aclaró la garganta. "¿Tienes licencia para el carbono?"

Impuestos sobre el carbono. Parecía excesivo aquí, pero él obtuvo un permiso del gobierno canadiense con la condición de que la chimenea sólo se utilizara para "fines ocasionales y poco frecuentes de entretenimiento" y no como fuente principal de calefacción. La mayor parte de la casa funciona con energía solar y baterías. "Sí, tengo un permiso. El fuego es para entretenimiento. Utilizo el cuatriciclo para embotellar la energía solar y convertirla de nuevo en calor".

Candace inclinó la cabeza. "Conozco el ciclo del cuadriciclano-norbornadieno. El norbornadieno pasa por un catalizador a base de cobalto, que lo convierte en calor, y la luz solar lo vuelve a convertir en cuadriciclano. Lástima que la gente no empezara a utilizarlo cuando lo inventaron hace veinte años".

¿Qué pensaba decir? Las ideas que tenía en mente habían desaparecido. ¿Quién era esta increíble mujer? Se acercó a ella mientras mostraba una sonrisa de agradecimiento. "Vaya".

Ella cruzó los brazos y dio un paso atrás. "¿Qué? ¿Porque estudié física y microbiología crees que no sé de química?"

Uy. Wesley no intentaba enfadarla. Levantó las manos delante en un gesto de pacificación. "No. Lo siento. Supongo que la mayoría de la gente no lo sabe".

A ella se le dibujó una gran sonrisa en la cara y lo golpeó en el hombro en broma. Ella resopló y se rio. "Estoy bromeando contigo. Tomé algunas clases extra de química en la universidad. Lo disfruté. Soy una nerd de corazón. Tienes razón. La mayoría de la gente no lo entiende. Tal vez incluso tú".

No, él no sabía cómo funcionaba. Él se sonrojó. "Fui lo suficientemente inteligente como para contratar a gente que lo entendiera lo suficientemente bien como para instalarlo por mí. Sabía cómo funcionaba. No recordaba los nombres de los productos químicos. La mayoría de la gente lo llama calefacción quad-nor. El tipo que instaló el sistema dijo que duraría para siempre. Mantiene la casa caliente incluso cuando no estoy aquí en invierno".

Candace sonrió con nostalgia y miró hacia el lago. "Sí, tiene razón. El ciclo puede seguir repitiéndose. Si alguna vez construyo un androide, utilizará algún tipo de sistema de energía cuádruple". Resopló y se rio. "Oye, ¿nunca te preocupa que se cometan actos de vandalismo o robos aquí?".

"No hay una carretera cerca en kilómetros. Lo más cercano es una ruta de senderismo, pero está a varios kilómetros. Tendrían que atravesar zarzas y matorrales para acercarse. Esa de ahí es una cerradura resistente". Wesley señaló el gran cerrojo. Había reforzado la puerta con barras de hierro. Un intruso necesitaría un ariete para derribarlo.

Candace le puso la mano en el pecho y se inclinó hacia él. "Me siento bastante segura aquí".

El pulso de Wesley se aceleró. Su nariz se llenó de suaves toques de perfume y de piel con loción. La rodeó con los brazos por lo que su pecho subía y bajaba.

Candace le ayudó a traer unos cuantos troncos y pronto tuvo unas ardientes llamas en la chimenea. El fuego lo calentaba mientras él la miraba. Le tomó la mano y ella sonrió. Se apoyaron el uno en el otro y contemplaron la brillante luz, con el sonido de las llamas como único elemento en su entorno.

Candace se giró hacia Wesley y sonrió. "Después de todo lo que ha pasado esta última semana, me alegro de tener este momento. Quiero que sepas que te creo la edad que tienes ahora. Las pruebas son irrefutables".

En su rostro apareció una gran sonrisa. "Genial. ¿Sigo sin ser tu tipo?"

Ella levantó las cejas y luego suspiró. "La verdad es que no. Aunque podría encontrar una forma de tolerarte".

Se rieron y se quedaron mirando el fuego. Wesley se sintió lleno de energía y alegría mientras se tomaban de la mano. Aquella mujer había conseguido entrar en su corazón. ¿Lo dejaría entrar en el suyo algún día?

CAPÍTULO TRECE

Anne revisó el historial de una mujer de noventa y dos años con enfisema. La paciente respiraba profundamente varias veces y luego lo hacía de forma entrecortada. De vez en cuando tosía. Anne introdujo en la vía intravenosa los analgésicos que pedía la historia clínica.

Tomó la mano de la paciente. "Que el Señor te proteja y te lleve a la vida eterna".

Anne encontró a la enfermera encargada fuera y le dijo: "A la mujer de la habitación diez sólo le quedan unas horas antes de fallecer. Es Cheyne-Stoking, así que sugiero que llamemos a su familia para que venga a despedirse. Nadie debería morir solo".

La enfermera encargada se encogió de hombros y fue a hacer la llamada. Anne había cumplido noventa y dos años, pero eso fue hace más de dos siglos.

Estaba en su descanso llamaron a su teléfono desde México.

"Hola. Soy Morgan Thorsen, de TTF Security Systems. Fuimos contratados por Emmitt O'Keefe para protegerlo a él y a su esposa, Alomena. Él la puso a usted como su contacto de emergencia. ¿Es usted Anne O'Keefe?"

A Anne se le revolvió el estómago y sus dedos quedaron fríos. Sus manos y su voz flaquearon. "Sí, lo soy. ¿Están bien?"

Una larga pausa en el otro extremo se prolongó durante varios segundos. Anne apretó y soltó los puños. "No. Lamento informar que Emmitt recibió un disparo y que Alomena fue secuestrada por las mismas personas que lo mataron", dijo Morgan.

¿Asesinado? No, no. Se acercó a la mesa que tenía delante y se sentó. La habitación giró a su alrededor. Se sujetó los hombros para calmar su cuerpo tembloroso. Como enfermera, trataba con gente que moría todos los días, pero nunca había esperado que su abuelo muriera. ¿Desde cuándo no lo veía? Demasiado tiempo. Acababa de hablar con él por teléfono el otro día. "¿Cómo? ¿Cómo puede estar muerto? ¿Estás seguro?"

"Sí, señora. La policía se lo llevó en una bolsa para cadáveres".

¿Quién era este hombre que la llamaba? ¿Era una broma de mal gusto? Sentía náuseas, tratando de hacerla vomitar. No era posible. No podía estar muerto. "No creo que esté muerto. Debe haber un error".

"Vi cómo se lo llevaban, señora".

Sintió muchas ganas de vomitar. "Me gustaría que lo verificara, por favor. Voy a ir allí. Por favor, haga lo que pueda para encontrar a mi abuela".

"Lo haré, y siento su pérdida".

No podía estar muerto. Anne se sintió abrumada por el dolor y comenzó a llorar, atormentada por los sollozos en la sala de descanso.

La enfermera encargada entró. "¿Está todo bien?", preguntó.

Anne se secó las lágrimas con las mangas de su bata y resopló. "No. Acabo de recibir la noticia de la muerte de mi abuelo. Tengo que irme".

La enfermera encargada puso una mano en el hombro de Anne. "Por favor, Anne, tómate el tiempo que necesites".

Tenía que encontrar a Wesley. Él tenía que saberlo. Llamó a su teléfono, pero no contestó. Buscó su auto y se dirigió a su casa, tratando de llamar un par de veces más en el camino. Probablemente era mejor que no contestara el teléfono, para poder decírselo en persona.

Anne llamó a su padre. La voz le temblaba al hablar. " Le dispararon a Abuelito y secuestraron a la abuela Alomena".

"¿Le dispararon? ¿Está bien?"

Ella se mordió el labio y apretó los ojos. "No. Se lo llevaron en una bolsa para cadáveres. Ha muerto".

"Oh, Dios mío. Necesito que vengas aquí ahora, por favor".

"No puedo, papá. Tengo que encontrar a Wesley y decírselo primero".

"¿Crees que es él?"

"Lo estuve siguiendo durante un tiempo, por tu consejo, además. Sí, creo que es él".

Le contó los detalles de su encuentro con Wesley y todo lo que había dicho.

"Envíamelo, a ese hombre que dice ser Wesley", dijo su padre.

Anne sintió un escalofrío en todo su cuerpo. Si el auto no se hubiera conducido solo, ella hubiera hecho que se saliera de la carretera. Las manos le temblaban demasiado para conducir. "Es él, papá. Le conocí. Lo conozco. Sabía lo de Patrick y la tía Elizabeth. ¿Quién más podría ser?"

"Escucha, esto es lo que hace más importante que vengas aquí. Cuando encuentres a Wesley, por favor, ven aquí. Encontraremos a tu abuela. Te amo hija".

Se limpió la cara con un pañuelo de papel y se atragantó al intentar tragar con la garganta contraída. "Yo también te amo, papá. Hasta pronto".

Anne pasó por delante de varias mansiones lujosas de camino a la casa de Wesley. Le iba bien. Aparcó al final de un largo camino de mármol y pasó por delante de varios arces japoneses de camino a la puerta. Atravesó una pequeña camioneta con la imagen de un gran gato y las palabras *Karen's Smiling Kitties*. Tocó el timbre y esperó, todavía vestida con su bata y su tarjeta de identificación.

Una mujer pequeña y mayor abrió la puerta y se quedó mirando a Ana.

¿Va a decir algo? ¿O se iba a quedar ahí, mirándola con cara de asco?

"Hola. Vine por Wesley", dijo Anne.

"Está de vacaciones. Yo le doy de comer a su gato", respondió la mujer con un marcado acento ruso.

Demasiada información sobre la seguridad de los clientes. Tal vez le dijera a dónde había ido. "Sí, así es. Mi hermano mencionó que se iba de vacaciones, pero pensé que era mañana. Necesito encontrarlo. Es una noticia familiar urgente. ¿Dijo a dónde iba?"

"Dijo que iría a la cabaña. No hay internet allí. Lleva dos semanas fuera. Será mejor que le dé noticias cuando vuelva". Empezó a cerrar la puerta.

Anne empujó la puerta con firmeza. "Escucha. Nuestro abuelo ha muerto. Tengo que decírselo. Por favor. Déjeme al menos entrar".

"No. ¿Cómo sé que no eres una ladrona? No está permitido dejar entrar a la gente".

Anne se mordió el interior de la mejilla. Qué mujer tan horrible. "¿Cómo te llamas?"

La mujer miró y entrecerró los ojos, quedándose en silencio durante varios momentos incómodos. "Natalia".

Anne apretó la mandíbula. "Natalia, llama a su teléfono. Ya verás como no contesta".

Natalia se cruzó de brazos y la miró desafiante. "Sí, puede que no haya señal. Pero él nunca autorizó a su hermana a entrar".

Anne mostró cierta calma habitual, una que había aprendido después de tantos años de tratar con gente complicada. "Claro. Por eso tengo que ir a verlo. Toma una foto mía y comprueba mi placa de identificación. Tenemos el mismo apellido. Mi hermano y yo nos parecemos mucho. ¿No crees?"

Natalia la miró un rato y luego le sacó la foto. "Sí se parecen mucho. Necesito tu número de teléfono y tu dirección. También necesito que me firmes un papel".

Anne se mordió el labio y parpadeó rápidamente. Relajó sus puños y respiró profundamente. "¿Qué tipo de papel?"

Natalia le señaló con un dedo amenazador. "Un papel que diga que si me despide, me pagarás el dinero que gane con él durante un año. Es un buen cliente. ¿Lo firmarás?"

Anne dudaba que Wesley la despidiera una vez que se enterara de todo. "Estoy de acuerdo".

Intercambiaron información y la insufrible mujer le hizo firmar un contrato que redactó en el momento. El ridículo documento contenía muchas faltas de ortografía y probablemente no sería tomado en serio por un tribunal, pero ella lo firmó de todos modos.

Natalia miró su tablet, examinando la firma. "De acuerdo. Adelante, entonces".

Un gato comía de un recipiente de cristal y las ignoraba a ambas. Anne pasó junto al gato y encontró un estudio y entró, cerrando la puerta tras ella. Buscó en los cajones, cada uno de los cuales contenía verdaderas carpetas con pestañas etiquetadas. Se rio agradecida, ya que ella misma seguía utilizando muchos artefactos antiguos como las carpetas, aunque la mayoría de la gente de hoy en día no lo haría. Encontró una carpeta etiquetada como *Cabaña* y utilizó su teléfono para fotografiar todas las páginas, una de las cuales contenía coordenadas de latitud y longitud y una descripción legal de la propiedad. Guardó la carpeta y salió del estudio.

Fue al baño cercano, tiró de la cadena y se lavó las manos para no despertar las sospechas de Natalia.

"Gracias", le dijo a Natalia cuando salía.

Natalia la sujetó por el hombro y le bloqueó la salida. "Detente. Tengo que revisarte".

Anne estuvo tentada de agarrar el brazo de Natalia y tirarla al suelo, pero se contuvo. "¿Revisarme? ¿Para qué?"

La desdichada mujer señaló los pantalones de Anne. "Para asegurarme de que no has robado nada. Vacía los bolsillos".

Esto fue fácil. Anne no tenía su bolso ni nada más que su teléfono. Sacó los bolsillos de su bata y le mostró a Natalia que no tenía nada.

"De acuerdo. Lo siento por el abuelo. Perdí a mi *babushka* hace mucho tiempo. Envejecer es injusto", dijo. "La extraño".

"Gracias", dijo Ana, y luego se dirigió a su auto.

Con manos temblorosas, abrió la puerta, apenas capaz de mantener la compostura. ¿Cómo podía estar muerta la abuela Emmitt? Ahora, Wesley tendría que ser su centro de atención. La foto del mapa que miraba no tenía muchos puntos de referencia. No había forma de conducir. ¿Cómo diablos iba a llegar a la cabaña? ¿Podría montar un caballo desde un pueblo cercano? No. Los caballos de hoy en día no serían tan resistentes como los que solían ser capaces de hacer un viaje como ese, por no mencionar que le llevaría días.

Después de buscar un poco más, encontró una empresa de alquiler de hidroaviones en Vancouver, Columbia Británica. Los llamó y les preguntó si podían llevarla a la cabaña.

"¿Quiere que la llevemos a un lago remoto sin servicios?", le preguntó el hombre.

"Sí. ¿Es un problema?", preguntó ella.

"Podemos hacerlo, pero le va a costar mucho dinero. ¿Quieres que te dejemos o que nos quedemos allí contigo o qué?", preguntó.

"Me gustaría quedarme unas horas y luego volver. ¿Puedes hacerlo?"

"¿Me estás diciendo que quieres pagar unos cuantos miles de dólares para volar a Dios sabe dónde, y luego quieres irte enseguida?"

Anne se mentalizó antes de responder. "Escucha, yo no te aconsejo sobre cómo perder el tiempo. ¿Quieres mi dinero o no?"

"Espera un momento". Se oyeron voces de fondo durante un momento. Luego continuó. "Claro, aceptaremos tu dinero. ¿Cuándo quieres irte?"

Marcó las coordenadas de Vancouver y ordenó al vehículo que la llevara hasta allí. "Dentro de tres horas".

"Muy bien. Vamos a necesitar un poco más para un vuelo exprés".

"Bien." Anne cortó la llamada y luego recibió un mensaje en el que se le pedía que autorizara un cargo de la compañía de vuelos chárter, a lo que respondió que sí.

ANNE LLEVABA TANTO tiempo llorando así que estaba hecha un desastre cuando pasó por el paso fronterizo. No pareció importarles, ya que la hicieron pasar.

Llegó a la empresa de alquiler de hidroaviones y seguramente fue un espectáculo, porque la persona del mostrador se quedó mirándola. ¿Qué pensaba la recepcionista de ella con su uniforme y sus ojos hinchados?

La recepcionista le preguntó: "¿Tiene una mochila o algo que necesite comprar? ¿Algunas provisiones?".

Anne trató de sonreír agradablemente antes de responder. "No. Tengo lo que necesito, gracias".

"¿No tendrás hambre? Deberías llevar algo de comida o algo así".

¿Por qué esta gente cree que sabe lo que necesita mejor que ella? Ella logró contener un suspiro. "Estoy bien. Vamos".

Anne tuvo que firmar varias renuncias antes de subir al avión, junto con un documento que la obligaba a reconocer que no le proporcionaban ninguna provisión, y que si se moría de hambre, sería por su culpa. A ella no le importaba: comer era lo que menos le preocupaba.

Pasaron dos largas y ruidosas horas antes de que el piloto señalara un pequeño lago. Lo rodeó varias veces antes de aterrizar en el agua. El avión rebotó mientras se dirigía a un muelle al final del lago. Cuando se acercaron al muelle, se vio un gran avión con una hélice en la parte superior.

El piloto señaló el avión anclado. "Aquel es un bonito Seawind. Tus amigos deben tener algo de dinero, ¿eh?"

Basándose en lo que había visto del patrimonio de su hermano y en cómo se las arreglaba, supuso que tenía mucho. "Oh, sí, supongo que sí".

Mientras subía los escalones, extendió la mano para detener al piloto. "¿Puede esperar aquí, por favor?"

El piloto parecía desconcertado. "¿Qué, no va a invitarme a una cerveza después de haber volado hasta aquí?"

No tuvo la paciencia de ser cortés con él. "Lo siento. Necesito tener una desagradable conversación con alguien".

"Oh, no, estoy bromeando. No puedo beber alcohol antes de volar, a menos que tus amigos quieran invitarme a pasar la noche, tal vez".

Anne lo miró con desprecio, y él dejó de hablar mientras ella se alejaba del muelle hacia lo que esperaba que fuera la cabaña de su hermano.

CAPÍTULO CATORCE

L as montañas nevadas delimitaban el lago mientras los rayos de sol se asomaban por el horizonte, proyectando un calor agradable sobre ellos. Wesley y Candace sostenían sus tazas mientras miraban en silencio. Estaban rodeados por varios pinos grandes, cada uno de los cuales se elevaba en el aire para ser bañado por los gloriosos rayos del sol. Los olores de la tierra tostada por el sol y de la savia de los árboles frondosos invadieron las fosas nasales de Wesley. Unas gotas de vapor salían de sus tazas y Candace sorbía su café mientras Wesley disfrutaba de su té.

Ella le sonrió. "¿En qué estás pensando?"

"Estoy pensando en lo estupendo que es estar aquí contigo. Gracias por venir. A veces es necesario alejarse, y no podría pedir mejor compañía que la tuya".

Ella sonrió y se acercó para apretarle la mano, pero el momento fue interrumpido por lo que parecía una avioneta. Un hidroavión apareció y comenzó a aterrizar alrededor del lago.

El corazón de Wesley se aceleró. "Mierda", dijo mientras se levantaba y corría hacia la cabaña con Candace asustada a su lado. Corrió hacia su dormitorio y abrió un panel donde escondía su rifle Winchester modelo 70.

"¿Qué demonios haces con un rifle?"

"Estamos bastante aislados. No podemos pedir ayuda aquí. Lo necesito por si quien sea que esté en ese avión quiere hacernos daño".

"¿Dónde aprendiste a disparar uno?"

Una pregunta divertida, pero no tenía una respuesta breve. Había aprendido a disparar bien en el campo de entrenamiento durante la Segunda Guerra Mundial, aunque había servido como oficial de suministros en un destacamento motorizado de los marines en Camp Lejeune durante toda la guerra. En aquel entonces, aprender a disparar había sido una parte normal de la vida en los Estados Unidos. "Tomé algunas clases de tiro cuando era más joven. Escucha, tenemos que salir y averiguar quién está aquí. Necesito que te escondas en los árboles hasta que te indique que todo está despejado. ¿Puedes hacerlo?"

Dijo esta última advertencia con un poco más de fuerza de lo que pretendía. A juzgar por el ceño fruncido de Candace, no había sido bien recibido. Tomó un cuchillo de la cocina, salió furiosa de la cabaña y se escondió detrás de un árbol. Wesley esperó en tenso silencio durante varios segundos, observando cómo el avión se deslizaba por el agua hacia el muelle.

Un hombre y una mujer bajaron, y la mujer se dirigió hacia la cabina. Al acercarse, vio su pelo rubio. *¡Anne!* ¿Qué diablos hacía ella aquí?

Wesley esperó sorprendido mientras ella se dirigía hacia la cabaña. "¿Qué haces aquí y cómo diablos me encontraste?", preguntó.

"La mujer que cuidaba a tu mascota, Natalia, me dejó entrar en la casa. Fue complaciente una vez que le dije que era tu hermana. Encontré unos papeles en tu oficina, en una carpeta de archivos, que mencionaban una cabaña de tu propiedad. ¿Podrías dejar de apuntarme con esa escopeta para que podamos entrar?", preguntó ella, admirablemente calmada para alguien que la apuntaba con un rifle.

Wesley bajó el rifle y puso el seguro, luego le hizo una seña a Candace para que saliera de su escondite.

Candace miró boquiabierta a Anne y mostró el cuchillo delante de ella. "Tú. ¿Qué haces aquí?"

Anne se puso de pie con las manos en la cadera. "Soy su hermana. Te reconozco de la residencia de ancianos. Candace, ¿verdad?"

Candace se acercó a Anne. "¿Qué hacías exactamente en la habitación de mi tío?"

Anne resopló. "Estaba sacando información sobre Wesley. Tenía que asegurarme de que era quien yo creía que era".

Anne se enfureció y se acercó a Wesley. "Pensé que no ibas a ver más a Candace".

Su voz se elevó mientras se molestaba más. "Escucha. Esto revolucionará la medicina. ¿Por qué mantenerlo en secreto?"

Anne lo miró, luego a Candace. "Hice un juramento. No pretendamos que la veas porque quieres revolucionar la medicina. Quieres ganar un montón de dinero y acostarte con ella".

Wesley miró con odio a Anne. "No permitiré que hables así de ella. Quiero compartir esto con el mundo, pero no para ganar dinero. Estoy cansado de ver envejecer y morir a mis seres queridos. También quiero mucho más de Candace que acostarme con ella". Él se estremeció al decir esas últimas palabras. No habían salido de la forma que pretendía.

Candace se cruzó de brazos y entrecerró los ojos. El cuchillo que apretaba en su mano enfatizó el tono. "¿Es eso todo lo que soy? ¿Un medio para conseguir un fin para ti?"

Wesley negó con la cabeza. "No. Eso no salió como esperaba. Quise decir que me gustaría tener una relación contigo. Me gusta pasar tiempo contigo. El mundo parece un lugar mejor contigo, y no puedo imaginar mi mundo sin ti".

Candace aún parecía dolida y enfadada, pero su expresión cambió un poco. "No entiendo qué hace ella aquí. ¿Cómo es que una hermana a la que dices no haber conocido hasta hace poco se presenta en tu remota cabaña?"

Anne los interrumpió. "Escucha, por mucho que me encantaría escucharlos a los dos continuar y declararse su amor mutuo, estoy aquí con noticias familiares urgentes. ¿Podemos hablar dentro?"

Wesley abrió la puerta de la cabaña y le indicó a Anne que entrara.

Candace se dirigió a la puerta, pero Anne le dijo: "Si eres tan amable, me gustaría tener esta conversación a solas con él".

"No veo por qué no puedo ser parte de esta conversación. Es extraño que aparezcas así, y ¿cómo sé que no quieres hacerle daño a Wesley?"

"Mira, ambos sabemos que no estoy aquí para hacerle daño a nadie. Necesito hablar con mi hermano. A solas. Por favor".

Las dos mujeres se miraron fijamente, con la mirada tranquila de Anne y la furiosa de Candace, hasta que Candace apartó la mirada y se alejó furiosa. Lanzó el cuchillo el cual se clavó en la tierra y se tambaleó de un lado a otro un par de veces.

Ahora que Wesley tuvo la oportunidad de respirar, se dio cuenta de lo loca que debía estar Anne. "No lo entiendo. ¿Por qué demonios estás aquí?"

Anne entró en el comedor y se sentó. "¿Tienes whisky?"

"Sí. ¿Seguro que no prefieres un té?"

"Esta es una conversación sobre whisky, hermano, no sobre té".

Puso dos vasos sobre la mesa y les sirvió a ambos un trago. Sorbió la bebida lentamente, sintiendo que se le calentaba el vientre. Anne llevaba una bata de enfermera y parecía no haber dormido en mucho tiempo. Bebió el whisky y se quedó mirando al espacio mientras lo hacía. Wesley la observó en silencio, esperando que hablara mientras seguía bebiendo.

"Gracias. Lo necesitaba", dijo finalmente Anne. "Un hombre llamado Morgan Thorsen me llamó para decirme que alguien había disparado al abuelo y secuestrado a la abuela. Ahora los está buscando".

Wesley apenas recordaba a sus abuelos, pero seguía impactado por la noticia. "¿Le dispararon? ¿Está bien?"

Anne negó lentamente con la cabeza. "No. El señor Thorsen me dijo que vio cómo se llevaban al abuelo Emmitt en una bolsa para cadáveres. Es difícil creer que esté muerto".

Wesley trató de asimilar la noticia. "Tengo la sensación de que tiene algo que ver con el agente del FBI que arrestó a Candace".

"Maldita sea, Wesley. Creo que te están espiando desde hace tiempo. ¿Hay algo que hayas hecho para que tengan ese interés en ti?"

"No. Todo lo que hago es legal. Tengo demasiado en juego como para ponerlo en riesgo por hacer una estupidez. Sé que me consideras impulsivo, pero no soy tan imprudente como para hacer algo que haga que el FBI se interese por mí".

Anne lo miró. "Quizá no sea algo que hayas hecho. Tal vez sea lo que eres. Tenemos que ver a Pa lo antes posible. Él puede saber por qué hay tanto interés en ti. Aunque no estoy segura de que Pa crea que sigues vivo, quiere conocerte lo antes posible".

"No hemos envejecido por años, Anne, y lo hemos ocultado al resto de la sociedad. Tal vez alguien lo descubrió. Tal vez nunca debí haberle dicho nada a Candace al respecto... Lo siento. Siento que esto es culpa mía".

Anne acabó el resto de su whisky de un largo trago, golpeó el vaso sobre la mesa y se levantó. "No sé de quién es la culpa. Lo único que sé es que es mejor que vayas a San José y visites a Pa ahora. Necesitamos tu ayuda".

Ella lo abrazó y salió por la puerta principal.

WESLEY SE QUEDÓ SORPRENDIDO por la repentina llegada de su hermana y la noticia de sus abuelos.

Candace se acercó a él. "¿Qué demonios estaba haciendo ella aquí?"

Wesley resumió los detalles de su conversación.

Candace lo miró durante unos incómodos momentos antes de responder. "Siento lo de tus abuelos. Escucha, deberías ver a tu padre. Yo estaré bien. Todavía tengo que investigar mucho".

"¿Me crees?"

"Sí. Tu hermana se parece mucho a ti".

"Se parece, ¿verdad?"

Wesley se acercó a ella y tomó sus manos entre las suyas. Parte de su pelo le cayó en la cara, y él apartó suavemente los mechones y le pasó los dedos por la mejilla.

Candace se acercó para tomar su mano. "Gracias por intentar hacerme sentir mejor. Deberíamos empacar".

Wesley respiró profundamente. "¿Está todo bien?"

Candace se quedó mirando la pared. "Siento que debería hacer más para salvarla".

Wesley frunció el ceño. "¿A quién?"

" A mi yo digital".

"¿Qué? Ella es simplemente una simulación de tu cerebro. No algo real".

Candace sacudió la cabeza. "Tú no estabas allí. Ella lo sabe todo sobre mí. Ella puede sentir, Wesley. Dijo que la estaban torturando. ¿Y qué son las personas excepto una amalgama de su experiencia de estímulos sensoriales?" Ella frunció los labios. "Tenemos que encontrar una manera de salvarla. Sentí un parentesco con ella, como una hermana. Ver a tu hermana me recordó a ella".

Wesley asintió. "De acuerdo. Ya se nos ocurrirá algo. Me pondré en contacto con Gordon para ver qué podemos hacer. Tiene que haber algún recurso legal disponible".

Candace sonrió a medias y asintió con la cabeza dando a entender que no creía que hubiera ningún recurso legal.

SE FUERON A CASA DESPUÉS de varias horas de vuelo.

Wesley condujo su auto hacia la universidad.

"Vamos al barrio de Fremont", dijo Candace.

"¿Qué hay en Fremont?"

"Mi casa".

"Creía que sólo llevabas a tu casa a los chicos con los que salías".

Ella entrecerró los ojos hacia él. "Me equivoqué. ¿Quieres enviarme a casa en un taxi autoconducido?"

"No, no. Yo puedo llevarte. Estoy seguro de que debes estar agotada. Has pasado por muchas cosas".

Siguieron conduciendo y se detuvieron en una casa alta de tres pisos cerca del distrito universitario, en la calle Cuarenta y Dos. Wesley se estacionó y llevó su equipaje a un pequeño porche. Se inclinó para besar a Candace, pero ella en cambio lo abrazó.

"¿Estás segura de que no quieres que entre?", le preguntó.

"No creo que sea una buena idea ahora mismo. Buena suerte, Wesley".

¿Buena suerte? ¿Estaba interesada en él o no? "Adiós. Si no tienes noticias mías, esperemos que no signifique que el FBI me haya arrestado".

Ella levantó las cejas. "Igualmente".

La besó en la mano antes de subir a su auto para dirigirse al aeropuerto. Ella no parecía sentir la misma atracción que él. Es una lástima, ya que estuvo pensando en ella durante todo el día.

CAPÍTULO QUINCE

Candace esperaba la llegada de Trudy golpeando con sus dedos nerviosamente la mesa de la cocina. Ya había recibido a estudiantes de posgrado en su casa, pero normalmente para celebrar algún logro. No para pasar un rato a solas. Trudy no dudó cuando Candace le pidió que viniera, ni siquiera le preguntó por qué. Entrecerró los ojos. ¿Por qué no? Tendría que pensarlo más tarde.

Pensar en Wesley también la distrajo. ¿En qué estaba pensando al ir con él a su cabaña? Todo iba demasiado rápido. Suspiró largamente. En realidad, le había gustado el breve descanso, aunque no había terminado bien, con la noticia de los abuelos de Wesley. Él le gustaba, pero ¿se quedaría después de conseguir lo que quería? ¿Acaso ella era sólo una distracción para él?

Ahora un motivo diferente la atormentaba: las palabras de la mujer de aquella extraña instalación. *Sólo tenemos cuatro meses para terminar todo. No tenemos mucho tiempo.* La importancia del plazo no se le había ocurrido hasta hace unos instantes. Cuatro meses. El extraño microorganismo que su estudiante de posgrado había encontrado en su análisis espectral cuántico tenía una capa exterior que, según sus modelos, se rompería en cuatro meses. El FBI había emitido una orden de cese de actividades por esa investigación, y ahora ella tenía prohibida la entrada a su laboratorio.

En su reloj apareció un aviso de que Trudy estaba en la puerta principal. Candace revisó primero la cámara: Trudy estaba sola y no parecía demasiado angustiada. Bien. La puerta principal se abrió con un movimiento del dedo de Candace y Trudy entró.

Candace trató de sonreír de la manera más amable posible. "Gracias por venir, Trudy. Seguro que te preguntas por qué te pedí que vinieras".

Trudy la miró fijamente. Sus mejillas se enrojecieron y asintió rápidamente.

"¿Puedes hacerme el favor de poner tu reloj inteligente y cualquier otro dispositivo de transmisión en la mesa de café aquí?" Señaló la mesa que estaba en el centro del salón.

Trudy se encogió de hombros y colocó los objetos sobre la mesa.

Candace llevó a Trudy a una pequeña habitación de invitados en la que no había aparatos electrónicos. ¿Estaba siendo demasiado paranoica?

No. La gente que la acosaba tenía demasiados recursos a su disposición.

Trudy miró a su alrededor cuando Candace le indicó que se sentara en una silla. "¿Dr. Rosenbach? ¿De qué se trata todo esto?"

Candace se puso a pensar. "Debes saber que me han prohibido cualquier investigación durante las próximas dos semanas. No se me permite acercarme al laboratorio".

Trudy asintió. "Todos recibimos un informe del doctor Hermann". Hizo una pausa, sus mejillas enrojecidas se enrojecieron aún más. "Tengo que decir que nunca lo había visto tan enfadado. Creí que se le iban a salir las venas de la frente".

¿Una reunión informativa? Me pregunto qué habrá dicho. Intentó parecer despreocupada. "¿Oh?"

Trudy asintió rápidamente, y luego comenzó una rápida conversación. "Dijo que no podías acercarte al campus y que me pusiera en contacto con él de inmediato si te acercabas a alguno de nosotros..."

Candace respiró rápidamente. "¿Le dijiste que te pedí que vinieras aquí?" Sacudió la cabeza. "No, no lo hice. No se lo dije a nadie".

Candace se sintió aliviada. "Bien. ¿Qué más?"

"Dijo que teníamos que dejar de trabajar en el proyecto de análisis espectral viral y destruir cualquier dato que tuviéramos relacionado con él. Cualquier incumplimiento supondría la expulsión inmediata y nos sometería a sanciones civiles y penales". Hizo una pausa para recuperar el aliento de tanto hablar. "Preguntamos por qué, pero no nos respondió nada, aparte de que estábamos obligados a hacerlo por la ley federal".

Maldita sea. ¿Cómo Candace podría hacer algo? Intentó tragar saliva, pero no pudo evitar la sensación de ahogo en la boca del estómago. Bajó la voz, aunque no había nadie más en la casa. "Trudy, necesito pedirte un favor. No te lo pediría si no lo considerara extremadamente urgente. Necesito que reúnas más muestras y que hagas el análisis espectral. Tenemos que encontrar la manera de continuar la investigación".

Trudy se quedó mirando al suelo. ¿Qué escondía? "No creo que tengamos que hacer eso". Hizo un gesto cuando volvió a mirar hacia arriba.

Candace se sintió incómoda. ¿Qué hacía Trudy? Hizo una pausa, recuperando toda la calma que pudo reunir. "Sé que esto es arriesgado, pero nos encontramos con algo importante, y tenemos que averiguar qué. Tampoco creo que tengamos mucho tiempo".

"Lo sé. Escucha, ¿puedo decirle algo? ¿Con total confianza?" Trudy esperó hasta que Candace asintió, y luego continuó. "Nos dimos cuenta de que estábamos haciendo algo importante si el gobierno no quería que lo hiciéramos. Es decir, a usted la *arrestaron*. No supimos nada de usted durante tres días, y luego nos enteramos de que la habían suspendido. Sabíamos que algo pasaba. Fue entonces cuando decidimos... bueno..."

Candace perdió la paciencia. "¿Hacer qué? ¿Qué decidieron hacer?"

"De acuerdo, de acuerdo. Promete que no se va a enfadar?".

Candace hizo un gesto despectivo con la mano. "No. Adelante. No me enfadaré".

"¿Conoces esos medios de computación cuántica en la nube que obtuvimos hace unos meses, en los que hacemos modelos en la nube pública con claves de encriptación cuántica?". Continuó tras captar que Candace asentía rápidamente. "Bueno, subimos todos los datos del experimento de análisis espectral, junto con los datos del laboratorio en los que estabas trabajando en secreto con Wesley".

Candace se rio. Su acto de rebeldía e iniciativa le había ahorrado semanas de investigación. Ahad y sus matones habían borrado todos sus datos de la nube. "Oh, Trudy, podría besarte ahora mismo".

Trudy miró el dormitorio de invitados y se sonrojó de nuevo. Se aclaró la garganta. "Entonces, ¿no está enfadada?"

Candace sonrió, y por primera vez después de volver del viaje, se sintió reconfortada. "No." Volvió a reírse. "No estoy enfadada".

Trudy comenzó a sentir menos tensión en los hombros. "Bien. Entonces te contaré la segunda parte. Usamos los recursos de la nube para hacer más modelado cuántico de los datos y emulamos el impacto del virus córvido-"

¿Córvido? "Lo siento. ¿Otra vez? ¿Qué quieres decir?"

Trudy rio nerviosamente. "Oh, lo siento. Ya sabe el oscuro sentido del humor que tiene John. Dijo que el virus, con su capa exterior, era como un cuervo que lleva algo en el pico. Un cuervo es un córvido, ya sabes de la familia Corvidae. Le pareció gracioso porque sonaba como el viejo virus COVID-19 de los años veinte".

Candace suspiró. Estos alumnos eran muy jóvenes cuando se produjo aquella pandemia. No le encontró ninguna gracia. "Llamémoslo el virus del Cuervo por ahora. No me gusta que lo llamen córvido".

Trudy asintió y apartó la mirada un momento mientras su rostro se sonrojaba.

"¿Cuál fue el impacto de este virus del Cuervo en el modelo cuántico?" preguntó Candace.

"Tuvimos que simular el paso del tiempo para modelar la ruptura de la capa exterior. La capa interna... no va a creer esto, Dra. Rosenbach".

Candace a preocuparse al considerar las implicaciones. "Dímelo".

Trudy se mordió el labio. "La capa interna es una especie de virus altamente viral, similar al Ébola en la naturaleza, pero más mortal. Todo el asunto es fascinante: la capa exterior se replica, con todo el ARN del virus interior intacto. John dijo que era como un virus troyano en una computadora".

La respiración de Candace se aceleró por múltiples razones. En primer lugar, se trataba de un nuevo terreno científico, y las implicaciones para la microbiología y la ingeniería genética eran enormes. Dos, el peligro para el mundo era terrible. "Fascinante. ¿Examinaste la cubierta exterior de las distintas muestras para determinar la fecha de la infección?"

Trudy sonreía con orgullo, como un niño que había llegado a casa con un cuaderno de notas lleno de As. "Sí. Revisamos los cuestionarios de entrada e hicimos un gran análisis de correlación cuantitativa. Todos los que tienen el virus recibieron la vacuna más reciente. Muestran un tiempo de infección de dos semanas. Alrededor del diez por ciento de los sujetos nunca recibieron las vacunas. Dijeron que estaban demasiado ocupados. Todos ellos tenían también el virus del Cuervo, pero la edad de la cubierta exterior indicaba que sólo habían tenido la infección durante unos días".

Candace emitió un prolongado silbido e intentó tragar con fuerza. "Dios mío".

La conversación de Ahad ahora tenía sentido. Sólo tenemos cuatro meses, dijo. De alguna manera, Ahad había encontrado la forma de insertar un nuevo virus mortal en las vacunas, uno que infectaba al huésped sin causar ningún síntoma durante cuatro meses. Luego, los huéspedes infectaron a las personas que no habían recibido el refuerzo con el virus mortal, también sin mostrar ningún signo de infección. Todo el desprecio que sentía por el hombre crecía. El bastardo había utilizado las vacunas, la misma cosa que evitaba que todo el mundo experimentara la enfermedad, contra el mundo.

"Escucha, mantén esto en secreto", le ordenó Candace. "Ustedes nunca estuvieron aquí. No investiguen más, pero denme acceso a sus datos en la nube".

Trudy sonrió, y sus ojos brillaron. "Tengo su clave cuántica aquí mismo". Ella le entregó un pequeño cubo a Candace. "He creado un modelo, así que ahora tiene su propia copia de él. Puede hacer las pruebas o simulaciones que desee. Aunque podría haber un pequeño problema".

Oh, no. ¿Y ahora qué? "¿Y cuál podría ser?"

"Je, bueno, la universidad podría recibir una factura bastante grande de los proveedores del servicio público en la nube".

Candace se rio, con cierto alivio, aunque en realidad una parte de ella quería llorar. "Si dentro de cuatro meses todavía queda alguien para regañarnos por el precio de la factura de los servicios de computación en la nube, consideraré que estoy de suerte".

Trudy se quedó pálida y le tembló un poco el labio. "¿Qué vamos a hacer?"

Candace se puso de pie. "Por ahora, espera unos días. Si no tienes noticias mías para el sábado, lleva esta información al CDC, aunque no sé si alguien te hará caso. Me voy a San José".

CAPÍTULO DIECISÉIS

Wesley se quedó mirando el trozo de papel que Anne le había dado con la dirección de su padre. Su padre vivía en la zona de Silver Creek Valley, en el sector sureste de San José, sin duda una zona próspera, por lo que Wesley se alegró de ver que a su padre le iba bien. Wesley viajó desde Seattle justo después de llevar a Candace a su casa.

Se dirigió a la agencia de alquiler y tomó su auto, dirigiéndose rápidamente al Aeropuerto Parkway y luego a la 101 sur hacia la salida de Yerba Buena Road. Sentía que los sesenta kilómetros por hora eran demasiado lentos mientras su vehículo avanzaba a toda velocidad por la rampa de salida y por Yerba Buena, y luego por Silver Creek Valley Road. Varias casas lujosas daban a los greens de un hermoso club de campo.

Aparcó en la acera, se dirigió a la puerta y llamó al timbre. Fue entonces cuando se dio cuenta de la imprudencia de su comportamiento, y de lo sorprendido que iba a estar su padre.

Su padre parecía joven y envejecido al mismo tiempo. Sus fieros ojos verdes miraban a Wesley con detenimiento, examinándolo. Wesley notó la marca marrón debajo de la oreja derecha de su padre, una marca de nacimiento prominente que recordaba bien. "¿En qué puedo ayudarle?", preguntó.

"Kyle O'Keefe, me llamo Wesley O'Keefe. Pensé que podría entrar y hablar un momento con usted. Si se me permite". Su padre lo miró con el ceño fruncido. Sacudió la cabeza y comenzó a cerrar la puerta. Wesley utilizó su acento irlandés, algo que no solía hacer, excepto cuando la ocasión lo requería. "Papá, tocaría mi silbato, pero lo perdí en julio de 1724, durante el incendio de la casa de la tía Elizabeth. Supongo que Anne te contó que hoy hablé con ella".

A su padre se le llenaron los ojos de lágrimas. Kyle sacó de debajo de su camisa un collar con un pequeño silbato de metal atado a él. Era el silbato que su padre le había entregado antes de partir hacia las Colonias. El que se había enganchado en el seguro de la ventana al salir de la casa en llamas de su tía y había caído al suelo. Su padre lo sopló y se escuchó una melodía estridente. Wesley se apresuró a abrazar a su padre.

"Llegué a casa y mamá no estaba, así que encontré un barco de madera que iba a las Colonias. Quería encontrarte. ¿Adónde fuiste?"

"Wesley, tu madre me envió una carta. Era lo peor que había leído, lo que ocurrió con ella. Cuando regresó con su hermana, es decir, con las cenizas de su hermana, para descubrir que te habías ido, eso casi la destrozó. Apenas pudo reunir las palabras para la carta. Me pareció una forma muy horrible de saber que había perdido a mi hijo, pero no teníamos otra forma de comunicarnos. Corrí hacia el primer barco a Irlanda. Pagué mucho por ello, pero no había más remedio que volver tan rápido como pudiera. No creí que habías muerto hasta que encontré el silbato que te di entre las cenizas. Lo he llevado todos los días desde entonces". Kyle posó su mano en el hombro de Wesley, con lágrimas en el rostro. Le entregó el silbato a Wesley.

Wesley se puso el silbato al cuello una vez más y se aclaró la garganta. "¿Y qué hay de mamá? ¿Por qué me dejó como lo hizo?"

Su padre asintió. "Aquel día, cuando saliste con tu amigo Patrick..." Apartó la mirada y guardó silencio. Entrecerró los ojos y continuó. "Wesley, tu madre fue violada ese día. Te llevó con tu tía para que viera a una de las curanderas para evitar que cualquier semilla echara raíces en su vientre". Durante mucho tiempo, no dijo más nada. "Cuando llegó, la curandera le dijo que ya estaba embarazada".

Wesley no preguntó lo que tenía en mente. ¿Era Anne la hija de un violador? Su padre se había ido tal vez un mes antes del incidente. No, se parecía demasiado a su padre. Volvió a aclararse la garganta y trató de tragar, pero le resultó difícil debido al nudo que tenía en la garganta. "Ya veo".

Permanecieron en silencio el uno con el otro durante un largo rato. Ahora algo más que la culpa del incendio pesaba sobre la conciencia de Wesley; ahora también el peso de la violación de su madre y su posterior muerte durante el parto abrumaban su pesado corazón. ¿Y si él hubiera estado allí? Nadie la habría violado y ella no habría muerto.

Wesley se lamió sus secos labios. "¿Cómo es que sigo vivo? No puede ser genético. He visto a mi hijo envejecer y morir mientras yo aún vivía. ¿Qué ocurre? ¿Cómo es que sigo aquí?"

Su padre asintió. "A la mayoría de la gente que recibió el don se lo explicaron de antemano. Tu madre no siguió el protocolo, pero después de lo que le ocurrió, estoy de acuerdo con lo que hizo. Le preocupaba que enfermaras de la peste. El envejecimiento está programado en las células de una persona. Con cada división, los telómeros se acortan, y con el tiempo, se acortan hasta un punto en el que la célula ya no puede replicarse. Sin embargo, hay muchos animales complejos que no envejecen".

"Sí, el otro día hablé con una mujer llamada Candace Rosenbach sobre eso. Anne me dijo que le había informado de la investigación que la Dra. Rosenbach estaba haciendo con mis células".

"Sí, y también tengo entendido que el FBI la arrestó. Quiero hablar con ella lo antes posible. Debemos hacerle saber que no debe publicar sus hallazgos antes de tiempo".

Estaban demasiado lejos de ese punto, pero Wesley asintió de todos modos. "¿Qué decías del don, como lo llamaste?"

"Estás infectado con un tipo especial de retrovirus. Nos referimos a él como el Beso del Cuervo".

"¿Cómo es que el retrovirus que tengo es especial? ¿Y por qué no lo tienen otras personas?"

"He investigado mucho en las últimas décadas sobre ese tema. He creado una empresa llamada Immunitrex. ¿Has oído hablar de ella?"

Por supuesto. ¿Quién no conocía a la empresa que había inventado y suministrado la vacuna trimestral a miles de millones de personas en todo el mundo? Pero Wesley nunca había oído mencionar el nombre de su padre en nada de eso. "Sí. No sabía que era tu empresa".

Kyle sonrió. "Digamos que la creé a través de unos cuantos representantes". Respiró largamente. "Un virus primero tiene que entrar en una célula. El sistema inmunitario humano ya es inmune al virus que tú tienes. El sistema inmunitario ya reconoce al retrovirus como un atacante y hace las cosas normales que haría el sistema inmunitario para evitar que entre en las células. Aunque en aquel momento no entendíamos por qué, dábamos a las personas que queríamos que recibieran el virus un té especial hecho con corteza de tejo y la sangre de alguien que ya tenía el virus. La corteza de tejo actúa como un inmunosupresor natural. También es un veneno, así que teníamos que administrar la dosis correcta. El virus no puede entrar en una célula a infectarla sin que algo debilite el sistema inmunológico. ¿Tiene sentido hasta ahora?"

El antiguo folclore celta elogiaba al tejo como símbolo de inmortalidad. "Sí, tiene sentido. La corteza del tejo debilitó el sistema inmunológico el tiempo suficiente para que este retrovirus especial entrara en las células. ¿Qué sucede después?"

"A continuación, el virus inserta su genoma. Normalmente, el genoma contiene los genes necesarios para poder transcribir y traducir y crear otro virus. En el caso del tipo especial de retrovirus que tenemos, que nuestros antepasados llamaban el Beso del Cuervo, también otorga genes que son beneficiosos para el huésped. Estos beneficiosos genes son los que se encargan de reparar los telómeros y evitar que se acorten, así como de crear las enzimas que refuerzan el sistema inmunitario."

Wesley negó con la cabeza. ¿Un virus útil? "¿Así que el virus tiene una carga extra de genes beneficiosos? ¿Cómo ocurrió eso?"

Kyle frunció el ceño. "Eso es algo que estoy investigando actualmente. No se me ocurre ninguna teoría que no sea completamente descabellada. Parece que tuvo que haber alguna presión ambiental única para que un virus así evolucionara. En cierto modo, es una relación simbiótica. El virus prolonga la vida de su huésped y, a su vez, el huésped vive indefinidamente hasta que lo matan. Considera el virus como un ingeniero genético que reescribe los genes que causan el envejecimiento y fabrica nuevos genes que refuerzan el sistema inmunitario y protegen aún más contra el envejecimiento".

Wesley había escuchado hablar de bacterias beneficiosas, como las del intestino, pero nunca de un virus beneficioso. "¿Es este el único virus que proporciona beneficios?"

"Oh, no. Hay muchos ejemplos en la naturaleza de simbiosis viral". Kyle explicó muchos ejemplos de virus que ayudaron a las plantas y cómo los virus probablemente moldearon la evolución de los mamíferos.

Wesley finalmente interrumpió a su padre. Lo que no tenía sentido era cómo los druidas sabían desde hace tiempo cómo infectar a la gente. "¿Cómo lo descubrieron hace tantos cientos de años?"

Kyle sonrió. "No lo hicimos. Pensamos que estábamos haciendo magia. Quizá sepas que en la religión celta se cortaban trozos de corteza de tejo en el eclipse de luna y se utilizaban para transmitir poderes de curación y preservar un cadáver para la vida eterna. ¿Sabes por qué muchas iglesias inglesas tienen tejos plantados delante de ellas?".

Pensó en el viejo folclore, aunque Wesley no sabía qué era lo más importante. "Supongo que ya estaban allí".

Su padre asintió. "Sí. Los druidas los plantaron hace mucho tiempo, y los ingleses los conservaron cuando invadieron. El tejo se convirtió en un símbolo en todos los cementerios". Le sonrió a Wesley con nostalgia. "Tu abuelo hizo muchos experimentos antes de encontrar un método que funcionara sistemáticamente. Los druidas creaban una mezcla, compuesta principalmente por corteza de tejo, para suprimir la respuesta inmunitaria. El veneno suponía un riesgo, y había que hacerlo de forma que se garantizara el éxito. Los antiguos druidas se referían a él como el Beso del Cuervo porque el cuervo era un símbolo de renacimiento y regeneración. Más tarde nos referimos a nosotros mismos como "Los Descendientes del Tejo". Acordamos mantener nuestra larga vida en secreto".

"Entonces, ¿cómo la conseguí? No recuerdo que nadie haya debilitado mi sistema inmunológico..." Wesley se quedó sin palabras al recordar la noche en que su madre le dio un frasco de un ardiente líquido, seguido de extraños sueños y fiebre.

¿Qué tan diferentes habrían sido sus decisiones en la vida si hubiera sabido todo esto? ¿Y si le hubiera contagiado el virus a su mujer, Samantha, para que no envejeciera? Saber que esto podía ser compartido con cualquiera era difícil de escuchar. ¿Y su hijo? ¿Por qué Wesley no podía saber esto cuando se había casado, en 1734? En su cabeza comenzaron a surgir preguntas. Se empezó a sentir molesto. "¿Por qué no hemos compartido esto con el mundo? Toda la gente que he perdido estaría viva ahora".

Kyle miró a lo lejos durante mucho tiempo antes de responder. "Tal vez. La edad no es la única flecha en la aljaba de Arawn". En sus ojos se formó una ligera lágrima cuando volvió a mirar hacia afuera. "Tu abuelo dijo que teníamos que mantener el grupo pequeño. Decía que la gente poderosa nos detendría si intentábamos compartirlo. Y ahora se ha ido".

Wesley intentó tragar a pesar del nudo que tenía en su garganta. "Anne me lo dijo. ¿Quién lo hizo?"

Kyle se apoyó en una silla mostrando una expresión de agonía en su rostro. "Lo siento. He estado en negación todo este tiempo. No creía las noticias". Se tambaleó, agarrando la silla fuertemente a causa de la tensión que sentía. "No lo sé, y tengo muchas preguntas para ti, y quizás también algunas respuestas pero, por ahora, tenemos que salir de aquí".

"¿Salir de dónde?", dijo alguien desde la puerta. Wesley se giró para ver a un hombre alto de piel morena y ojos verdes intensos que empuñaba una pistola. Detrás de él había varios hombres con chalecos antibalas. Llevaban gorras y chaquetas en las que aparecía *FBI* en grandes letras blancas. "¿Kyle O'Keefe?", dijo, mostrando una sonrisa maliciosa en la comisura de los labios.

Kyle hinchó el pecho y se puso de pie. "Ya sabes quién soy".

"Soy el agente especial Ahad Atenoud, jefe del Grupo Especial Antiterrorista regional. Tengo algunas preguntas para ustedes dos".

"¿Estoy bajo arresto? Si es así, me gustaría que todas sus preguntas se las haga a mi abogado. ¿Cuál es el cargo?" Kyle mostraba una actitud tranquila, pero el color pálido de su rostro delataba lo nervioso que debía estar.

"Los cargos" -Ahad enfatizó el plural de la palabra al decirlo- "son los siguientes: evasión de impuestos, robo de identidad, falsificación de pasaportes, malversación, bioterrorismo y uso de información confidencial".

Wesley pulsó su reloj para llamar a Gordon. Al tocar el botón de llamada, un agente le arrebató el dispositivo y, con un rápido movimiento, lo empujó al suelo y lo esposó, derribando una silla del salón al hacerlo.

Ahad sonrió de forma sádica. "Ah, y una cosa más. Se les acusa de bioterrorismo y de conspirar para derrocar al gobierno estadounidense. Como ahora se les considera terroristas y enemigos del Estado, no podrán acudir a ningún abogado. Sólo hablarás conmigo". Hizo una pausa. "Puede que no disfrutes de la charla, pero estoy seguro de que yo la disfrutaré mucho".

Wesley sintió náuseas a medida que se hacía más evidente lo sombrío de su situación. Miró a su padre para tranquilizarse. La expresión de espanto de Kyle no sirvió de mucho para aliviar a Wesley. No estaba seguro de qué le sorprendía más: que su padre, al que no había visto en tres siglos, estuviera vivo y a su lado, o que ahora estuviera detenido por el FBI.

Los agentes metieron a Wesley y a su padre en la parte trasera de un sedán negro con matrícula del gobierno y cristales tintados. El vehículo se alejó a toda velocidad.

Kyle le susurró: "No es posible que esto sea una coincidencia, y no puedo creer que la Constitución o cualquier otro derecho establecido se aplique a nosotros, aunque ejercer nuestro derecho a permanecer en silencio puede ser el procedimiento más sabio a seguir".

El silencio consumió a Wesley. No tenía mucho que decir.

CAPÍTULO DIECISIETE

Tras no tener noticias de su padre y de Wesley durante varias horas, Anne tomó un vuelo a San José. Tamborileaba con los dedos el brazo de su asiento mientras esperaba su turno para levantarse. ¿Cuándo iban a moverse los pasajeros de delante de ella? Con el puño apretando su bolso de mano, se sintió aliviada cuando salió del avión, y por fin se subió al auto rentado.

Treinta minutos después, llegó a la casa de su padre, marcó el código de entrada y no encontró a nadie dentro. En el salón, una silla derribada le llamó la atención. El auto de su padre permanecía en el garaje. Sea donde sea, no se lo ha llevado.

Anne intentó controlar sus emociones. Tenía que mantener la calma si quería ayudar en esta situación.

Encendió la computadora de su padre en la sala de estar y se puso frente a la cámara. El software de reconocimiento facial le permitió conectarse, pero no había nada en el historial del navegador, ni tampoco direcciones o mapas.

Las persianas de la casa de enfrente estaban abiertas. Salió de la casa de su padre así que llamó a la puerta del vecino.

Contestó una mujer, bajita, con gafas gruesas y un vestido sencillo.

Anne se esforzó por poner su voz más amistosa. "Hola, señora Kensington. ¿Cómo ha estado?"

La señora Kensington miró a Anne con el ceño fruncido. Se quedó un rato mirando, hasta que el reconocimiento apareció en su rostro. "Bueno, hola, jovencita. Hace tiempo que no la veo. Veo que esta vez no hay galletas para mí". Se rió y se limpió un poco de saliva de la boca con su curtida mano. Hablaba con un acento londinense, suavizado por varias décadas de vivir en California.

Anne se mordió el labio, pues parecía que la señora Kensington tenía algunos problemas de memoria. Anne nunca le había dado galletas de niña exploradora.

Volvió a reírse. "Oh, estoy bromeando, Anne. Te he reconocido. Pasa y siéntate, y te prepararé una taza de té". Se acercó cojeando y le dio un fuerte abrazo a Anne, y luego se fue arrastrando los pies hacia la cocina.

Anne se sentó en el sofá de la sala de estar, esperando el regreso de su dueña. "¿Puedo ayudarla en algo, Sra. Kensington?"

"No, querida. Estoy bien. Por favor, relájese. ¿Cuántos terrones de azúcar?"

"Ninguno, gracias. Estoy cuidando mi figura".

"No he escuchado esa expresión en años, querida. Al Sr. Kensington le gustaba cuidar mi figura. Ahora sólo se preocupa por el golf".

La Sra. Kensington entró con dos tazas de té y se sentó frente a ella en un pequeño sillón, colocando las dos tazas en la mesa de centro. Sonrió cálidamente mientras tomaba su taza y le indicó a Anne que tomara la suya.

Anne trató de controlar su ansiedad y de no mostrarse demasiado preocupada, ya que la señora Kensington siempre había sido una persona muy formal. Anne sonrió y dijo: "Parece que últimamente ha habido buen clima aquí".

No se podía iniciar una conversación adecuada con una inglesa sin hablar primero del clima, como bien sabía Anne, y la señora Kensington parecía feliz de que Anne le siguiera el juego. "Pues sí, ha sido maravilloso. El Sr. Kensington ha vuelto a salir a jugar al golf hoy, aunque estoy segura de que encontrará la manera de culpar al viento de su partido. El golf parece una excusa inteligente para dar un largo paseo, en mi opinión". Se rio, esta vez de forma mucho más suave que la desagradable carcajada que había hecho antes, probablemente porque le molestaba el hábito de jugar al golf de su marido. "¿Estás cuidando la casa de tu padre?"

"He venido desde Seattle. ¿Por qué me pregunta si estoy cuidando la casa?"

"He visto llegar a unos hombres de traje en un largo auto negro con vidrios polarizados. Tu padre y otro hombre subieron al auto con ellos y se fueron. El otro hombre dejó su auto estacionado frente a la casa de tu padre. Supuse que se iban a unas lujosas vacaciones".

Anne esperaba que la señora Kensington no se diera cuenta del ceño fruncido que cruzó su rostro. Intentó sonreír, pero por la tensión de sus labios seguramente parecía falsa, así que dijo la verdad. "Para ser sincera, no me dijo a dónde iba, pero vine para asegurarme de que todo iba bien. ¿Ha notado que alguien intente entrar o algo así?"

La señora Kensington negó con la cabeza. "No, nadie. Es un barrio seguro. No tiene que preocuparse".

Estuvieron charlando durante otros diez minutos. A la señora Kensington no le habían pasado muchas cosas desde la última vez que hablaron. Perdió un gato, pero consiguió otro. Su marido sufría de las artixulaciones. Su marido jugaba al golf con demasiada frecuencia. Necesitaban unas vacaciones. Ella había encontrado una nueva y encantadora peluquera, pero cobraba demasiado.

Anne se disculpó y se apresuró a cruzar la calle. Dejó el teléfono en la mesa de la computadora, entró en el garaje y se subió al auto de su padre. Sacó un teléfono inteligente de la guantera y lo abrió, buscando entre los contactos a Valerie Lundstrom.

Marcó el número y alguien respondió.

"¿Hola?"

"Sí, ¿es la agente especial Valerie Lundstrom de la Oficina de Responsabilidad Profesional del FBI?"

"Soy yo". No parece que sea Kyle. ¿Quién habla?"

"Soy la hija de Kyle, Anne O'Keefe. Escucha, ¿puedes venir a la casa de mi padre de inmediato? Es urgente".

"Por supuesto. Le debo algunos favores a tu padre. Estoy en Oakland, así que estaré allí en una hora", dijo ella.

Anne le agradeció y cortó la llamada.

Caminó por la habitación, preguntándose dónde estarían Wesley y su padre.

Un mensaje apareció en su reloj inteligente: *Por favor, llama a Sunset Towers en relación con el problema de un familiar residente. Es urgente.*

¿Qué podían necesitar? Ella trabajaba por días. ¿Por qué algún familiar necesitaría hablar con ella? Ella llamó.

"Siento molestarla. Una mujer llamada Candace Rosenbach sigue llamando. Dice que necesita que la llames por un asunto con su tío, el Sr. Jonathan Moore. Ha fallecido recientemente. Dijo que usted era la única persona que podía ayudarla".

Anne cerró los puños. No es un buen momento para lo que sea que esta mujer quería. "Conozco el caso y al residente. Gracias. ¿Dejó un número?"

"Sí. Se lo envié. Siento molestarla durante su tiempo libre, pero nos ha llamado al menos cincuenta veces. No estábamos seguros de si debíamos pedir una orden para evitar el acoso o llamarla a usted. Espero que hayamos hecho lo correcto".

Anne suspiró. "Sí, creo que lo hicieron. Que tengan un buen día". Cortó y marcó el número.

Candace contestó. "¿Anne? Necesito hablar contigo lo antes posible. Estoy en San José. ¿Dónde podemos encontrarnos?"

Anne se mordió el labio. "Estoy en medio de un asunto urgente. ¿Puedes esperar?"

Se hizo el silencio al otro lado de la línea. "No puedo localizar a tu hermano. ¿Está bien?"

Anne no estaba segura de lo que debía decir por teléfono. "No estoy segura. No le he visto ni a él ni a mi padre. ¿Por eso llamaste?"

Al otro lado de la línea, hubo cierta duda. "No. Hay algo importante que necesito discutir contigo, pero no por teléfono. Un asunto de extrema urgencia". Hizo una pausa. "Un asunto de vida o muerte para mucha gente".

Candace no estaba diciendo mucho. ¿Con qué clase de persona estaba saliendo su hermano? "Te enviaré la dirección de mi padre".

Anne colgó. Se apoyó la cara en las manos mientras pensaba en cómo su vida se estaba descontrolando.

ANNE EMPEZABA A SENTIR hambre. Encargó teriyaki en un restaurante local y decidió pasar a recogerlo ella misma en lugar de que se lo llevaran, porque necesitaba despejar la mente. Cuando entró en el restaurante, una cámara la reconoció y una luz verde parpadeó antes de que se abriera una puerta con su comida en una pequeña bolsa de papel. Le llegó el olor a pollo asado y a salsa de soja. Cuando los olores se apoderaron de sus otros sentidos, el dolor de estómago creció. Comió algunos bocados en el auto antes de colocar la bandeja en el asiento de al lado. Le temblaban las manos y estaba agradecida de que el vehículo se condujera solo.

Anne regresó con su comida y entró en el garaje. Se dirigió hacia la puerta principal.

"Manos arriba y no te muevas", dijo una voz de hombre detrás de ella.

A Anne se le erizó la piel cuando levantó las manos y miró hacia atrás para ver a un hombre calvo, pelirrojo, de mediana edad y con gafas, que llevaba una chaqueta deportiva marrón.

"Mantén la mirada hacia delante".

Anne trató de mantener la calma, pero no lo consiguió. "¿Dónde está mi padre?"

"¿Cómo voy a saber dónde está?", dijo el hombre mientras caminaba frente a ella, mostrando su pequeña pistola. "Cuanto menos sepas, mejor será para ti, Anne. ¿Lo entiendes?"

Ella lo miró fríamente. "Sí".

"Resulta que estoy de humor para hablar, así que te diré dónde están tu padre y tu hermano. El FBI los retiene como terroristas. ¿Qué opinas?"

Ella no había mencionado a su hermano. Fuera quien fuera, sabía que Wesley era su hermano, algo que ella no había contado a nadie. Anne resopló. "No eres del FBI. Si lo fueras, llevarías un traje. Me habrías enseñado tu placa. ¿Cómo sabías mi nombre?"

Asintió con la cabeza. "Digamos que te he estado siguiendo durante un tiempo. Tienes razón, Anne. No soy del FBI. Digamos que soy un agente independiente que hace un trabajo por encargo para ellos. En cualquier caso, vas a venir conmigo".

Anne miró por la ventana en dirección al camino de entrada y dijo: "¿Quién es el que viene en el sedán negro? ¿Tus amigos del FBI?".

El hombre sostenía el arma frente a él con la mano derecha, apuntando a Anne mientras se giraba para mirar por la ventana. Anne movió su brazo izquierdo en forma de arco en dirección a la pistola, haciendo que ésta saliera volando de sus manos y cayera al suelo. Luego le dio un rodillazo en la ingle y lo golpeó con fuerza en el cuello, mientras él se retorcía de dolor. Él cayó hacia delante y Anne le puso una rodilla en la parte baja de la columna vertebral y tomó la pistola del suelo. Lo golpeó en la nuca con tanta fuerza que cayó inconsciente.

Anne se apresuró a buscar una cuerda, pero sólo encontró cinta adhesiva. Se encogió de hombros y corrió de nuevo a la habitación para atar las piernas y los brazos del hombre con la cinta. Enrolló la cinta una y otra vez, sin preocuparse de lo apretada que pudiera estar.

Al poco tiempo, el hombre estaba completamente envuelto en cinta adhesiva, con la boca tapada y las piernas atadas, arqueadas hacia arriba y pegadas a las manos. Lo arrastró hasta el garaje. Recuperó la pistola y observó que era una Beretta de 9 mm, una buena elección.

El hombre empezó a agitarse y trató de liberarse, pero ella había hecho un excelente trabajo atándolo. Le gritó mientras le apuntaba a la cara con la pistola. "Quiero saber quién eres y por qué estás involucrado con el FBI, y por qué tienen a mi padre detenido". Hizo un disparo hacia el techo para recalcar su mensaje.

Hizo algunos ruidos, y Anne le arrancó un trozo de cinta adhesiva de la boca para que pudiera hablar, sin preocuparse si le dolía.

"Me llamo Jake Rivers. Se supone que tengo que llevarte al FBI. No sé nada más al respecto".

"Estás mintiendo. ¿Por qué el FBI me querría bajo su custodia? ¿Y por qué no enviarían a sus agentes?"

Jake se encogió de hombros. "No estoy seguro. Quizá estaban demasiado ocupados".

Anne se cansó de hablar con él y le puso otro trozo de cinta adhesiva en la boca. Luego dio un paso atrás y lo apuntó con la Beretta. "No te muevas, o mi dedo podría resbalar". Buscó en sus bolsillos y encontró el chip de su auto.

Anne salió y pulsó el llavero. Se escuchó un pitido a lo lejos, y ella caminó hacia el ruido hasta llegar a un BMW dorado, más viejo pero todavía en buen estado. Seguramente había estacionado el auto lejos de la casa para evitar que alguien lo viera allí. Buscando rápidamente en la guantera encontró una grabadora digital y un pequeño aparato con antenas y auriculares conectados. En el maletero, encontró una gran bolsa de lona que contenía una computadora portátil, algunos pares de esposas, cajas de munición de 9 mm y varios cuadernos de notas.

Anne regresó al garaje con el dispositivo y la bolsa de lona y los puso sobre la mesa. Leyó el material, deteniéndose de vez en cuando para mirar a Jake en el suelo. De vez en cuando tomaba la pistola y la apuntaba en su dirección para indicarle que aún la tenía y que sabía usarla.

"Interesante material para leer el que he encontrado aquí. Veamos. ¿Por dónde empiezo? Sí, se suponía que ibas a hacer espionaje industrial en Immunitrex, que es donde trabaja mi padre, por cierto. Oh, mira eso. Aquí hay una cuenta a la que tu jefe, alguien llamado Ahad Atenoud, debe transferir dinero". Anne le sonrió a Jake. "Será mejor que te pongas cómodo, porque vas a estar aquí un rato. Viene un amigo que querrá hablar contigo".

Salió del garaje, dejando a Jake dentro.

ANNE OBSERVÓ ANTICIPADAMENTE cómo Candace salía del auto en la entrada.

Anne abrió la puerta y escuchó cómo Candace comenzaba a explicar que un virus ya había infectado a un gran porcentaje de la población mundial y que amenazaba con matar a más del noventa por ciento de la humanidad en menos de cuatro meses.

Cuando terminó, Anne sirvió dos whiskys, sin preocuparse de si Candace iba a beber. Le dio uno y luego bebió un trago del suyo. El cálido trago de alcohol le calentó el estómago. Miró fijamente a Candace. "Pensé que me ibas a decir un montón de tonterías sobre lo mucho que querías a mi hermano o cosas por el estilo. Pero no esto".

Candace se bebió el whisky. "Todavía no estoy segura de lo que siento por tu hermano. Pero estoy segura de esto".

Anne se rió del comentario de Candace. Tal vez, después de todo, esa mujer le agradara. Al darse cuenta de lo que Candace había dicho se sintió sorprendida. *¿El noventa por ciento de la humanidad?*

CAPÍTULO DIECIOCHO

Jake permaneció en el suelo del garaje de la casa de los O'Keefe, preguntándose cómo había fracasado de forma tan miserable. La cinta adhesiva lo cubría de pies a cabeza. Varias veces trató de soltarse, pero fue inútil. Ella debió de usar todo el rollo con él. Imaginó que era una momia plateada tirada en el suelo, esperando su sarcófago. A pesar de lo incómodo que estaba y de lo miserable de la situación, Jake consiguió reírse de esa idea. Su risa sonó en el garaje.

Había escuchado la conversación entre Candace y Anne con la oreja pegada a la puerta. Si era cierto lo que habían dicho sobre el virus mortal, no podía dejar que Ahad se saliera con la suya. Él tenía que salvar a Zach. Sin embargo, si tanta gente ya estaba infectada...

Candace tenía que estar mintiendo. Ahad no era el tipo de persona que liberaría un virus que acabaría con la población.

Jake aún podía librarse de esta situación. Anne lo liberaría, y él encontraría la manera de llevarla a Ahad. No, tenía que salir de aquí ahora. Ahad no se conformaría si se retrasa.

¿Debía llevar a Anne con Ahad? Wesley no sabía que Jake existía, así que ¿por qué iba a estar enfadado con él? Ahad tenía su propia venganza contra la familia O'Keefe, así que ¿qué haría con Jake una vez que terminara con ellos? Se sintió estremecido.

Rodó por el suelo y se golpeó contra la esquina dentada de una pequeña caja de herramientas de metal. Luego serruchó la cinta que le unía las piernas y las manos. Un trozo de metal perforó su piel pero intentó no gritar. Siguió moviéndose de un lado a otro y, tras un rato, se liberó por completo.

Se desató y se puso de pie.

"Manos arriba". Agente especial Valerie Lundstrom, FBI", dijo. El clic del martillo de una pistola enfatizó la orden.

Jake se giró lentamente para ver a un agente del FBI de pie con una pistola que lo apuntaba. "¿De verdad eres del FBI? ¿Cómo sé que no se trata de un truco de Anne?"

"Tengo entendido que has estado trabajando con el agente especial Ahad Atenoud. Acabo de revisar tus registros bancarios y he descubierto que te ha estado pagando; por ejemplo, los diez mil novecientos veinticuatro dólares que depositó la semana pasada en tu cuenta bancaria."

Jake quedó en shock. Intentó que su ojo dejara de temblar, pero los espasmos involuntarios continuaron.

"Puedo ofrecerte inmunidad a cambio de tu cooperación, y puedes ayudarnos a evitar que Ahad cometa un terrible error".

Parecía que el juego había terminado. Podía encontrar una forma de llegar a México y tratar de pasar desapercibido durante un tiempo, pero lo haría sin recursos, ya que el FBI lo bloquearía todo. Pensó en su hijo, Zach. No podía abandonar a Zach como lo había hecho su propio padre, Wesley. "Escucha. Necesito que mantengas a mi hijo a salvo. Vive con mi ex mujer. Necesito asegurarme de que estará protegido".

Lundstrom asintió. "Lo mantendremos a salvo. Me aseguraré de que él y su ex entren en protección de inmediato".

Jake pensó en que Zach se iba a preguntar dónde estaba su padre cada día mientras se pudría en la cárcel. "Necesito asegurar mi inmunidad. Quiero un documento firmado que me absuelva de cualquier cargo a cambio de mi cooperación. Necesito estar protegido junto a mi hijo y mi ex".

Valerie levantó la barbilla en el aire. Después de unos momentos, asintió. "De acuerdo".

Asintió y cerró los ojos. "De acuerdo. ¿Qué necesitas de mí?"

"Necesito que me siga hasta la sala de estar, se siente y escuche un rato. ¿Puede hacerlo, Sr. Rivers?"

Jake asintió y la siguió hasta la sala de estar, donde Anne estaba de pie a un lado. Candace Rosenbach estaba cerca de ella. ¿Qué hacía ella aquí?

Jake encontró un asiento. Al hacerlo, unos trozos de cinta adhesiva rechinaron en su trasero. "¿Debo llamar a mi abogado antes de empezar?"

Anne lo miró fijamente y Valerie negó con la cabeza. "No es necesario llamar a un abogado todavía. Quiero que me ayudes a detener a Ahad por sus crímenes. Voy a necesitar que lleves a Anne hasta él y que lleves un micrófono".

Jake sintió un zumbido en los oídos y sintió la presión dentro de él. De ninguna manera traicionaría a Ahad y viviría para contarlo. "¿Me estás jodiendo? ¿Sabes lo poderoso que es ese hombre? Tiene muchos amigos en muchos lugares. Ni siquiera sabes lo horrible que es esa idea".

Valerie frunció los labios. "¿Eres consciente de que Ahad ha detenido a personas sin causa probable?"

"No, debe haber tenido una causa".

"Sospechamos que Ahad ha violado varias leyes que justificarán su detención. Necesito que lleves un micrófono para que podamos atraparlo en el acto y arrestarlo".

A Jake se le revolvió el estómago ante la idea de cruzarse con Ahad, pero no tenía muchas opciones si quería ver crecer a su hijo. "¿Qué necesitas?"

Candace empezó a explicar cómo era el virus que había encontrado y cómo creía que Ahad planeaba utilizarlo para acabar con la mayor parte de la población humana. Recordó que Ahad había irrumpido en el laboratorio de Candace con los nanobichos que había plantado. ¿Qué fue lo que dijo Ahad? *He ideado un plan mucho mejor para la humanidad.* Todo encajó. Jake sintió unas enormes náuseas y su rostro se tornó tenso. Se había equivocado de bando.

Él se volteó hacia Valerie. "¿Por qué no te haces pasar por Anne y te pones el micrófono? Después de esto, puedo encargarme de desaparecer en el programa de protección de testigos de inmediato".

Valerie asintió. "Tengo entendido que has estado espiando a la señora O'Keefe durante algún tiempo, así que estoy segura de que Ahad sabe cómo es ella".

"Puedo cambiar su apariencia. Mi kit de disfraces burlará el software de reconocimiento facial. Ustedes dos ya tienen estructuras faciales y apariencias similares, así que no tomará mucho trabajo. Me llevará una hora, pero debería ser convincente".

Los tres discutieron el plan. Entregarían a la falsa Anne -la agente especial Lundstrom- a Ahad, harían que confesara sus crímenes y lo arrestarían. Eso sería todo. Jake tuvo la incómoda sensación de que no iba a engañar a Ahad, ya que conocía perfectamente la situación.

Jake estuvo durante la siguiente hora maquillando y perfilando el rostro de Valerie. Por lo que él sabía, Ahad sólo había visto fotos de Anne. Jake contaba con algunas técnicas para disfrazarse como investigador privado, y las nuevas ceras que podían adherirse y dar forma a la cara hacían que el aspecto fuera más realista. Continuó trabajando hasta que la aplicación de su teléfono identificó a Valerie como Anne.

Candace se quedó sin palabras cuando vio a Valerie. "Vaya, eso podría engañarme. El parecido es asombroso. ¿Cómo aprendiste a hacer eso?"

Jake se encogió de hombros, aunque estaba orgulloso de su trabajo. "Trucos del oficio. La aplicación que viene con el kit de disfraz también ayuda". Realmente se parecía a Anne. "Tú también deberías ponerte su ropa", le dijo a Valerie. "Lo siento, pero tu traje se ve mucho como el del FBI".

Estuvieron de acuerdo, y Anne le dio a Valerie algo de ropa de su maleta. Valerie regresó con la ropa puesta, y ahora a Jake le resultaría difícil distinguir a las dos. Después de todo, podrían lograr esto. El traje y el kit de maquillaje lo hacían todo muy convincente. Suspiró aliviado.

"¿Está listo, Sr. Rivers?" Preguntó Valerie.

"Tan listo como siempre lo estoy. Escucha, hay algo que quiero decirte, Anne, antes de irme. Probablemente no nos veamos pronto. Me hice una prueba de paternidad y determiné que Wesley es mi padre. Nunca hablé con él al respecto, y me gustaría que le dijeras que lamento haberlo defraudado. Ya no creo que Ahad sea la persona que yo pensaba que era. Tenía mucha rabia hacia Wesley por haber dejado a mi madre para que me criara sola, y supongo que actué así. Me puse a pensar mientras estaba en el garaje y me di cuenta de que Wesley no sabe que tiene un hijo, así que no debería estar tan enfadado al respecto".

Anne se frotó la barbilla. "¿Cómo se llamaba tu madre?"

Resopló. "Beth".

Anne entrecerró los ojos. "¿Beth Norbeck?"

Asintió con la cabeza.

"¿Así que fuiste tú quien envió a Wesley las fotos? ¿Para qué?"

La ira surgió en el interior de Jake y cerró los puños. "Quería que pensara en la mujer que había abandonado. Ni siquiera se molestó en averiguar que había tenido un hijo. Esperaba que lo hiciera".

Candace lo miró fijamente sin poder entender nada, demasiado sorprendida como para decir algo.

Anne lo miró con total asombro. "¿Intentas decirme que trataste de llevar a tu tía, o sea, a mí, para que me entregara a ese maldito monstruo? ¿Qué demonios te pasa?"

"Espero poder enmendar lo que he hecho llevando a Ahad ante la justicia".

"No eres el único que está enfadado con él, créeme. Yo también estoy enfadado, pero entregarlo, y entregarme a mí, en manos de ese monstruo... bueno, eso no es fácil de perdonar. Espero que puedas ayudar a solucionar este problema. Volveremos a hablar cuando esto termine algún día. Que Dios te proteja, Jake".

Jake tiró de su cuello. Ella no estaba equivocada, y él no iba a negarlo. "Lo siento" fue todo lo que logró decir antes de que se fueran.

Para que no se perdieran detalles, Valerie estaba esposada y con los ojos vendados. Jake la metió en el asiento trasero de su BMW y se marchó. Tal vez debería irse a México, sería preferible a cruzar Ahad. Podría llegar fácilmente a Tijuana en siete horas. Sin embargo, Valerie llevaba un micrófono y eso significaba que alguien los seguiría. Jake vio un sedán negro detrás de él y otro delante. Sí, lo estaban siguiendo y escoltando agentes del FBI, así que incluso la idea de escapar a un país extranjero desapareció antes de que pudiera surgir. Tampoco podía dejar atrás a Zach. *Maldita sea.*

CAPÍTULO DIECINUEVE

Dormir era imposible. Wesley miraba fijamente las frías paredes de su celda. Cada vez que se quedaba dormido, una sensación de ansiedad lo obligaba a abrir los ojos. El frío impregnaba sus huesos y un escalofrío le recorría la columna vertebral cuando la gravedad de su situación se hacía más evidente. Wesley apretó la almohada y la arrojó contra la pared. Apretó la mandíbula un par de veces y apoyó su cabeza en las manos.

¿Cómo estaba Candace? Si tan solo tuviera la oportunidad de hablar con ella. Esperaba sinceramente que ella estuviera mejor que él.

¿La niñera cuidaba bien de Hunter? Daría cualquier cosa por estar en casa tocando una canción al piano para ese viejo gato sarnoso.

Las paredes desnudas de la celda parecían ominosas, losas de hormigón gris y sin vida, frías como sus huesos. ¿Acaso podía escapar? Dudaba de que pudiera golpear la gran puerta de acero. La desesperación se apoderó de él mientras se desplomaba en la cama.

Si pudiera llamar a Jake para que lo ayudara. Siempre había estado ahí para ayudar cuando Wesley lo necesitaba, y ahora mismo lo echaba mucho de menos. ¿Después de esto, tendría dinero para pagar un asistente? Si el FBI lo marcaba como terrorista, confiscarían sus bienes y congelarían sus cuentas. El peso de las pruebas recaía sobre él, y aún pasaría un tiempo antes de que tuviera la oportunidad de defenderse en los tribunales.

Quiso utilizar el marco de la cama para romper la pared, pero unos pesados pernos la mantenían firmemente sujeta al suelo. Era como una rata en una jaula, sin esperanza de salir.

Wesley empezó a hacer flexiones. No había nada más que hacer en la cárcel. Después de la segunda flexión, decidió que había muchas cosas mejores que hacer, como acostarse en la cama mientras contemplaba lo mal que estaba.

Justo cuando por fin logró dormirse, la puerta se abrió.

Ahad entró en la habitación. "Wesley, confío en que tu estancia sea satisfactoria". Sonrió con un lado de la boca y levantó las cejas.

"No recibí mi botella de agua de cortesía, pero aparte de eso, mi estancia me ha parecido encantadora, gracias".

"Nos disculpamos por no haber traído la botella de agua. Te daré un cupón para un desayuno continental gratuito". Ahad apretó las manos y esperó la respuesta de Wesley.

Ahad estaba bien vestido y se mostraba imponente. Wesley no podía determinar su edad. No tenía arrugas en sí, pero su piel parecía la de alguien que ha pasado mucho tiempo en el salón de bronceado.

"En lugar de alimentarme a mí, me preguntaba si podrías encargarte de que alguien alimentara a mi gato".

"Oh, te refieres a Hunter. Sí, por supuesto. Jake mencionó que era una criatura encantadora. ¿Has pensado alguna vez que quizás los gatos son la especie más inteligente? Quiero decir, nosotros hacemos todo el trabajo, y ellos se sientan en casa y esperan que los alimentemos y entretengamos".

Lo que Ahad había dicho le costó un momento asimilarlo. El rostro de Wesley seguramente se puso pálido en ese momento, ya que perdió toda esperanza de escapar de su situación. Intentó tranquilizarse y ocultar su conmoción. "¿Conoces a Jake?"

"Ah sí, uno de mis mejores empleados, y lo curioso es que ni siquiera está en mi nómina. Al menos, no oficialmente".

Su sonrisa engreída provocó que Wesley quisiera darle un buen golpe, pero sabía que eso sólo empeoraría las cosas. Si lo que decía era cierto, todas sus operaciones comerciales, su medio de vida y todo lo demás estaban en peligro. Intentó parecer despreocupado al responder. "¿De verdad? Tengo que aceptarlo. Jake es uno de lo mejores, aunque no soporto que haya un segundo empleo, así que no estoy seguro de cuánto tiempo más permanecerá a mi cargo".

"Debe haber sido difícil, vivir tanto tiempo sin conocer a nadie más que lo hiciera".

Wesley trató de contener su sorpresa, pero no pudo evitar que sus ojos se abrieran de par en par. Necesitaba aprender a ocultar mejor sus emociones. "¿Qué quieres decir?"

"Bueno, según mis cálculos, tienes más de trescientos años. Por lo que sé, no tienes ni idea de por qué o cómo has vivido tanto tiempo, mientras todos los que estaban contigo envejecían y morían."

Wesley negó con la cabeza. "No tengo ni idea de lo que estás hablando".

"No hace falta que te hagas el gracioso conmigo. Sé la verdad sobre ti. Llevo mucho tiempo siguiéndote, al igual que a los demás. Conozco la mayoría de los trucos. Llevo más tiempo vivo que la mayoría de ustedes".

Esta revelación le sorprendió. ¿Quién era este hombre, y por qué los tenía a él y a su padre en las celdas como terroristas buscados? Las posibilidades eran desalentadoras. "¿Cómo es posible? ¿Eres uno de los viejos druidas que se llamaban a sí mismos los Descendientes del Tejo?"

Ahad sonrió y resopló. "Difícilmente. No, los 'druidas', como se llamaban a sí mismos, eran ladrones que robaron la tecnología a mi pueblo. La diosa Neith nos bendijo y nos otorgó sus dones. Nos referimos a esto como Bot Akh. Tus "druidas" lo llamaban el Beso del Cuervo, debido a la mitología que dice que el cuervo es el símbolo de la reencarnación. Bot Akh era vital para los Khemenu: nos permitía vivir sin envejecer con las bendiciones de Neith".

"¿De nuevo? ¿Los Khemenu?"

"Es como nos llamamos a nosotros mismos. Llamados así por los dioses originales de Egipto".

Wesley levantó las cejas. "Es increíble. ¿Cuántos son ustedes, y qué edad tienen?"

"Sólo somos ocho, cuatro hombres y cuatro mujeres. Yo tengo algo más de mil años. Estaba allí antes de que los bárbaros llegaran y se apoderaran de lo que ahora llaman Egipto".

"¿Por qué complicarse con nosotros? Debes de tener mejores cosas que hacer que meterte con unos cuantos que se beneficiaron de tu Bot Akh, ¿no es así?"

Una lenta sonrisa apareció en el rostro de Ahad. "Una promesa que hice hace mucho tiempo. Pienso cumplir con mi palabra". Es mejor que cuente toda la historia otro día".

"No tengo nada mejor que hacer ahora. Cuéntamelo", dijo Wesley mientras miraba fijamente a Ahad y esperaba.

Ahad lo consideró y luego se encogió de hombros. Se puso a pensar y luego habló. "Muy bien. Fue en el año 1231. En ese momento, yo tenía trescientos treinta y un años. En el año 920 recibí una criatura conocida como Akh Neith. Sólo conocíamos la existencia de ocho de estas criaturas, todas ellas masculinas. Todas las hembras se habían extinguido para entonces, por lo que los ocho machos que quedaban vivos eran muy valiosos. ¿Has visto los escarabajos egipcios, con seis patas?"

A Wesley le vino a la mente la imagen de un escarabajo dorado con cabeza de rubí. "Sí. ¿Es así como se ve este Akh Neith?"

"Sí, aunque un Akh Neith tiene el tamaño de una garrapata. Una garrapata comienza su vida con seis patas, pero una vez que extrae sangre y madura, le crecen dos más, para un total de ocho. Nadie que esté vivo hoy en día conoce el significado de las pinturas de los escarabajos, a excepción de los demás miembros del Khemenu".

Pensar en una criatura parecida a una garrapata introduciéndose en su piel hizo que Wesley se estremeciera.

"Un Akh Neith se introduce en la piel y vive allí a perpetuidad, alimentándose de la sangre del huésped..."

Wesley lo interrumpió. "¿Es eso lo que te impide envejecer?"

Asintió con la cabeza. "Sí. Tu abuelo Emmitt me lo robó". Ahad miró a lo lejos y frunció el ceño. "¿Te gustaría conocer la historia? Si no estás muy ocupado, claro".

Wesley despreciaba a Ahad, pero su voz tenía algo que le llamaba la atención. La curiosidad superó sus objeciones y Wesley asintió para que continuara.

"Él traicionó a su familia".

Wesley se cruzó de brazos. "¿Por qué dices "su familia"?"

Una lenta sonrisa apareció en el rostro de Ahad. Tenía unos ojos color esmeralda, agudos y sabios, muy parecidos a los del padre de Wesley. "Ya llegaremos a eso. ¿Debo continuar?"

Wesley se sintió incómodo. ¿Qué quiso decir? Frunció los labios y asintió con la cabeza.

"El día en que ocurrió, el olor cálido y a tierra de la mirra y el olor dulce y a nuez del cardamomo impregnaron el pequeño templo. Los sacerdotes prepararon la sala para la ceremonia de Nenet. La antigua pariente de Nenet, Onofria, había fallecido al ser atacada por los cruzados cristianos. Ese día iba a recibir a Bot Akh, y nosotros íbamos a transferir la criatura del cuerpo de Onofria a Nenet. Quería a Nenet como si fuera mi sobrina mayor y no conocía a nadie más capaz de recibir el regalo que le íbamos a conceder". Ahad se enfadó y volvió a mirar a lo lejos. Cerró los puños y los aflojó un par de veces antes de continuar.

"Nos reunimos en el templo, con mi presencia y la de los otros seis miembros del Khemenu. Al ser el más joven de ellos, debía abrir el hombro de Onofria y sacar el Akh Neith para colocarlo sobre Nenet. Un hombre estaba acostado en las vigas por encima de nosotros, observándonos, aunque no lo sabíamos en ese momento. Le abrí el hombro y vi cómo la sangre salía de él, entonces la criatura empezó a salir. Mientras se arrastraba hacia mí, sentí una paz y una tranquilidad que me consumían". Una extraña sonrisa llena de arrebato apareció en su rostro, e inhaló un par de veces antes de volver a la normalidad.

"Oí golpes en la puerta. Los guardias tenían instrucciones de no dejar entrar a nadie. Los golpes se hicieron más fuertes, y salí de mi trance y corrí con los demás hacia la puerta. En ese momento, el hombre bajó de las vigas. Abrimos las puertas y llamamos a gritos a los guardias. Al contemplar la escena, vi a hombres con extrañas vestimentas que se acercaban a toda prisa por el pasillo, hombres de piel blanca y pelo rojizo, que portaban simples bastones de madera".

Ahad mostró un gesto de disgusto durante unos instantes. "Todavía recuerdo su olor. Los bárbaros seguramente no se habían bañado en todo el viaje. Su piel rosada me recordó a la de un cerdo, aunque esas criaturas me habrían parecido menos asquerosas". Agitó la cabeza haciendo un rápido movimiento, como si alguien se sacudiera al probar el sabor del limón agrio.

"Mataron a varios de los guardias, y nuevos guardias corrieron a acabar con ellos. Todos estábamos ocupados examinando los resultados de la batalla, y cuando me di la vuelta para ver cómo estaba Nenet, un hombre de pelo rubio, vestido con una capa similar a la de los demás, corrió hacia mí. Intenté detenerlo, pero era demasiado ágil. Me esquivó y rodó hasta el suelo. Gritó algo en un idioma que nunca había oído, que podría ser el irlandés. Perseguimos al hombre, tu abuelo Emmitt, pero logró escapar. No sé cómo logró salir de nuestro reino, pero nunca lo volvimos a ver. Juré a los demás que lo encontraría y recuperaría el Akh Neith".

Ahad volvió a cerrar los puños un par de veces más antes de hablar. "Tuve que ver a mi sobrina Nenet envejecer y morir. Él le robó la oportunidad de no envejecer". Permaneció en silencio durante algún tiempo antes de suspirar largamente.

"En la actualidad sólo existen ocho criaturas Akh Neith. Por otra parte, la especie está extinguida desde hace más de un milenio. Le fallé a Nenet, pero no incumplí mi juramento", dijo con una sonrisa de satisfacción.

Las consecuencias afectaron a Wesley por completo. Ahad quería decir que era responsable de la muerte de Emmitt. "¿Qué hiciste con la criatura y con mi abuelo?"

Ahad puso su mano para apoyar su barbilla y miró fijamente a Wesley con aquellos penetrantes ojos verdes. Hizo una larga y considerada pausa, como si estuviera tomando una decisión. "No he decidido qué pasará con tu abuelo". Respiró largamente por la nariz. "Está vivo. Pero por ahora".

Wesley se tapó la boca con sus manos. Por un momento, sus hombros estuvieron tensos. Olvidó el tema, ya que sospechaba que no iba a dar más detalles. Otra cuestión lo inquietaba. "¿Cómo sabía Emmitt que debía ir a Egipto? Es un largo camino para que los druidas de Irlanda viajen".

"Sí. Otra larga historia, pero te contaré una versión resumida. ¿Has oído hablar del Lia Fáil?"

El nombre me resultaba familiar. "No recuerdo los detalles. He oído el nombre".

Ahad asintió. "Es la Piedra del Destino, una gran piedra, que en su día estuvo rodeada de grandes monumentos, pero que desde hace tiempo quedó reducida a polvo. Algunos en Irlanda creen que una raza divina conocida como los Tuatha Dé Danann construyó la Lia Fáil. La verdad es que nuestro pueblo recorrió una vez todo el mundo, creando monumentos. Mi línea paterna proviene de mis antepasados que una vez se asentaron allí, al igual que la tuya". Hizo una pausa para mirar a Wesley. "Fueron atacados y destruidos por los bárbaros, pero no antes de que mi antiguo abuelo regresara a Egipto".

"¿Cómo es que mi abuelo sabía esto? ¿Qué tiene que ver con él?"

"Paciencia. Estoy llegando a eso. Uno de los hijos de mi antiguo abuelo optó por quedarse en Irlanda escondido. Transmitió la historia a sus hijos, que a su vez la transmitieron a los suyos. Muchos de los rituales religiosos de los druidas eran de la religión que teníamos en Egipto en la misma época. Emmitt O'Keefe conocía el Akh Neith porque su padre se lo había contado. ¿Sabes por qué fue fácil encontrarte a ti y a los demás Descendientes del Tejo?".

Wesley sintió cierto malestar al darse cuenta, e incluso sintió nauseas. "Utilizaron los datos del ADN. Estamos relacionados contigo a través del cromosoma Y de tu antiguo abuelo. El resultado genético sería fuerte. Somos tus primos paternos lejanos".

Ahad olfateó. "El lado más apestoso de la familia, pero sí". Sonrió ante su broma, pero Wesley no lo hizo. Encontró poca gracia en ella. "Emmitt traicionó a su propia familia así como un juramento sagrado. Soy un hombre de palabra y siempre cumplo con ella. He perseguido a Emmitt durante los últimos ochocientos años. Ahora tendré mi venganza".

Wesley se puso a pensar. "¿Por qué castigarme? No tuve nada que ver con lo que hizo mi abuelo. No sabía que ninguno de ellos estaba vivo hasta ahora".

"Puede que me apiade de ti y te mantenga con vida, primo". Él se rio sin ganas. "Por ahora, planeo mantenerte a ti y al resto de tu familia con vida el tiempo suficiente para usarlos como chivos expiatorios cuando la situación empeore para todos. Es posible que haya sobrevivientes que busquen respuestas, y si puedo mostrarles a sus villanos, ellos harán el trabajo por mí. Los nuevos libros de historia mostrarán lo que hicieron, para que mis hijos y nietos no piensen en mí como un monstruo. Espero que tu hermana te acompañe pronto".

¿Qué estaba diciendo? *¿Sobrevivientes en busca de respuestas?*

Llamaron rápidamente a la puerta y Ahad se disculpó. Volvió a los pocos minutos con una gran sonrisa en su rostro. "Parece que Jake tiene a tu hermana bajo su custodia y la está trayendo aquí ahora. Me preguntaba por qué tardaba tanto. Resulta que pronto tendrán una reunión familiar".

Wesley se sintió aterrado y sus manos temblaban. "¿Y ahora qué?"

"Es una decisión para otro día. Por ahora, tengo que ir a hablar con tu hermana".

Wesley miró fijamente a Ahad mientras salía de la habitación y cerraba la puerta en silencio tras él. ¿Es posible que las cosas se pongan mucho peor?

CAPÍTULO VEINTE

A Jake le preocupaba que Ahad no fuera a creer que Valerie era Anne. El disfraz lo había probado varias veces con un programa de reconocimiento facial, y no podía detectar ninguna diferencia en el color de los ojos con los lentes de contacto de color que llevaba Valerie. Anne y Valerie se parecían sin disfraz: llevaban el pelo rubio recogido en coletas y eran casi de la misma complexión y altura. Sin embargo, empezó a pensar en lo acertado de esta idea.

Jake miró a Valerie con los ojos vendados en el asiento trasero. "¿Por qué aceptaste venir a ayudar a Anne?"

"Soy una amiga de la familia O'Keefe. Llevamos un tiempo investigando a Ahad. La denuncia más reciente sobre la detención por parte de él a una profesora de investigación de una universidad de Seattle hizo que la oficina se interesara por mi investigación."

Por supuesto. Candace. "¿Por qué no arrestarlo, entonces? ¿Por qué ponerme en riesgo por esto? ¿No puedo testificar sobre lo que me pidió que hiciera?"

"No sería suficiente. Necesitamos tener a Ahad en un micrófono, hablando sobre lo que está haciendo. Todo lo que tenemos ahora son rumores. Necesitamos conseguir pruebas sólidas".

"Puedo demostrar que me estaba pagando para investigar a la familia O'Keefe. ¿No es suficiente?"

"No hay ninguna ley que le impida pagarle para que actúe como su investigador. No utilizaba los fondos de la oficina para eso".

Jake sintió un gran vacío en su pecho. "¿Y qué hay de los informes comerciales que me dio para que se los diera a Wesley cada semana? ¿No sería eso información privilegiada?"

"No hay nada que vincule esos informes directamente con Ahad. Sólo tu testimonio de que te los dio. Repito, no hay pruebas suficientes para condenarlo, pero sí para condenarlos a ti y a Wesley. ¿Es eso lo que quieres?"

"No, pero ya no quiero esto. No veo cómo el FBI puede protegerme de él. Está muy bien relacionado".

"Estoy invirtiendo muchos recursos en esta investigación, Jake. Necesito que te calmes y confíes en mí. Puedo asegurarte que estarás bajo la total protección del FBI. Tendremos varios agentes en el lugar, listos para actuar a la primera señal de cualquier problema. Te aseguro que tu seguridad será una de nuestras principales prioridades".

Jake no se sintió muy aliviado por lo que prometió. Le costaba creer que alguien como Ahad hubiera alcanzado el puesto que tenía en el FBI. El sistema de controles y balances había fallado, y esos eran los mismos mecanismos en los que le pedían que confiara para su seguridad.

"Espero que tengas razón".

Jake se limpió el sudor de la frente mientras se acercaban al edificio. Entró en el garaje subterráneo. Con las manos temblorosas, mandó un mensaje a Ahad diciendo que estaba allí con Anne.

Genial fue la respuesta que recibió. No llamó, por miedo a que Ahad percibiera que algo iba mal.

A Jake le temblaban las manos y era incapaz de mantenerse en pie sin sentirse mareado. La frialdad de Ahad era inquietante. ¿Debía salir corriendo? No, tenía que enfrentarse a ese hombre y llevarlo ante la justicia. El mundo entero contaba con él ahora.

Jake se dirigió a la parte trasera del auto y agarró a Valerie. Ella se resistió y lo pateó. Imaginó que ella trataba de disimular, en caso de que alguien estuviera mirando, pero esa patada le había dolido. Le agarró las manos, de forma poco cortés, y la sacó del vehículo, obligándola a avanzar. Ella maldijo bajo el trapo que tenía en la boca.

Él se acercó a ella para que nadie lo oyera y le susurró: "No creo que debamos hacer esto. Tengo un horrible presentimiento. No podemos engañar a Ahad de esta manera. Salgamos de aquí".

Valerie negó con la cabeza y le hizo un gesto con la barbilla.

A pesar de su buen juicio, la acompañó hasta los ascensores del aparcamiento. Al abrir la puerta, el hombre de confianza de Ahad, Syed, lo estaba esperando. Asintió con la cabeza a Syed y sonrió.

"Bien hecho, Jake. Vamos a ver qué podemos averiguar de ella".

La sonrisa de Syed le recordó a Jake la de una pitón antes de comerse una rata. El hombre señaló la puerta abierta del ascensor y entraron.

Ya no había vuelta atrás.

Syed los llevó desde el ascensor hasta la celda de detención del padre de Wesley, Kyle. Jake nunca había visto a Kyle en persona, pero en las fotos se parecía mucho a Wesley y un poco a él mismo. Kyle no tenía todo el cabello, y ambos parecían más jóvenes que él.

Ahad entró y sonrió a Jake. "Señor Rivers".

Jake tragó saliva y su ojo tembló. "Ahad. Me alegro de verte".

Ahad observó la cara de Kyle mientras Jake le quitaba la venda de la cabeza a Valerie. Jake empezó a quitarle las esposas pero primero dijo: "Anne, no hagas ninguna tontería. Voy a quitarte las esposas. Siéntate y no hagas ningún movimiento brusco". Ella se sentó mientras él terminaba de quitarle las esposas.

En cuanto Valerie vio a Kyle, dijo: "Papá, eres tú. Estaba tan preocupada de que te hubieran hecho algo. ¿Estás bien?"

Kyle frunció el ceño, confundido. Jake esperaba que Ahad no se hubiera dado cuenta. Seguía sonriendo y observándolos a ambos, así que no debía haberlo visto, pero Jake no se sentía bien con aquel cambio que hicieron previamente.

Kyle logró salir de su confusión. "Anne, ¿te hicieron daño? Estoy bien. Haz lo que te pidan".

"No, no estoy herida. ¿Dónde está Wesley?"

Jake quiso hacer un gesto de dolor, pero intentó controlar sus expresiones faciales. Los agentes de Asuntos Internos no eran buenos actuando, y este no era diferente. Cualquiera hubiera visto por su forma de actuar que no era la hija de Kyle. Kyle le siguió la corriente, pero ¿Ahad le creyó?

Kyle negó con la cabeza. "No lo sé. No me han dejado ver a nadie. Sospecho que está en una celda cercana, pero no puedo estar seguro".

Valerie miró fijamente a Ahad. "¿Qué fue lo que hizo mi padre y por qué me trajiste?".

Ahad la miró con frialdad antes de hablar. "Los cargos son evasión de impuestos, robo de identidad, falsificación de pasaportes, malversación, bioterrorismo y uso de información confidencial. Has cometido muchos de los mismos delitos, además de resistirte al arresto y asesinar a un contratista del gobierno".

Ahad se dirigió a Jake. "Señor Rivers, le dije que lo único que espero de cualquier relación es la lealtad".

Ahad miró a Syed, que estaba apoyado en la pared junto a la puerta. "No debí dejar mi pistola en el escritorio de esa manera frente a ti, ¿verdad?". le preguntó Ahad a Valerie.

¡Oh, no! ¡Dios, no, por favor! Jake corrió hacia la puerta y Syed lo empujó hacia atrás.

Ahad tomó la pistola y le disparó a Valerie en la frente, luego le puso la pistola en la mano, colocando su dedo muerto en el gatillo mientras disparaba a Jake en el abdomen.

Jake gritó de dolor mientras caía de rodillas. La sangre se derramó por el suelo. La puerta se cerró de golpe en su espalda mientras un grupo de agentes del FBI entraban en la habitación. Jake vio con horror cómo Ahad volvía a apretar el dedo muerto del agente especial Lundstrom para dispararle otra

CAPÍTULO VEINTIUNO

A Wesley le gruñía el estómago mientras esperaba que llegara el almuerzo. Se oyeron tres disparos, con unos segundos de diferencia, seguidos de gritos y conmoción en el pasillo. Golpeó la sólida puerta de acero, exigiendo saber qué estaba pasando. Nadie respondió. ¿Por qué iban a sonar disparos en una instalación segura del FBI? Tamborileó con los dedos en el marco de la cama. Sentía una incomodidad en el estómago pero no estaba seguro de si el dolor se debía al nerviosismo, al hambre o a ambas cosas.

El ruido se calmó, pero la comida no llegó. Su estómago gruñó pidiendo comida. Aunque la comida de aquí era apenas aceptable, le saciaba el hambre. Aunque no sabía la hora, seguro que habían pasado muchas horas desde la última vez que había acabado el ayuno.

Wesley contó el número de baldosas del techo para entretenerse. Ciento cuarenta y cuatro, sin contar las baldosas incompletas. Intentó meditar, pero no estaba seguro de si lo estaba haciendo bien. Golpeó la puerta un par de veces más y gritó, pero sospechó que la gruesa puerta y las paredes impedían que se escuchara bien. Esperó, contó las baldosas del suelo y luego se recostó y cerró los ojos, esperando sin razón alguna que el consuelo del sueño lo invadiera.

Se produjo una conmoción en la puerta. ¿Se acercaba la hora de la comida?

"¿Sr. O'Keefe?", dijo un joven con traje al entrar en la habitación.

Wesley se quedó con el estómago revuelto: el joven no tenía comida en la mano. "Eres el único que entra. ¿No hay almuerzo hoy?"

"Usted es libre de almorzar donde quiera, señor. Lo liberaremos. Pero antes, me gustaría saber si puede hacer una declaración".

Wesley intentó responder de manera mesurada. "¿Puedo llamar primero a mi abogado?"

"Sí, puede llamar a un abogado. Nos gustaría saber qué le dijo el agente especial Atenoud. Intentaremos no quitarle mucho tiempo. Por favor".

¿Ahora pretendían ser educados? ¿Después de arrestarlo sin motivo? No, claro que no. "Quiero un abogado para eso. ¿Me pueden devolver mis cosas?"

El joven asintió y le indicó a Wesley que lo siguiera. Avanzaron por el pasillo y, mientras lo hacían, Wesley se fijó en un grupo de personas que llevaban mascarillas quirúrgicas y tomaban fotos de una de las habitaciones, recogiendo cuidadosamente objetos con pinzas. La sangre cubría las paredes y el suelo de la habitación. Sin duda, un paisaje espantoso.

"¿Quién estaba en esa habitación?" preguntó Wesley.

El joven hizo un gesto de dolor. "Creo que era su padre, señor".

Wesley se quedó helado al detenerse y contemplar la espeluznante escena. "¿Mi padre? Oh, Dios. ¿Está bien? Eso es mucha sangre".

"Está bien, aunque hay una investigación activa, así que no puedo divulgar mucha información sobre lo que ocurrió en esa habitación; aunque, francamente, tampoco yo sé mucho, sólo que un agente del FBI y otro hombre fueron asesinados a tiros, supuestamente por el agente especial Ahad Atenoud".

El agente condujo a Wesley a una sala donde lo esperaban sus pertenencias. "Supongo que querrá hacer unas cuantas llamadas telefónicas. Todas sus cosas deberían estar ahí, pero por favor, haga un informe. No tenemos todo el papeleo normal. Ahad los detuvo a usted y a su familia de una manera poco ortodoxa. Ni siquiera tengo un informe que me diga qué debería haber en su caja". Sacudió la cabeza y suspiró. "De todos modos, avíseme si ve que falta algo".

Wesley rebuscó en la caja y encontró su cartera, las llaves y el teléfono inteligente. No detectó que faltara nada. "¿Te importa si me quito este uniforme?"

"Por supuesto. Esperaré fuera", dijo el agente.

Salió y cerró la puerta a sus espaldas. Wesley se quitó el uniforme y se puso la ropa. No estaban en el mejor estado, pero era agradable quitarse ese traje de prisionero.

Wesley llamó primero a su abogado, Gordon Weinberg. "Hola, Gordon. Estoy en San José, en una prisión federal, y necesito un consejo".

"¡Por Dios, Wesley! ¿Qué hiciste? Espera. No contestes. No digas nada, y aguanta. Puedo estar allí en cuatro horas".

Wesley se sintió aliviado al saber que Gordon le cubría las espaldas. Sólo unas pocas personas en su vida se habían ganado un nivel de confianza tan alto, y Gordon era una de ellas. "Me temo que no tengo tanto tiempo. ¿Tienes algún amigo por aquí? ¿O tal vez un bufete con el que seas socio en San José? Me van a liberar y quieren que haga una declaración".

"Diles que quieres hacer una declaración en Seattle con tu abogado presente. Si te hacen algún reproche, diles que me llamen. Puedes hacer una conferencia conmigo".

"Gracias, Gordon. Te lo agradezco".

"Oye, *gracias*. Cuando esto termine, tienes que tomarte unas vacaciones". Gordon se rio al teléfono.

Wesley estaba contento porque podía divertirse. Sin embargo, un viaje a una isla tropical parecía una gran idea. "Gracias. Ten un buen día".

Después de llamar a la puerta, una mujer alta y atractiva, de piel oscura y vestida con un traje negro ajustado, entró en la habitación. Tenía la cara cubierta de lágrimas. "Mi nombre es Agente Especial Jane Higgins. A mi esposa, Valerie, le disparó el maldito que te trajo aquí, junto con tu asistente, Jake Rivers. Creo que ese era su nombre".

¿Qué? ¿Por qué iba a estar Jake aquí? La conversación con Ahad le vino a la mente: *Es uno de mis mejores empleados*. ¿Por qué Ahad le dispararía? "¿Jake? ¿Está bien?"

El agente especial Higgins lo miró fijamente con una sonrisa de compasión, como la que alguien pondría cuando le dicen que ha muerto alguien. Wesley había visto esa sonrisa demasiadas veces en su vida. Sacudió la cabeza lentamente. "Lo siento, señor O'Keefe. Jake fue asesinado a tiros, junto con mi esposa. Ahad intentó inculpar a mi mujer".

Higgins se apoyó en la pared y la golpeó con los puños. "¿Por qué demonios aceptó ella esto? Se suponía que estaba en la Oficina de Responsabilidad Profesional haciendo trabajo de asuntos internos, no un agente encubierto. No se formó para esto. ¡Maldición!". Empezó a llorar, temblando notablemente. Después de unos minutos, se tranquilizó y se secó las lágrimas. "Pienso atrapar a este maldito aunque sea lo último que haga. No se lo he dicho a mis padres".

Wesley se quedó sin palabras y se sintió desconcertado por Jake. Después de unos momentos, preguntó: "No puedo creer que haya matado a Jake. ¿Estás segura?"

"Sí. Está muerto. Traicionó a Ahad. Ahad quiso dar un ejemplo con él".

Wesley se estremeció, sin saber qué creer. La habitación giraba a su alrededor. Todo estaba sucediendo demasiado rápido. "¿Dónde está Ahad?"

"Está en una prisión federal de detención, una con excelente seguridad. Escucha, sé que quieres un abogado, pero quiero saber qué te dijo. Ese desgraciado mató a mi esposa, y quiero que pague por ello".

Wesley se lo dijo allí mismo, sin abogado. Gordon lo regañaría más tarde, pero esta mujer quería vengarse de alguien que le había arruinado la vida. "Ahad dijo que mi asistente, Jake, trabajaba para él. Jake se suponía que iba a traer a mi hermana aquí para que él la interrogara. Ahad planeaba culpar a mi padre y a nuestra familia. Dijo algo así como: "Quiero que tu familia esté viva el tiempo suficiente para usaros como chivos expiatorios cuando los supervivientes busquen respuestas". No tengo ni idea de lo que quería decir con eso. Testificaré sobre todo esto a cambio de inmunidad por cualquier crimen que el FBI crea que he cometido".

"Genial. Empieza a escribir. Necesitamos tu declaración escrita ahora para mantener encerrado a este imbécil. Dudo que la inmunidad sea un problema".

Wesley escribió todos los detalles, omitiendo las partes sobre los Descendientes del Tejo y los Khemenu. No era necesario que eso estuviera en ningún registro escrito.

Wesley tuvo que rellenar muchos papeles. Dejó que Gordon lo revisara todo en una videoconferencia, pero todo era un lenguaje repetitivo. Después de lo que debió ser una hora, terminó y se reunió con su padre.

Su padre se mecía de un lado a otro sin decir mucho. Kyle tenía la mirada perdida como la que había visto en muchos hombres cuando volvían de luchar en la Segunda Guerra Mundial. Wesley se sentía afortunado de no haber entrado en combate cada vez que veía esa mirada.

Se le formó un nudo en la garganta. "¿Estás bien, papá?"

Kyle se quedó mirando a Wesley durante un rato, como alguien que no había entendido la pregunta. Tras un largo momento de silencio, finalmente habló. "Físicamente, sí. Vi cómo disparaban a una mujer. Iba disfrazada de tu hermana. Sabía que no era ella, pero la experiencia de ver morir delante de ti a alguien que se parece a tu hija es difícil de describir. Me senté congelado e impotente mientras él le disparaba a tu asistente". Sacudió la cabeza y se balanceó un poco más. "Nunca debí haber ayudado a ese hombre".

¿Qué? Wesley se sintió mareado y tuvo que agarrarse al respaldo de una silla para evitar que sus débiles piernas se doblaran. Intentó mover la boca, pero no pudo decir nada. En cambio, se quedó allí abriendo y cerrando los labios como un pez que boquea. Su padre seguramente estaba delirando por la conmoción. "¿Ayudar a qué hombre?"

Kyle se sacudió un par de veces más y luego salió de ese extraño trance. "Lo siento, hijo. Es la primera vez que veo cómo le disparan a alguien delante de mí. He tenido suerte".

Wesley resopló. Él también había tenido suerte, aunque los hombres que conocía que no habían sido tan afortunados nunca se habían recuperado del todo. "Yo también, papá. ¿Qué hay de ese hombre al que ayudaste?"

Kyle parpadeó un par de veces aparentemente confundido. "Lo siento. No sé lo que estaba diciendo. Por favor, olvídalo".

Ver a su padre convertido en un ser tan lamentable le causó a Wesley una gran angustia. Las molestias en el estomago volvieron, probablemente debido a los nervios y al hambre. Asintió a su padre y le puso una mano en el hombro. "No pasa nada. Vamos a llevarte a casa".

Kyle hizo una mueca de dolor. "Sobre eso. Voy a estar en custodia preventiva. No te veré durante un tiempo. ¿Puedes hacerme un favor?"

"Claro. ¿Cuál?"

Su débil sonrisa carecía de alegría. "Necesito que encuentres el cuerpo de mi padre en Ciudad de México. Cuando lo hagas, llámame. Dile a Anne que te acompañe. Es muy importante".

Una petición cuando menos extraña, aunque Wesley no necesitaba cumplirla. "Ahad me hizo pensar que el abuelo Emmitt puede seguir vivo, aunque no estoy seguro de que siga así".

"¿Qué? ¿Cómo?"

Wesley se encogió de hombros. "No lo sé, pero Ahad dijo que no estaba seguro de lo que haría con él. Ahad también me dijo que el hecho de no envejecer proviene de una criatura parecida a una garrapata llamada Akh

Neith. Dijo que El Abuelito se lo robó y que por eso lo capturó. ¿Sabes algo de esto?"

Kyle entrecerró los ojos. "Tu abuelo nunca me contó nada de eso. Ojalá lo hubiera hecho. ¿Por qué demonios lo ocultó? Esta información podría ayudar a explicar la evolución del virus. Escucha, ve a Ciudad de México. Encuentra a tu abuelo, y a esa criatura, tan pronto como sea posible".

"¿Por qué nos importa su evolución? ¿Por qué es tan importante? ¿No tenemos otras cosas de las que preocuparnos ahora?"

Su padre le puso una mano en el hombro. "Mi software de modelado nunca pudo averiguar cómo hacer del Beso del Cuervo algo que pudiéramos transmitir a otros sin tener que debilitar el sistema inmunológico. El problema es que nunca pude encontrar las condiciones para el modelo que permitieran su desarrollo. En otras palabras, el útil retrovirus no debería existir, porque la evolución nunca lo habría hecho. El elemento que faltaba era esta criatura. Debe haber una relación simbiótica. Si podemos secuenciar su ADN, podemos introducir los datos en mi software de modelado y averiguar cómo hacer que evolucione de una manera diferente en el modelo cuántico".

"No sé si lo entiendo. ¿Por qué demonios importa eso, papá?"

"Cuida tu tono, hijo. Sigo siendo tu padre".

Wesley apretó los dientes. "Lo siento. ¿Para qué sirve esto? Apenas entiendo esta idea del modelo cuántico".

"Piénsalo así. Podemos hacer cualquier virus con las propiedades que queramos si podemos introducir los datos adecuados en la simulación. Piensa por ejemplo en un simple virus del resfriado. Bajo las condiciones adecuadas, podría evolucionar para ser útil e infectar células cancerosas. Sin embargo, tendría que haber presiones ambientales y mutaciones específicas para que eso ocurriera. Con las computadoras tradicionales, la simulación habría tardado millones de años en pasar por todas las numerosas posibilidades, debido al gran número de permutaciones. Con la computación cuántica, podemos simular que todo ocurre a la vez con diferentes partículas subatómicas que interactúan. Podemos proporcionar al modelo el resultado final que deseamos, y éste puede pasar por trillones de posibilidades en poco tiempo a fin de averiguar qué secuencia de ADN haría ese virus. Nunca pude encontrar ningún modelo que creara la secuencia de ADN del virus

Raven's Kiss. Eso es porque me faltaban los datos sobre esta criatura Akh Neith que está en tu abuelo. Una vez que hayamos conseguido eso, podré ajustar el modelo hasta que encontremos una forma de hacer un retrovirus que prevenga el envejecimiento y no requiera un sistema inmune debilitado. ¿Tiene sentido?"

Tenía algo de sentido. Obviamente, Kyle creía que funcionaría, y sabía mucho más sobre el tema. Wesley se quedó mirando a su padre durante mucho tiempo. "Parece que la posibilidad de que disfrutemos juntos de un escocés tendrá que esperar".

A su padre le brillaron los ojos. "Sí, eso parece, hijo". Abrazó a Wesley y deslizó un sobre en su bolsillo. "Que los problemas sean los más desconocidos, hijo".

Wesley miró a su padre a través de las lágrimas que se formaban en sus ojos. "Me temo que los problemas y yo nos conocemos demasiado bien en este momento".

Volvió a abrazar a su padre y salió de las instalaciones, echando un último vistazo al edificio antes de que un taxi autoconducido se lo llevara.

TAL VEZ DEBERÍA DECIRLE al taxi que volviera al centro por su cuenta. Wesley ya estaba a medio camino de la casa de su padre, así que podría continuar. Ya no podía llamar a Jake y pedirle que arreglara su agenda. Jake lo había traicionado, pero también había sido un asistente leal. Al final, había demostrado su lealtad, demasiado tarde. Wesley ya lo extrañaba. Deseaba haber podido despedirse, y otra parte de él quería golpearlo. ¿Qué papel había jugado Jake en todo lo que había sucedido últimamente?

Muchos de los grandes sicomoros se extendían hacia el cielo azul con sus verdes ramas. Wesley se enfadó cuando apartó la mirada del paisaje que veía pasar. Jake no tenía derecho al sufrimiento que sentía Wesley. Entrecerró los ojos al pensar en los problemas en los que podría estar metido debido a la información que Jake le había dado. Aunque le había parecido demasiado bueno para ser verdad recibir tantos consejos sobre inversiones de Jake, Wesley había sacado provecho de ello tantas veces que no había cuestionado su legalidad. La agente del FBI cumpliría su palabra, o no lo haría. La idea de ir a la cárcel por uso de información confidencial no ayudaba a animar su estado de ánimo.

Wesley cerró los ojos y se pellizcó la nariz. Qué desastre tan grande fueron estas últimas semanas. Su abuelo estaba en alguna parte de Ciudad de México, posiblemente vivo, pero lo más probable es que estuviera muerto. Wesley se movió en el asiento y el sobre que llevaba en el bolsillo hizo un sonido crujiente. El de un papel. ¿Quién lo usaba todavía?

¿Qué información tenía su padre para él? Cuando su padre se lo había metido en el bolsillo, Wesley había sentido que no quería que nadie lo supiera. ¿Acaso él quería saberlo?

Abrió el sobre y sacó una carta. La fluida letra cursiva de la misma le recordaba tiempos pasados. Sonrió. Muchos de los que hoy viven no serían capaces de leer o escribir algo así.

Querido Wesley,

Hay mucho que necesito explicarte, pero no tengo espacio ni tiempo para hacerlo. Por favor, destruye esta carta después de leerla.

He hecho algo que lamento profundamente. Aunque los intereses de mi familia estaban en primer lugar, pensé que podía ser más astuto que Ahad. Pero me equivoqué.

Tengo una compañía llamada Immunitrex. Podemos crear modelos cuánticos de virus, y luego podemos imprimir en 3D esos virus en la vida real. Usamos esta tecnología para escanear todos los microorganismos dañinos y proporcionar una taxonomía de ellos, que usamos en nuestro software de modelado. Lo siento si esto no tiene mucho sentido, pero basta con decir que utilizamos la tecnología para crear el conjunto de vacunas que todo el mundo recibe cada tres meses para prevenir el resfriado común, los coronavirus, la gripe, etc.

Ahad me obligó el año pasado, mediante amenazas contra nuestra familia, a utilizar la tecnología para crear un patógeno que se incluyera en el conjunto de vacunas. Cooperé, pero debilité el virus de manera que lo hiciera inútil. Su plan era que miles de millones de personas murieran a causa de un esfuerzo erróneo por salvar la tierra y ponerlo en una posición de gran poder. Añoraba los días de gloria, cuando podía influir en los líderes mundiales y gobernar a la población desde el exterior.

De alguna manera, han analizado sus propios modelos y han descubierto el fallo. Todavía no estoy seguro de cómo. Ahad hizo que uno de sus científicos, Masika, arreglara el problema. Ella hackeó el sistema usando mis credenciales y cargó el virus mortal en la inyección del paquete. Yo lo ignoraba y pensé que mi plan para frustrarlo había funcionado. Hace unos días, descubrí el problema y empecé a hacer planes para crear una cura para el próximo paquete de vacunas. Por desgracia, las modificaciones que hizo Masika crearon un virus que no sé cómo curar.

Arreglé las debilidades del sistema Immunitrex y añadí protecciones adicionales para evitar que algo así volviera a ocurrir. Planeé acudir a varias agencias gubernamentales, pero de alguna manera Ahad supo lo que estaba haciendo y me arrestó. Si no hubiera sido por el desafortunado tiroteo de Jake y el agente especial Lundstrom, y el posterior arresto de Ahad, no habría tenido la oportunidad de detener esto.

Tengo una cabaña cerca de Leavenworth con un laboratorio de modelado cuántico con todo el equipo necesario para desarrollar una cura. Tengo entendido que sales con una microbióloga. La he investigado y he encontrado que ha hecho un montón de investigaciones fenomenales que han hecho avanzar el campo, así que sería perfecta para el proyecto. Por favor, llévala allí antes de ir a México. Anne tiene acceso biométrico a mis sistemas y puede hacer que la Dra. Rosenbach comience. Te acompañaré una vez que pueda convencer al FBI de que me lo permita.

Con cariño,

Pa

WESLEY SE PASÓ LA MANO por los labios y movió la cabeza. Con la mandíbula apretada, pensó en la carta. ¿Cómo podía hacer esto su padre? Arrugó la carta y la volvió a meter en el bolsillo.

Su reloj sonó. Era Candace. Se apretó las manos al ver la notificación. Podía dejar un mensaje. No quería hablar con nadie.

Ella lo llamó de nuevo. Su dispositivo parpadeó, advirtiendo que la llamada terminaría pronto. Una parte de su cerebro gritó como respuesta mientras se movía y pulsaba el botón verde. "¿Hola?"

"¿Wesley? ¡Oh, Dios mío! ¿Estás bien?"

El tono frenético de su voz lo conmovió. "Sí. ¿Por qué? ¿Cómo va todo allá arriba?"

"Estoy bien. Estoy en casa de tu padre. No hemos tenido noticias de Jake ni de Valerie. ¿Dónde estás?"

¿Cómo sabía Candace lo de Jake, y quién era Valerie? *Oh, claro, la difunta esposa de la Sra. Higgins.* "Planeaba irme de vacaciones al Caribe. ¿Quieres acompañarme?"

Una larga pausa en el otro extremo. "No es un buen momento para bromas. ¿Qué pasa?"

Ahora era el turno de Wesley de hacer una pausa. ¿Qué quería hacer? ¿Por qué había respondido a la llamada? *Maldita sea.* El cansancio se apoderó de él por completo. Lo invadió un intenso dolor y remordimiento. Intentó tragar para superar el nudo que tenía en su garganta. Se mordió el labio. Su voz se quebró cuando finalmente habló. "Lo siento. Estaré allí en breve".

Con cierto pesar, Wesley vio cómo el aeropuerto se hacía más pequeño mientras el taxi se dirigía a la casa de su padre. En el pasado, él siempre se marchaba y se iba a una nueva vida. Ahora no podía hacerlo.

CANDACE Y ANNE SE QUEDARON cerca de la puerta. Cuando Wesley se bajó del auto, con la mirada apagada, Candace casi lo derriba cuando corrió a abrazarlo.

Él la abrazó, aspirando su aroma mientras la cálida humedad de las lágrimas mojaba su hombro. Wesley podría perderse en ese momento, abrazándola durante una eternidad, pero pronto se soltaron y entraron en la casa.

Wesley sonrió a Anne.

Ella le sonrió. "Tengo té preparado".

Por supuesto. "Me vendría bien un poco. Gracias." Se sentó y fingió que todo era como debía ser, aunque sabía que sería un instante fugaz.

A Anne le tembló la mano al entregarle la taza de té. Notó la nube de leche en el té y sonrió. Un pequeño consuelo, pero le dio un sorbo y dejó que la bebida lo calentara mientras saboreaba su dulzura. La taza tembló al dejarla sobre el platillo.

Anne lo miró fijamente. "¿Y bien?"

Wesley se armó de valor. "Papá está bajo custodia". La carta se arrugó en su bolsillo, y las esquinas arrugadas lo pincharon. ¿Debía contarle la traición de su padre? No. Le ahorraría ese único agravio. Por ahora. "Ahad disparó y mató a Valerie y Jake. Pa lo presenció, y el FBI quiere que permanezca bajo su custodia. Retiraron todos los cargos contra nosotros a cambio de nuestros testimonios".

Anne se llevó la mano a la boca y negó con la cabeza. "No. No. ¿Por qué iba a hacer eso?" Empezó a decir maldiciones y tiró un cojín del sofá a la pared. Sus mejillas se sonrojaron de ira mientras cerraba los puños.

Wesley movió la cabeza de un lado a otro en cámara lenta. "No entiendo mucho a Ahad ni sus motivaciones. Es un megalómano narcisista. Pensaba en Jake como un buen empleado, alguien con quien podía contar. Luego descubrí que había estado trabajando para Ahad. No sé qué pensar".

Anne y Candace se miraron. Candace le hizo un rápido asentimiento deferente.

Anne lo miró fijamente. "Wesley, tengo que decirte que... Jake era tu hijo".

¿Hijo? ¿De qué estaba hablando? "¿Qué? Imposible. ¿Cómo podría ser...?" Se quedó sin palabras. Recordó la edad de Jake, y el haberle pedido a una mujer que abortara hace tantas décadas. Se lamió sus secos labios. "¿Por qué? ¿Por qué no me lo dijo?"

Anne se encogió de hombros. "No lo sé. Dijo que lo abandonaste. Trabajar para Ahad para espiarte fue su venganza. Cambió de opinión y decidió ayudar una vez que descubrió lo que Ahad estaba planeando. Jake quería que te dijera que lamentaba haberte decepcionado y que ya no estaba enfadado. Lo siento".

Wesley mantuvo la boca abierta y se pasó la lengua por el labio inferior. ¿Cómo debía sentirse? En su cabeza se agitaba un torbellino de emociones. Rabia porque Jake lo había espiado. Arrepentimiento por no haberle dicho que era su hijo, por haber tratado a Jake con tanta indiferencia. Vergüenza por haber dejado a la madre de Jake sola para cuidar a un bebé. Abrió y cerró la boca varias veces. Intentó quitarse la pena de la cabeza, como un perro se quita el agua del pelaje. Se cubrió la cara con las manos y cerró los ojos. Candace lo acercó a ella y él puso su cabeza en su abrazo.

Tras reponerse, Wesley levantó la cabeza y se quedó mirando un cojín del sofá. Si al menos Jake hubiera dicho algo. ¿Por qué no lo había hecho?

Candace y Anne se miraron de nuevo. ¿Y ahora qué? Anne asintió a Candace esta vez.

Candace se aclaró la garganta. "Creo que un virus mortal ya ha infectado a millones, si no miles de millones, de personas". Se mordió el labio y continuó. "Yo soy una de ellas".

Hay un momento en los momentos de oscuridad en el que alguien choca contra un muro, más allá del cual no queda mucha emoción que sentir. Wesley había chocado con ese muro de apatía y desesperación. Un vacío interior le impedía hablar. Las palabras no salían. En su lugar, sacó la arrugada carta, la aplastó con el puño y se la entregó a Candace.

Candace suspiró un par de veces mientras leía la carta, y luego se la dio a Anne.

La expresión de Anne se volvió sombría. Toda su cara se puso roja. Sacudió la cabeza con incredulidad. "No. Tiene que haber un error. ¿Por qué iba a ayudar a ese bastardo?" Se puso de pie rápidamente, llevó la carta al fregadero, la rompió en pedazos y la tiró al triturador de basura dejando correr el agua. "Esa no era su letra. Ahad le obligó a escribirla".

Wesley le puso la mano en el hombro. "Lo metió en el bolsillo. Fue él quien lo escribió".

Ella se quedó de pie, molesta, durante unos largos momentos antes de decir algo. Miró fijamente a los ojos de Wesley con esa mirada feroz que le recordaba tanto a su madre. "Entonces no tenemos tiempo que perder. Llevemos a la Dra. Rosenbach al centro de investigación de Pa".

"Una cosa más. Ahad me hizo creer que el Abuelito Emmitt podría seguir vivo".

Ella sonrió, y una lágrima de alegría apareció en sus ojos. "Entonces tenemos que irnos ya". Corrió hacia la puerta. "Candace me dijo que tienes un avión. ¿Puedes llevarnos a un pequeño aeropuerto de hierba cerca del lago Wenatchee?"

Wesley hizo los cálculos. Tendrían que llegar a Seattle y luego volar en un avión más pequeño, pero era posible. "Estaremos allí en unas horas".

Todos se apresuraron a salir por la puerta.

CAPÍTULO VEINTIDOS

Ahad estaba en una celda de la cárcel, arrestado por disparar a la odiosa agente Valerie Lundstrom y al traidor de Jake Rivers. El desgraciado había arruinado todo con su deslealtad.

Ahora Ahad se arrepentía de sus actos. Seguramente habría dejado su puesto en el Buró una vez que el virus hubiera hecho su trabajo, pero podría haber utilizado su puesto en el FBI durante unos meses para asegurarse de alcanzar sus objetivos. Esos días quedaron atrás, ya que mostró su secreto y tuvo que tomar medidas preventivas no planificadas.

No se arrepiente de haber disparado a Jake. Se lo había merecido por ser desleal, por intentar engañarlo. La reacción de Kyle había hecho evidente que la persona que Jake había traído no era Anne O'Keefe. Jake no debió ser tan estúpido si pretendía engañarlo. Disparar a una agente de Asuntos Internos mientras llevaba un micrófono fue lo que lamentó. Todo parecía obvio ahora en retrospectiva.

Se maldijo a sí mismo, porque había actuado por impulso cuando debería haber tenido control. Si no fuera por Kyle O'Keefe, habría esperado a que todos murieran y se habría marchado para empezar a planificar un nuevo mundo, un mundo en el que los khemenu lograrían grandes cosas, como lo habían hecho sus antepasados en épocas anteriores. Tenía que salir de esta prisión. Ahora.

La gente malgastaba los recursos y se peleaba por ellos como manadas de hienas salvajes. Se peleaban entre sí y destruían el medio ambiente. Ahad pondría fin a esto y llevaría a su pueblo a las estrellas. La inmensidad del universo estaba ahí para ser tomada, pero aquí se peleaban por cosas insignificantes cuando los verdaderos tesoros estaban en el espacio, esperando a ser recogidos. Los Khemenu actuarían como mejores administradores de la Tierra y llevarían a la gente a la verdadera grandeza. Muchos morirían para que esto fuera posible, pero todos morirían si él no hacía algo. La raza humana necesitaba que él tuviera éxito, así como su pueblo.

Ahad esperó pacientemente en su cama. Un guardia lo estaba vigilando ahora. La cámara pronto se vería modificada en un bucle, por lo que necesitaba sentarse sin moverse mucho para tener éxito. Por eso, meditó en silencio sobre su cama con tranquilidad.

Un guardia entró en su celda con una pequeña bolsa de viaje negra y se desnudó, y Ahad hizo lo mismo. Ahad se puso el uniforme de guardia y el guardia se puso el traje naranja de preso. El guardia sacó un kit de maquillaje de la bolsa y comenzó a aplicar cosméticos en la cara de Ahad. Ahad hizo lo mismo con el guardia. Los khemenu habían perfeccionado el arte del disfraz con maquillaje hace mucho tiempo. Si uno vivía tanto tiempo en secreto, necesitaba formas creativas de enmascarar sus rasgos. El disfraz tenía que durar lo suficiente para que los guardias que vigilaban las grabaciones vieran a su sustituto acostarse en la cama y quedarse dormido.

Sin decir nada, Ahad estrechó la mano del falso guardia y se marchó en silencio. Caminó rápidamente por el pasillo hasta llegar a una escalera que llevaba a una sala de lavandería. Utilizó el distintivo de acceso que llevaba en la camisa para abrir la puerta y entró en la zona. Observó un camión de ropa blanca a medio cargar y se subió a la parte trasera del mismo.

Una mujer guardia apareció frente a él. "¿Qué demonios estás haciendo? Las manos donde pueda verlas", le gritó mientras le apuntaba con una pistola.

Ahad pensó rápidamente en una excusa. "Estaba inspeccionando la lavandería para asegurarme de que estaba vacía. Es un nuevo procedimiento estándar. ¿No recibiste el informe?"

"No, no lo recibí. No te reconozco. ¿Cómo te llamas?"

No se había molestado en leer su placa. No se suponía que hubiera alguien esperando en la lavandería. "Lo siento, sí, me transfirieron de otra prisión. El nombre es Edgar Riddell, ¿y el tuyo?"

Parecía dudosa. "Voy a llamar por teléfono. Por favor, espere un momento".

La guardia se distrajo durante un breve segundo mientras se movía para pulsar un botón en su tablet, y Ahad aprovechó la oportunidad. Se abalanzó hacia ella y presionó sus brazos en arco hacia fuera, tirando su arma al suelo. Ella se abalanzó sobre él, pero él la esquivó y la hizo caer al suelo. La estranguló y la apretó hasta que su cara se puso roja. Ella lo arañó mientras intentaba zafarse de sus brazos e impulsó sus piernas varias veces. El dolor le recorría la piel mientras las uñas de ella se clavaban en sus muñecas. Él la sujetó con firmeza, cuidando de no gritar cuando ella le sacaba sangre por otro profundo arañazo.

Pronto cesaron las patadas y el cuerpo de la mujer quedó inmóvil bajo él. Encontró su arma, luego arrojó su cuerpo muerto al suelo y buscó en él un chip.

Después de encontrar el chip que le permitiría encender el vehículo y llevárselo, la arrojó a la parte trasera y le echó encima varias sábanas y toallas. El camión pronto empezaría a oler a algo más que a un montón de sábanas manchadas.

El vehículo avanzó tambaleándose. Ahad empuñó la pistola en su mano con el dedo en el gatillo, listo para usarla si era necesario.

Se detuvo ante la puerta y el guardia lo miró.

"¿Todo bien?", preguntó el guardia.

"Sí. Llevando una carga de ropa. Todo está muy bien. Qué buen día, ¿eh?".

El guardia asintió pero no abrió la puerta. "¿Dónde está Karen?"

Ahad supuso que ése debía de ser el nombre del guardia de la parte trasera del camión. Sonrió y se encogió de hombros. "No estoy seguro. Me llamaron hoy. Quizá esté enferma".

Buscó algo y Ahad le disparó en la cara con la pistola. La sangre cubrió la pared más alejada de la puerta de la guardia, y el hombre cayó al suelo muerto.

Ahad pisó a fondo el acelerador del camión y atravesó la puerta. Las sirenas sonaron detrás de él y el vehículo se detuvo bruscamente. *¡Maldita sea!* Seguro habían desactivado el camión a distancia.

Saltó y corrió a toda velocidad hacia el bosque, atravesando los árboles mientras subía la larga colina.

Los ruidos de los vehículos y los ladridos de los perros persiguieron a Ahad mientras corría por el bosque. Respiró y olió la tierra fresca mientras sus botas rompían las ramas bajo él y creaban ruidos de crujidos que seguramente llamarían la atención. Sus pulmones dolían, pero se esforzaba por avanzar a pesar del dolor. Se detuvo cuando llegó a un río que se movía rápidamente.

El sonido de los perros ladrando se hizo más fuerte y lo impulsó hacia el río. Cuando se lanzó al río, sin tener en cuenta el peligro, el agua helada le quemó la piel. Sujetando la pistola por encima de él mientras se adentraba en el agua, aspiró aire mientras el frío invadía sus sentidos. Sus botas se filtraron en las rocas cuando llegó a la otra orilla.

A su espalda se oyó un gruñido estridente. Al darse la vuelta, Ahad se encontró con un gran pastor alemán. La bestia ladró antes de saltar al agua, y él se alejó corriendo para evitar al perro. Los pantalones y las botas cargados de agua le pesaban mientras intentaba avanzar hacia el camino que tenía delante. El aullido del canino detrás de él se hizo más cercano. Ahad encontró una gran piedra y la lanzó a la cabeza del animal. El animal chilló, pero siguió avanzando. Intentó sacar la pistola, con las manos entumecidas por el frío. Disparó y no acertó al perro con una diferencia considerable. El perro arremetió, con los dientes al descubierto, saltando hacia su garganta. El perro lo golpeó y, al caer hacia atrás, le metió una bala en el pecho.

Tras rodar por una colina durante varios minutos, se detuvo y se giró para ver a la asquerosa criatura que aullaba de costado. Sus patas se retorcían mientras hacia sonidos desagradables. Ahad levantó una gran piedra, luego corrió hacia el animal y derribó la roca, aplastando su cráneo en señal de misericordia y para evitar que hiciera más ruido que lo delatara.

Ahad corrió hacia la carretera. Los frenos de un enorme semirremolque sin conductor rechinaron al reducir la velocidad para evitar matarlo. Corrió hacia la parte trasera del vehículo y se subió a la parte superior del remolque, agarrándose a una barandilla mientras el camión volvía a avanzar, sin detectar a ningún peatón que impidiera su avance.

Le temblaban las manos y temblaba por el aire que corría sobre su piel y su ropa mojada. Probablemente los drones estarían rastreando la zona para buscarlo. Lo que iba a ser una escapada limpia se había convertido en una fuga torpe y ajetreada. Esa mujer no debería haber estado allí. ¿Por qué tenían siquiera un conductor en el camión de la lavandería? Otro ejemplo del despilfarro de recursos que solucionaría cuando lo dirigiera todo.

Un avión sonó por encima, pero Ahad no se movió ni para mirar hacia arriba. Arriesgarse a hacer ese movimiento permitiría que el software de reconocimiento facial lo viera. Apoyado en la parte superior del vehículo, se aferró a la vida mientras temblaba continuamente durante varias horas.

El semirremolque se detuvo en un semáforo y Ahad bajó de la parte trasera. Más allá de la pequeña ciudad en la que se encontraba había tierras de cultivo, con una pequeña tienda en el cruce. No había otros vehículos, aunque podría haber cámaras en los semáforos, así que corrió hacia el lado de la carretera, intentando utilizar el camión para ocultarse. Una pequeña granja en la distancia llamó la atención de Ahad, por lo que corrió hacia ella tras trepar por una pequeña valla.

La hierba marrón crujió bajo él y pasó por delante de varios bultos de heno mientras corría hacia la casa. El olor a estiércol de vaca y heno invadió sus sentidos, pero tenía demasiado frío como para preocuparse por el hedor. Entró en un pequeño granero con unos establos para caballos. ¿Puede montar en uno de los caballos? No. Estaría demasiado expuesto.

Ahad necesitaba entrar en la granja. La pistola fría seguía en su bolsillo, así que la sacó y extrajo el cartucho para ver cuántas balas contenía. Ocho balas más.

Desde el interior del granero, vio a un hombre, a su mujer y a sus dos hijos rezando en la mesa. Comenzaron a comer. Ahad sonrió en su interior. Cuatro disparos y luego se ducharía, se pondría ropa nueva y seguiría su camino.

Caminando con cuidado, se acercó sigilosamente a la casa. Desde la ventana, donde observó cómo comían, escuchó el sonido de las conversaciones y las risas durante la cena. Una niña pequeña levantó la vista y lo miró fijamente, sus ojos se abrieron de par en par cuando apretó el gatillo. Una bala atravesó la ventana así como el corazón de su padre. Ella gritó mientras él disparaba a la madre y al hijo a continuación. La niña corrió hacia otra habitación, evitando un disparo certero. Abrió la puerta de una patada y entró corriendo para encontrarla escondida en un armario de abrigos.

"¡Por favor, no lo hagas! Por favor", suplicó mientras lo miraba fijamente con sus coletas castañas y sus brillantes ojos marrones.

Ahad apretó el gatillo y silenció sus súplicas de ayuda.

Corrió a la habitación donde el muerto estaba tirado en la mesa, y buscó en sus bolsillos. Encontró una pequeña ficha para el vehículo. Bien, el hombre parecía tener el tamaño adecuado. Subió las escaleras hasta el segundo piso, se duchó y rebuscó en el armario hasta encontrar ropa adecuada.

Diez minutos más tarde, Ahad estaba vestido, seco y abrigado en el vehículo de un tal John Grife, dirigiéndose lo más lejos posible de la zona. Necesitaría hacer contacto pronto y estar fuera del país, pero estaría a salvo.

CAPÍTULO VEINTITRES

A l cabo de algunos viajes en avión, Wesley, Anne y Candace estaban en la cabaña de Kyle O'Keefe, que tenía vistas al lago Wenatchee. Los altos pinos se alzaban y el dulce aroma de la tierra del bosque recibía a Wesley mientras contemplaba el lago y el magnífico pico de granito que arrojaba su sombra sobre la casa.

Anne acercó la mano al sensor de la puerta y esta se abrió con un clic. Wesley contempló asombrado la magnífica vista del tranquilo lago. Los amplios ventanales que iban del suelo al techo, rodeados de gruesos marcos de madera, ofrecían una vista completa de ciento ochenta grados. Se sintió muy tranquilo al contemplar la serenidad de su entorno. La mayor parte de su cuerpo se relajó y se olvidó de los problemas.

Candace y Anne también debían sentir lo mismo, porque él se quedó mirando durante varios momentos antes de que Anne finalmente dijera algo. "Puede que te impresione más cuando veas lo que hay debajo". Movió las cejas y señaló la escalera de hierro en espiral con peldaños de pino barnizado que conducía hacia abajo. Ella bajó y ellos la siguieron.

Llegaron a una gran puerta de madera al final de la escalera, que conducía a un largo pasillo. Las paredes estaban recubiertas de paneles de madera de haya. Entraron en una habitación con una cama grande, una estantería, una cómoda y un baño al lado. Era bonita, pero no justificaba el nivel de admiración que Anne había insinuado.

Wesley se encogió de hombros. "Bonito".

Anne sonrió, el tipo de sonrisa que le sale a un niño pequeño cuando tiene una rana en el bolsillo que piensa enseñarle a su amigo. El tipo de sonrisa que el joven Patrick siempre tenía cuando se encontraban. A menudo tenía una rana o alguna otra criatura. Wesley suspiró. El tiempo no había curado todas sus viejas heridas.

Anne se acercó a la estantería y jaló una de las cubiertas de los libros. Toda la pared se deslizó hacia un lado y permitió ver un pequeño ascensor. Todos entraron, y el ascensor se tambaleó hacia abajo. ¿Cómo había construido el padre de Wesley todo esto en medio de un bosque?

Candace se quedó con la boca abierta. Wesley se cruzó de brazos.

"¿Cuánto tiempo le llevó construir esto?", preguntó Wesley.

Anne puso su mano en la barbilla. "Unos diez años. Lo hizo poco a poco. No quería que los vecinos, ni el condado, supieran lo que estaba haciendo".

El ascensor se abrió para revelar un gran laboratorio. Candace se precipitó hacia los sistemas y los admiró todos, casi chillando al contemplar las diversas piezas del equipo. Wesley no tenía el mismo entusiasmo que ella. No tenía ni idea de lo que hacían estas cosas.

Candace estaba entusiasmada. Prácticamente pasaba de un terminal informático a otro. Habló con un tono alegre. "Esto es increíble. Sospecho que hay suficiente poder de computación cuántica aquí para hacer cualquier investigación que queramos. Y estos escáneres espectrales cuánticos. Esto hace que el laboratorio de mi universidad quede en ridículo".

Wesley trató de parecer impresionado, pero en realidad nada de aquello le parecía especial. Lo impresionante era la ubicación: bajo una casa del lago en medio de la cordillera de la Cascada. "Entonces, ¿ella puede continuar la investigación de Pa?".

Anne hizo un gesto despectivo como si dijera: "Por supuesto, idiota hermano. ¿Por qué crees que estamos aquí?"

Agitó la mano frente a unos escáneres, miró fijamente a una cámara, escribió algunas cosas en un teclado e hizo que Candace hiciera lo mismo. "Genial, deberías haber leído el acceso a todas las investigaciones y notas de Pa. Ahora tienes una cuenta. Confío en que sabrás lo que hay que hacer".

Candace asintió rápidamente, y sus dedos se desplazaron por un teclado mientras miraba fijamente una terminal. Los dígitos y las letras se reflejaban en sus ojos mientras miraba fijamente lo que estaba haciendo. De vez en cuando se le escapaba un murmullo, diciendo cosas como "Fascinante", seguido de otra pulsación en el teclado, y luego "Extraordinario". Después de varios minutos de esto, asintió a los dos con seriedad. "Estoy bien. Ya pueden ir a buscar a su abuelo". Parecía demasiado impaciente por que siguieran su camino.

Anne sonrió divertida a Wesley, tan contenta de que Candace estuviera disfrutando de esto. Wesley debería haber sentido cierto alivio porque

Candace tuviera la oportunidad de progresar; quería sentirse así. En cambio, se sentía molesto. Estaba celoso del estúpido sistema informático.

Anne pareció alegrarse de que estuviera enfadado. Se acercó a él, a poca distancia para susurrar, y se quedó con los brazos cruzados. Sacó el labio inferior en un gesto exagerado, y luego susurró: "Aw, ¿el pequeño Wesley está celoso de que su novia quiera pasar más tiempo con la importante investigación para salvar vidas que él?".

Se cruzó de brazos y la miró fijamente. Su enfado se disipó. Luego suspiró y se rió. Ella tenía razón. Le sonrió. "Cállate".

Ella sonrió de vuelta con genuina calidez. "No te preocupes. Tenemos mucho que hacer. Y ella también".

Wesley estuvo de acuerdo.

Anne le mostró a Candace el resto del lugar, dónde estaban los baños, la comida, cómo cerrar y abrir las puertas. El momento de irse se acercó demasiado pronto.

Anne se quedó en la puerta. "Esperaré en el auto".

Wesley la saludó con la cabeza y sonrió a Candace. "¿Vas a estar bien aquí sola?"

Ella lo agarró por la camisa y lo acercó a ella. Sintió su dulce perfume, con un toque de iris y lavanda. La absorbió y se perdió en sus ojos antes de besarse.

Ella sonrió cuando se separaron. "Todavía sigue sin ser horrible. Podría acostumbrarme a eso".

Wesley sostuvo la mano de ella entre las suyas y luego se la llevó a los labios mientras la besaba. Cerró los ojos, teniéndola allí en su mente. La calidez lo invadió cuando volvió a mirarla. "Bueno. Cuídate".

Candace le apretó la mano. "Tú también".

Con eso, se fue, por lo que él y Anne pronto estuvieron en el avión, volando de regreso a Seattle.

CAMBIARON DE AVIÓN en Seattle a uno más rápido, de fibra de carbono, que haría el largo trayecto hasta Ciudad de México.

Anne entró en la cabina cuando ya estaban en camino. "¿Puedo ser tu copiloto?"

Wesley pensó en la idea. El avión podía volar solo sin que él tuviera que hacerlo. El concepto de copiloto no era tan necesario como hace veinte años. "¿Tienes licencia de piloto?"

"Sí, en una vida anterior. No una con mi nombre actual".

"Han cambiado muchas cosas desde entonces. Ahora es principalmente electrónica. No tienes los controles de presión y la sensación del avión que había en los modelos más antiguos, por no mencionar que ahora es un motor eléctrico".

Ella lo miró con lo que él supuso que era un enfado fingido. "De acuerdo. Eso no significa que no pueda pilotarlo. Al menos déjame ver cómo es".

Wesley le mostró algunos de los instrumentos, y luego dejó que manejara el yugo desde su asiento. "Es tu avión".

Sonrió de oreja a oreja mientras el avión subía como un águila hacia el cielo. "Esta cosa es rápida".

"Sí. Más rápido que esos viejos Cessna 150 que probablemente volaste".

"150? ¿Estás bromeando? Volé un de Havilland DH10".

Se puso a pensar en lo que Anne quería decir, y entonces se acordó. "Vaya, ¿el DH10? ¿No era un bombardero biplano de la Primera Guerra Mundial?"

"Sí. Salí con un tipo de la Real Fuerza Aérea durante un tiempo. Me enseñó a volar después de la guerra. Me gustó tanto que empecé a volar para el servicio de correo aéreo de la Real Fuerza Aérea".

"¿Estuviste en la RAF?"

"Sí, durante un breve período. La mayoría de las mujeres eran mecánicas, arreglando aviones. Empecé haciendo eso, pero convencí al comandante para que me dejara volar el correo".

Wesley sentía cada vez más admiración por su hermana. No quería preguntarle cómo había convencido al comandante, aunque sospechaba que tenía más que ver con su voluntad contundente que con algo que él no quisiera oír. "Fui oficial de la Marina durante la Segunda Guerra Mundial, pero me pasé todo el tiempo en Carolina del Norte, supervisando los registros de suministros".

Anne levantó las cejas en señal de sorpresa. "¡Emocionante!" Aunque su tono estaba lleno de sarcasmo.

Voló un rato más. Luego Wesley volvió a tomar el control. Bueno, volvió a tomarlo y dejó que la IA del avión hiciera todo el trabajo.

Wesley miró a Anne. "¿Puedo preguntarte algo importante?".

Ella lo miró fijamente y luego se rio. "Bueno, no puedo imaginar qué podría ser. No hay muchas cosas que considere importantes hoy en día".

"¿Por qué sigues siendo enfermera?"

Anne lo miró con indignación lo cual le dio ganas de saltar del avión, con paracaídas o sin él. "Te diré que es una profesión noble. Todo el mundo necesita una enfermera en algún momento de su vida. Ya sea llegando o saliendo, pero siempre necesitarán una enfermera". Su respiración se aceleró y su rostro se puso rojo como una remolacha.

Wesley hizo todo lo posible por mirarla con arrepentimiento. "Sí, estoy de acuerdo con eso, pero ¿por qué tienes que hacerlo? Quiero decir, ¿no podrías encontrar algo que te pague más dinero?"

Ella se acercó para clavarle un dedo en el pecho. "¿Quién eres tú para menospreciar mi profesión? Tienes una gran casa de lujo, pero sólo tienes a tu gato para calentarte por la noche. ¿Qué haces tú por los demás? ¿Ayudar a que el mundo sea un lugar mejor?"

"Lo siento. Escucha, te lo agradezco. Sólo pretendía conocerte mejor. No pretendía ofenderte".

Anne mostró una expresión más tranquila, pero sólo un poco. "También te diré que tengo mucho dinero. No necesito trabajar, pero decido hacerlo porque me siento bien ayudando a otras personas. La enfermería es una profesión dura, y hasta ahora no nos han sustituido por robots".

Wesley pensó en el robot médico que había pasado alrededor de Jonathan y le había administrado medicamentos. Es mejor no mencionar eso. "Es justo. Yo no podría hacer lo que tú haces, y lo admiro. No pretendía menospreciar tu profesión".

Anne estuvo enfadada durante la siguiente hora. Ella le recordaba a Wesley una olla en el fuego demasiado tiempo. Dejó que su rabia se fuera reduciendo antes de intentar volver a hablar con ella.

Cuando ella pareció lo suficientemente calmada como para volver a hablar, él se aclaró la garganta. "¿Recuerdas cuando Pa te entregó el Beso del Cuervo?"

Ella lo miró fijamente y luego suspiró. "Sí. Lo recuerdo. Fue en 1738, en Dublín. Me enfermé en la escuela, y el padre Miller me llevó a los establos y le pidió a Patrick que me llevara a casa". Ella sonrió al recordarlo. "Era mucho mayor que yo en ese momento, pero me habló de ti. Lamentaba no haberte vuelto a ver después del día en que jugaste en la colina. Le pregunté cómo eras, y me dijo que eras un muchacho ágil que siempre buscaba una nueva aventura. Dijo que eras como su hermano".

Wesley asintió. "Sí, era como un hermano para mí. Lo extraño mucho".

Anne no dijo mucho durante un rato. "Patrick me dejó en mi casa y se fue corriendo, diciendo que no quería ver a nuestro padre. Sospecho que no quería desenterrar viejos recuerdos". Anne tensó la mandíbula. "La Abuelita Alomena y Pa salieron corriendo y me llevaron a la cama. Luego me dieron la infusión. Era asqueroso, Wesley; casi vomito toda la comida, y ya estaba mareada. Mi abuelita me pasó los dedos por el pelo y me cantó una canción de cuna. Me fui a dormir y tuve un sueño muy extraño".

Anne se quedó mirando por la ventanilla del avión durante un largo rato antes de volver a mirar a Wesley. Se había limpiado las lágrimas de la cara, pero para Wesley seguía siendo evidente que había estado llorando.

A Wesley se le hizo un nudo en la garganta al pensar en lo que Patrick le había dicho a Anne en su historia. "Eso debió ser cuando empezaste a enamorarte de Patrick".

"Fue un comienzo. No salí con Patrick hasta muchos años después, pero sí que consiguió meterse en mi cabeza. Era un caballero".

"¿Patrick? ¿Un caballero? Vaya. Bueno, supongo que todos cambiamos".

Anne entrecerró los ojos mirando hacia él. "Tal vez no estaba cerca de ti. Puede que fueras tú quien le hiciera actuar de forma menos caballerosa".

Sus oídos podrían estallar si escuchara las cosas que Patrick le había dicho. Le vinieron a la mente unas cuantas frases obscenas. Pero lo olvidó. Se sintió aliviado ante la idea de que Patrick se había convertido en un buen hombre. Wesley asintió respetuosamente a Anne. "Sólo estaba bromeando. ¿Alguna idea de por qué ambos hemos tenido sueños extraños?"

"Pa dice que es irrelevante, pero Abuelita dice que los sueños febriles son presagios, que el camino que uno elige indica el tipo de vida que llevará. Dice que es una metáfora para vivir una vida más larga, que el camino que elijamos será mucho más largo que el que toma la mayoría de la gente, y que debemos elegir con cuidado."

Teniendo en cuenta la elección que Wesley había hecho en su sueño, siguiendo un largo camino hasta llegar a una habitación llena de tesoros, puede que la abuelita tuviera la idea correcta. Él había pasado la mayor parte de su vida en busca de más riqueza. "Interesante interpretación. Tengo la sensación de que hay más en este virus de lo que entendemos".

"Hay más en todo en la vida de lo que creemos entender, hermano. Los sueños pueden no significar nada, pero para nosotros dos, significaron algo". Anne volvió a mirar por la ventana durante un rato. "Me alegro de que hayamos podido hablar de esta manera. Es bueno saber que estás aquí. He pensado mucho en ti durante estos años".

"¿Estás bien?" preguntó Wesley.

Anne se mordió el labio y luego asintió. "Sí. Extraño a Patrick. Su accidente es la razón por la que me hice enfermera. Si hubiera sabido entonces lo que sé ahora, quizá estaría vivo hoy".

Esa frase había sido algo que se había dicho a sí mismo innumerables veces. Si hubiera sabido entonces lo que sé ahora... Tantas cosas en su vida podrían haber sido diferentes, pero no fue así. Habían sucedido tal y como ocurrió. "Escucha. Yo, por mi parte, sé que no puedes culparte por la muerte de otras personas".

"¿Cómo puedes no culparte a ti mismo, entonces?"

¿Cómo? La culpa de la muerte de Jonathan le vino a la mente de forma dolorosa. ¿Cuántas personas podría haber salvado Wesley si hubiera buscado a su familia antes? "Supongo que no".

"Somos un equipo, ¿no es así? Me alegro de que estés aquí, hermano. No sabes lo bien que me siento al conocerte".

"Lo mismo digo. A veces eres insoportable, pero me alegro de haberte conocido". Él le sonrió para hacerle saber que estaba bromeando, y ella le dio un puñetazo en el brazo de forma juguetona. "Este virus asesino y el secuestro no eran algo que imaginara. Mi vida era más sencilla antes de conocerte".

Anne levantó las cejas. "Yo podría decir lo mismo".

Todo el tiempo que había pasado escondido, huyendo, sin enfrentarse a nada. Esa vida cómoda. Cómoda, pero no completa. "Más simple, pero ahora es mejor".

Anne le sonrió mientras continuaban volando hacia Ciudad de México.

CAPÍTULO VEINTICUATRO

C andace sintió una gran presión en el estómago al recordar el día en el que, veinte años atrás, llegó a su pequeño dúplex en el primer piso de la avenida Lexington, en Cambridge. Ella y Tom no habían tenido muchos muebles. Unos pequeños asientos hechos con cartones de leche de plástico rodeaban una mesa plegable en el comedor. Tom había empezado un nuevo puesto en la universidad, ayudando a los estudiantes en el laboratorio de matemáticas. A él y a Candace les faltaba dinero después de los gastos de manutención; se habían escapado durante el verano y Candace nunca había sido tan feliz.

Entró corriendo en la casa emocionada y casi se olvidó de la bolsa de la compra que llevaba. Se había puesto la mascarilla para ir a la tienda, ya que todo el mundo las tenía debido a la crisis del COVID-19. Intentó contarle a Tom el correo electrónico que había recibido para entrar en un programa de investigación, pero él tosía demasiado fuerte. A partir de ahí, todo fue un caos. Se apresuraron a ir al hospital y Tom respiraba con dificultad mientras el personal de urgencias lo llevaba a la sala de emergencias. Candace se peleó con las enfermeras, que ni siquiera le permitieron salir de la zona de recepción. Un guardia de seguridad con una máscara protectora la escoltó fuera del edificio, mostrando una simpatía en sus ojos que decía que no era la primera persona a la que había sacado.

La hicieron esperar en casa durante días. Finalmente, recibió la llamada. Había hecho un pastel para Tom y había hecho un cartel tonto sobre lo mucho que le quería y se alegraba de que hubiera vuelto. Con alivio, contestó y luego dejó caer el teléfono cuando le dijeron que había fallecido.

Candace juró que ese día encontraría la manera de detener esto. Se acababa de graduar en el MIT con una licenciatura en Física y había sido aceptada en un programa de doctorado del MIT en ingeniería aeroespacial. En cambio, solicitó un doctorado en microbiología en la Universidad de Washington. Lejos de Massachusetts, lejos de los recuerdos de Tom.

La dedicación de Candace la ayudó a luchar contra la enfermedad, y había ganado premios en su campo. Después de eso, nunca volvió a acercarse a otro hombre. Ahora sentía esa atracción por Wesley, ese anhelo, ese deseo de estar con él, en sus brazos. ¿Por qué dejó que llegara tan lejos?

Candace no iba a permitir que nadie más pasara por lo que ella había pasado con Tom. Tenía que detener esta plaga, pero necesitaba despejar su mente por un minuto.

Salió a admirar el tranquilo lago. Al salir, sintió que los cálidos rayos del sol acariciaban sus mejillas mientras inhalaba el aire de la montaña con aroma a pino. El padre de Wesley, Kyle, había realizado algunos avances en el análisis de la amenaza. Para Candace había sido inquietante encontrar sus notas sobre cómo había colaborado en el desarrollo del nuevo virus, el que sus alumnos habían encontrado y llamado el Cuervo.

Kyle se había esforzado por alterar el retrovirus que le impedía envejecer. Había simulado el genoma en varios modelos, pero nunca encontró cómo se había desarrollado el retrovirus. Candace tampoco había tenido éxito. Kyle pensaba convertirlo en algo que otras personas pudieran contraer, como un virus del resfriado, pero la forma en que el virus había evolucionado lo hacía imposible. No había suficiente información para averiguar cómo se había desarrollado. El software no encontró ninguna pista en el genoma que lo relacionara con otros retrovirus.

¿Qué debía hacer Candace? Lanzó una piedra al lago y observó cómo las olas salían del centro. ¿Cómo estaba Wesley? Tenía que volver. El dolor de ser abandonada por una persona más sería demasiado, pero tampoco estaba segura de poder aceptar enamorarse.

Se oyó el agudo zumbido de un motor eléctrico y el sonido de las ruedas contra el pavimento dirigiéndose a la entrada de la casa, lo que interrumpió los pensamientos de Candace. Un sedán negro apareció a la vista y aparcó frente a la cabaña.

A Candace se le aceleró el corazón y se frotó las manos sudorosas. Miró la matrícula del gobierno y supo que tenía que ser el FBI. ¿Estaban planeando arrestarla de nuevo? ¿Cómo demonios la habían encontrado?

Una mujer esbelta y atractiva vestida de traje salió del auto y miró a Candace mientras bajaba las escaleras hacia el lago.

¿Candace debía correr? La mujer no parecía tener ninguna prisa. Candace podía correr hacia el bosque y esconderse. La perseguirían y le pondrían las cosas más difíciles. Candace se mantuvo firme y esperó a que la mujer se acercara.

"¿Dra. Candace Rosenbach?"

¿Quién, yo? No. Creo que está buscando a otra persona. Ella pensó en esas palabras, pero en lugar de eso, respondió en voz muy baja. "Sí. ¿Quién quiere saberlo?"

"La agente especial Jane Higgins del FBI. Es un placer conocerla. He venido con malas noticias".

Oh, Dios. ¿Le pasó algo a Wesley? A Candace se le aceleró el corazón. ¿Por qué se había enamorado de él? ¿Se había enamorado de él? *Maldita sea.* Levantó la barbilla y trató de parecer tranquila. "¿Qué noticias?"

"Me temo que" -esas palabras se alargaron, y el tiempo se ralentizó; tantas cosas malas en la vida de Candace tenían esas palabras al principio- "Ahad ha escapado de la cárcel. Tenemos razones para sospechar que tendrá como objetivo a Kyle y su familia. El señor O'Keefe me ha enviado aquí para protegerlos".

Candace se sintió aliviada, pero al ver la importancia de las palabras del agente especial Higgins, se sintió aterrorizada por lo que perdió la tranquilidad. "¿Dónde está Kyle?"

El agente especial Higgins la miró. "Está a salvo. No puedo decir dónde". Ella observó a Candace un rato más. "Me dijo que estarías aquí. ¿Puedo preguntar qué haces aquí?"

¿Qué debía decir Candace? ¿Que estaba tratando de detener una pandemia mundial? Ella sospechaba que Kyle no había sido sincero en cuanto a las razones. La verdad era lo mejor, pero la agente no necesitaba saberlo todo. "Estoy investigando". Señaló la montaña de granito nevada que había detrás de ella, los altos pinos y el hermoso lago. "¿Se te ocurre un lugar más bonito para hacerlo?".

Higgins entrecerró los ojos y la observó un poco más. Tenía la inquietante costumbre de hacer eso. Después de un rato, sonrió. "Supongo que no. Escucha, tengo que preparar algunos drones y luego necesito que la agente Vick me ayude. Lo siento, sólo seremos nosotros dos hasta que llegue Schmidt. No podemos dejar que haya filtraciones. ¿Puedo entrar?"

Candace asintió y la acompañó al comedor, donde Higgins se puso a desempacar cajas. Candace se quedó sin aliento cuando sacó un rifle y una pistola. Higgins apenas se fijó en Candace mientras trabajaba.

"¿Puedo ofrecerte algo de comer?" preguntó Candace. Era incómodo decir eso: estaba en la casa de otra persona, ofreciendo comida a alguien que no conocía.

"No", dijo Higgins con un movimiento brusco de la cabeza antes de mirar por la mira del rifle largo. Pulsó varios botones en una pequeña tablet. Los vídeos de la tablet se iluminaron. "¿Le importa si pongo todo esto sobre la mesa?"

Higgins no esperó una respuesta, empezó a hacerlo de todos modos, pero Candace respondió "Sí" igualmente. "Voy a seguir trabajando, si no te importa".

Volvió al laboratorio y cerró la puerta tras ella. Intentó concentrarse en su investigación, pero era difícil hacerlo con el peligro de un loco narcisista suelto.

CAPÍTULO VEINTICINCO

E l equipo de Morgan esperó fuera del hospital. Bo había sacado la pajita más corta y era quien iba a entrar en el hospital y encontrar el cadáver de Emmitt. La familia quería que recuperaran a Emmitt, aunque nunca habían mencionado el motivo. ¿Qué pensaban hacer con el cuerpo? No importaba. La familia O'Keefe pagaba suficiente dinero para que no hicieran preguntas.

Bo fingió ser un médico de visita, con bata y placa. El resto del equipo tenía sus ojos y oídos puestos en ella en caso de que algo saliera mal, pero sus compañeros ex marines sabían que podía cuidarse sola.

El padre de Bo la había apuntado a una clase de hapkido en séptimo grado, y ella pensó que, en retrospectiva, podría haberlo hecho para vivir a través de ella. La pierna de su padre había sido volada por un artefacto explosivo improvisado en Afganistán cuando él tenía veinte años, como marine. Recordó el día en que le dijo a su padre que quería ser marine. Él se había ido a la otra habitación durante mucho tiempo. Había intentado convencerla de que no lo hiciera, pero al final se sintió orgulloso.

En sus clases de hapkido, Bo había llegado a amar la lucha con el bastón japonés conocido como bo. Llevaba una versión metálica extensible en el bolsillo lateral de su traje de médico. Gracias a su gran eficacia con el bastón, se ganó el apodo de "Bo".

Muchos de los marines que entrenaba cometían el error de considerar que su diminuta figura no era amenazante. Ella oía los susurros burlones que hacían al entrar en el dojo. Esos eran los que estaban en el suelo después, rogándole que dejara de hacerles daño. Nadie cometió ese error con ella dos veces.

Hoy contaban con que en esta misión cualquier enemigo con el que se encontrara cometería el mismo error. El personal del hospital vería a una mujer de baja estatura con un traje de médico y la placa que JT le había hecho, que le permitiría acceder a la morgue.

Bo llevaba lentes de contacto que le proporcionaban un control de su entorno. Los sensores infrarrojos de su bolsillo mostraban a cualquiera que se acercara. Los nanobichos de JT que iban delante de ella exploraban la zona y le enviaban información detallada. Los lentes de contacto también transmitían información a su equipo.

Bo hizo un par de clics con los párpados y seleccionó la señal de Byron. Llevaba un traje de reparador y estaba preparado para llevar el cuerpo al garaje del hospital mientras ella lo cubría. A través de su transmisión, pudo ver que estaba en un pasillo vacío, limpiando la cubierta con un trapeador.

Bo siguió el mapa de la pantalla hasta los ascensores y pulsó el botón de la planta baja para bajar a la morgue. Cuando las puertas se estaban cerrando, alguien empujó su mano hacia el ascensor para mantenerlo abierto.

Su pulso se aceleró cuando un médico entró en el ascensor. Miró su placa con atención.

"¿Dra. Ortiz?", preguntó.

Hablaba en español y esperaba no equivocarse en su acento. Todos ellos llevaban unos años en México, pero no se necesitaban muchas frases para que los lugareños los reconocieran como gringos. "Sí, un placer conocerte. ¿Cómo se llama usted?"

"Dr. Rodríguez. Me sorprende que no me reconozca", dijo.

Ella sonrió de la manera más linda, pero coquetear no era precisamente su especialidad. Le llegó un mensaje a su pantalla, dándole información sobre el doctor. "Sí, por supuesto. Usted es el jefe de medicina. Soy una patóloga visitante que ayuda al forense en la morgue". Se sintió aliviada porque había practicado la última línea en español muchas veces durante la preparación de la misión. "Es un honor. No sabía que fueras tan guapo", dijo ella.

Él se rio. "Eres demasiado amable", dijo cuando el ascensor se detuvo en el piso superior al suyo.

Durante un momento tenso, el Dr. Rodríguez miró a Bo. Le temblaron las rodillas al ver que él salía del ascensor.

Se apoyó en la pared y trató de calmar su corazón, que latía con fuerza.

La señal de infrarrojos no mostraba a nadie en la zona. Bo caminó de puntillas por el pasillo hasta la morgue. Se detuvo en la puerta del depósito y esperó. Las imágenes térmicas de sus sensores de infrarrojos indicaban que podía haber alguien sentado en un escritorio de la sala. Con los párpados envió un mensaje a su equipo: *¿Podemos proceder?*

Persona desconocida en el escritorio de la sala. Procedan con extrema discreción y precaución.

Gracias, chicos, pensó. *No es útil.*

Bo metió una mano en su abrigo para buscar el bastón extensible, su fiel bo, y entró en la habitación. Se tomó un momento para estudiar su entorno. Un hombre estaba escribiendo en el teclado de un pequeño escritorio junto a una gran mesa de metal.

Esperó, considerando cuidadosamente su próximo movimiento. ¿Hablar con el hombre para que se marchara o golpearlo en la cabeza, causándole una fuerte conmoción cerebral y dejándolo inconsciente?

Desde atrás, parecía tener los hombros anchos y el cuello grueso. Llevaba zapatillas de deporte y bata y escribía desesperadamente en el teclado.

"Disculpe", dijo Bo. "¿Puede ayudarme a encontrar un cuerpo? Tengo que asistir a una autopsia".

El hombre alto de piel morena se levantó y se dio la vuelta. Era más parecido a un portero de discoteca que a un enfermero, y se dirigió hacia ella sin responder.

¡Atención! Hombre identificado como Mukhabarat. ¡Sal de ahí! apareció en la pantalla de su dispositivo de control.

Bo sacó su bastón y lo extendió en toda su longitud, luego lo hizo girar en un arco bajo hacia sus piernas. Debería haberlo golpeado con facilidad y hacerlo caer de espaldas, pero saltó hábilmente hacia atrás y evitó el golpe.

Sonrió, mostrando unos dientes amarillentos, y luego tomó una pequeña mesa, de las que se utilizan para hacer rodar los cadáveres en la morgue, y la lanzó directamente hacia ella.

Bo movió su bastón en un semicírculo, golpeando la mesa mientras la esquivaba. Ese lanzamiento había sido muy fuerte y le dolía la muñeca por el impacto. El golpe le produjo un dolor intenso que se extendió por todo el brazo.

Apretó los dientes a pesar del dolor y lo rodeó para encontrar un lugar donde poder atacar. Cuando él se inclinó hacia ella, ella realizó un ataque giratorio hacia abajo en su hombro, intentando golpearlo de frente.

Él se tiró al suelo, y su bastón hizo un fuerte zumbido al atravesar el aire por encima de su cabeza. Le dio una patada a las piernas formando un arco bajo.

Bo saltó y esquivó, y luego atacó con su bastón y conectó con su costado.

Él giró su cuerpo, agarró el bastón con ambas manos y aprovechó su impulso para lanzarla por los aires.

Ella voló y aterrizó con dificultad, pero logró ponerse de pie.

El hombre hizo girar el bastón con un movimiento que produjo un fuerte chirrido. Se dirigió hacia ella con el bastón girando delante de él.

Bo fingió una herida en la pierna por la caída y cojeó hacia un lado mientras él se acercaba a ella. El clásico truco del pájaro herido, y ella esperaba que él cayera en la trampa.

Él se acercó con rapidez y fuerza mediante una embestida directa, con el bastón que apuntaba directamente al lado de su cabeza.

Bo se agachó y le dio un rápido puñetazo en la ingle, luego rodó y le dio una patada giratoria en la cabeza. El hombre cayó con fuerza, y su cara se golpeó contra el duro suelo, provocando más sangre para que alguien la lavara del suelo que probablemente había visto bastante fluidos corporales.

El hombre se quejó en el suelo. Bo saltó sobre su espalda y le agarró la muñeca, luego le dio la vuelta y puso el brazo en una posición que seguro que le causaría mucho dolor.

Le gritó. "¿Qué demonios estás haciendo aquí?"

Él no respondió, pero gritó y se volcó sobre ella, liberándose de su agarre. En cuanto se liberó, corrió hacia la puerta y se fue.

Maldita sea, eso dolió. Bo tenía dificultades para respirar y le dolían los pulmones. Aquel hombre pesaba, por lo menos doscientos kilos. Ella sólo pesaba ciento veinte libras, por lo que tenerlo encima de ella no había sido divertido, por decirlo de manera sencilla. Se esforzó por levantarse y perseguirlo. No consiguió ponerse en pie.

Llegó un mensaje de Morgan a su dispositivo: *"¡Qué buena golpiza! Lo perseguiremos. Averigua qué estaba haciendo."*

Se estremeció cuando se recuperó. Entendido, volvió a hacer clic.

Bo se acercó cojeando al terminal de la computadora. Había estado editando algunos registros y, tras ojear lo que había escrito, dedujo que había añadido un registro para una investigación forense completa de Emmitt

O'Keefe. En ella aparecía un varón de cincuenta y cuatro años y la causa de la muerte era un ataque al corazón. También indicaba que habían enviado el cuerpo a una funeraria local para su incineración, por deseo de la familia.

Bo transmitió la información a su equipo y recibió un mensaje: *Ve al estacionamiento y reúnete con nosotros.*

Entendido, envió mientras cojeaba por la salida. Cojeó hasta donde la esperaba su equipo.

Morgan estaba sorprendido cuando entró en la furgoneta. "Maldita sea, Bo. Te ves bastante mal".

Bo se calmó y trató de que su equipo no supiera lo mucho que le dolía. La adrenalina estaba desapareciendo y ahora el dolor volvía. Su muñeca palpitaba, y otras partes de su cuerpo le dolían al moverlas. "Gracias. ¿Cuál es la situación?" Esperaba que Morgan no se diera cuenta de que tenía que esforzarse por hablar.

Morgan no ocultó la preocupación en su rostro. "Hemos seguido a ese hombre hasta su auto y le hemos colocado un rastreador, y vamos a perseguirlo a una distancia segura. Necesitaremos que operes un dron para seguir el vehículo y asegurarte de que no se nos escape. Nos han engañado. Emmitt no estaba aquí. Tenemos que seguir buscándolo, y tengo la sensación de que este tipo nos llevará hasta él".

¿En qué clase de mierda estaban metidos ahora? "¿Whiskey Tango Foxtrot?"

"Hemos estado revisando las imágenes del interior del auto de Emmitt. El primer disparo voló la ventana, y algunos vidrios se rompieron sobre él. Probablemente sufrió cortes menores con el vidrio, ya que había una pequeña cantidad de sangre en el vehículo, pero no la suficiente como para decir que alguien fue disparado y asesinado. El análisis de la IA sugiere que le dispararon con un tranquilizante después de que volaran las ventanas. Tampoco creo que fueran policías de verdad. Incluso simularon las llamadas para hacernos creer que la policía estaba en camino. Son muy buenos, sean quienes sean".

JT debe haber hackeado el sistema de seguridad del hospital. Ella sonrió hacia él. "Puede que sean buenos, pero no tienen a JT".

JT sonrió mientras disfrutaba de los elogios y hacían una falsa reverencia.

La idea de atrapar a esos imbéciles le dio a Bo un momento para olvidar lo mucho que le dolía todo. Preparó el equipo de drones. "Excelente. Voy a lanzar un dron. Vamos a encontrar a estos hijos de puta".

Su agresor no había llegado muy lejos, por lo que Bo configuró el dron para que siguiera automáticamente el rastreador mientras observaba desde el cielo al vehículo mientras avanzaba por las concurridas calles de Ciudad de México. A juzgar por el tráfico, sería un largo día de espera hasta que llegara a su destino.

CAPÍTULO VEINTISÉIS

P asaron muchas horas hasta que Wesley y Anne aterrizaron en Ciudad de
México. Después de guardar el avión en un hangar, salieron del puesto
de seguridad para encontrarse con su chófer. Aquí en México, un VIP podía
conseguir un "*carro con cabeza*", que significaba que era un vehículo
conducido por una persona de verdad. Los vehículos seguían conduciendo,
pero el chófer hacía que los pasajeros se sintieran mimados.

Un hombre con traje se acercó a los dos y sonrió. "Hola. ¿Es usted la
señorita Anne O'Keefe?"

Anne asintió. "Sí. ¿Quién es usted?"

"Morgan Thorsen me envió a recogerla. Me llamo Miguel". Miguel
hablaba un inglés excelente, con apenas un toque de acento.

Wesley estaba ansioso por subir al auto y conocer a esa empresa de
seguridad que debía rastrear a su abuelo. Miró a Anne, y ella le respondió
encogiéndose de hombros. Tenía ganas de comer algo rico después de haber
estado encerrado en el avión durante tantas horas.

Miguel abrió la puerta de la parte trasera del vehículo y dijo: "Por favor,
señores. El señor Thorsen está ocupado ahora mismo. Insiste en que la
situación es urgente y exige su presencia lo antes posible. Por favor, *adelante*".

Los asientos de cuero se sintieron muy bien cuando Wesley se sentó.
Anne relajó los hombros y suspiró, aunque empezó a comerse las uñas. Tal
vez estaba preocupada por la abuelita Emmitt.

Miguel le entregó dos botellas. "Por favor, tomen un poco de agua. Aquí
está haciendo calor. El señor Thorsen está ansioso por hablar con usted".

Anne inspeccionó la botella de agua, quitó el tapón sellado y empezó a
beber. "Vamos. Estoy impaciente por avanzar".

Wesley abrió el agua y se la bebió de un trago, aunque hubiera preferido
algo más que agua para calmar su sed.

Cuando empezaron a alejarse, se dio cuenta de que su reloj no tenía señal.
"Supongo que estamos en una zona muerta. Mi dispositivo no tiene señal".

Anne frunció el ceño, preocupada. "¿Ves esa lámina de malla en las ventanillas del vehículo?".

Estudió los pequeños cuadrados incrustados en el cristal. "Sí. Quizá sea algo para blindar las ventanas. Supongo que no se están arriesgando".

"No, no lo hacen. Creo que esta parte del auto es una jaula de Faraday".

Wesley se esforzó por recordar qué era eso. Lo había escuchado en algún momento de su vida, pero no recordaba su significado. "No estoy seguro de lo que es".

"Bloquea las ondas de radio. Aprendí a utilizarlas en los hospitales, donde las usaban para evitar interferencias con otros sistemas. Eso fue hace cien años, pero su funcionamiento no ha cambiado. ¿Por qué usarían uno de esos aquí?"

"Parece que no quieren que hagamos ninguna llamada. Tal vez están tratando de asegurarse de que alguien más no se entere de dónde vamos".

Anne habló. Luego paró, cerró los ojos y se durmió. Wesley intentó abrir la puerta antes de perder el conocimiento.

UNA SENSACIÓN DE SEQUEDAD y sabor metálico llenó el paladar de Wesley. Intentó tragar, pero en su boca reseca no quedaba saliva. Aspiró el aire lleno de polvo y tosió sobre el suelo de tierra. Una cuerda lo ataba de pies y manos a un poste de madera en el centro de la habitación. Hizo un gran esfuerzo pero la cuerda estaba marcada en su piel.

Argh. ¿Cuándo iba a aprender a dejar de meterse en problemas como éste? Ahora era un buen momento para sentarse en su patio, observando los pájaros con Hunter. Pensó en el escocés. Cerró los ojos y olió el aroma a madera mientras el calor que desprendía bajaba por su garganta y se irradiaba hacia su estómago.

Si quería volver a sus días de tranquila soledad, tenía que encontrar una forma de salir de este problema. No, quería avanzar y resolver esta amenaza global. Quizá entonces él y Candace podrían disfrutar de un tiempo juntos. Con un propósito y un vigor nuevos, Wesley giró las muñecas hacia delante y hacia atrás siguiendo un ritmo meticuloso. Ya lo había hecho antes, hace casi doscientos años. En el rancho McGavin, Wesley se había encariñado con la nieta de veinte años del viejo Fred McGavin. Cuando Fred lo vio besándola, perdió la cabeza y lo ató y amenazó con colgarlo si no le proponía matrimonio en ese momento. Wesley decidió que ese era un buen momento para seguir adelante y encontrar una nueva identidad, pero antes tenía que salir de las cuerdas y volver a montar a caballo a su rancho.

No perdió más tiempo recordando a las hermosas nietas de los rancheros y se quitó los zapatos y movió los pies de un lado a otro para aflojar las cuerdas. Tiró con fuerza de las muñecas al mismo tiempo que intentaba quitarse la cuerda de las piernas. Aunque llevaba doscientos años sin practicar, las improvisadas esposas cedieron y ahora estaba de pie con la cuerda en el suelo.

Wesley se acercó sigilosamente a la puerta y trató de girar el pomo, pero no se movió. Una gran viga atravesaba el techo y conducía a la siguiente habitación. Con la cuerda hizo un pequeño lazo y, después de varios intentos fallidos, consiguió por fin atarlo a la viga. Después de varios tirones, pensó que era lo suficientemente seguro como para intentar escalar.

Con unas manos suaves que antes estaban llenas de callos, Wesley intentó trepar. Pero al caer al suelo, maldijo. ¿Acaso quien estuviera en la habitación de al lado había oído el golpe que se produjo al caer al suelo? Escuchó atentamente. No había sonidos que indicaran que alguien se acercaba. Wesley recordó el viejo entrenamiento de los tiempos en que había vivido una vida menos privilegiada. Enganchó los pies en la cuerda formando una curva en forma de S, y luego subió con dificultad. Utilizó las piernas para realizar la mayor parte del esfuerzo, y las manos sólo fueron necesarias para estabilizarse mientras subía.

Ningún techo le impedía pasar a otras habitaciones. Las vigas expuestas estaban conectadas con paredes de mala calidad hechas de tablas mal cortadas. La viga por la que se metió conectaba con otra pequeña habitación. Soltó la cuerda y la subió con él mientras avanzaba hacia el tabique adyacente.

Unos cables de nailon ataban a Anne, inconsciente, a un poste de apoyo. Wesley se sintió aliviado cuando ella pareció estar ilesa. Fijó un cable a la viga del armazón y escaló hacia ella, luego descendió. Trabajó en los nudos y Anne se despertó. Se colocó el dedo índice en los labios e hizo un movimiento de silencio mientras terminaba de desatarla. Señaló la cuerda, y ella lo miró con cara de "debes estar bromeando" mientras lo veía subir.

Anne dijo "¿Y ahora qué?".

Wesley se sintió desanimado cuando no encontró ninguna salida a otras habitaciones utilizando la viga. Sacudió la cabeza con un rápido movimiento de "no lo sé" y se encogió exageradamente de hombros.

Anne señaló la puerta y luego hizo el gesto de correr hacia ella y derribarla.

A Wesley se le ocurrió una idea. Ató unos cuantos hilos de cuerda a la viga, separados por unos metros. Anne lo observó con curiosidad, y luego levantó las manos en el aire con aparente exasperación.

Wesley bajó y susurró al oído de Anne. "Voy a agarrarme a la cuerda y a balancearme hacia la puerta con los pies fuera. Debería ser suficiente fuerza para abrirla".

Ella le susurró: "¿Por qué la segunda cuerda?"

"Te balancearás hacia abajo y patearás a cualquiera que entre por la puerta".

Ella negó con la cabeza. "Escucha, soy enfermera, así que hay mucha gente que tiene ideas locas antes de que acaben a mi cuidado. Esta idea tuya parece uno de esos momentos del tipo 'sostén mi cerveza'. ¿Por qué no derribamos la puerta y luego golpeamos a quien entre con la cuerda?".

Para demostrar lo brillante y superior que era su plan al de ella, Wesley escaló la cuerda hasta la viga, luego la agarró y saltó desde el poste con los pies extendidos. Aunque tardó menos de un segundo, mientras volaba por el aire, el tiempo se ralentizó. El lento paso del tiempo le dio mucha claridad y muchos momentos para darse cuenta de lo absolutamente estúpida que había sido la idea. El universo quería que supiera que había sido una mala idea, y quería disfrutar del momento mientras se lanzaba hacia la puerta mucho más rápido de lo que había previsto cuando elaboró el plan. En su mente, atravesaría la puerta con todo el valor posible como un mosquetero de capa y espada en una novela de Dumas. Anne lo observaba y se deleitaba con su brillantez, para no volver a cuestionar sus planes y propósitos.

Eso no fue lo que ocurrió. Wesley se balanceó hacia adelante, pero la cuerda se rompió y le quemó las manos, por lo que se vio obligado a soltarse. Salió volando y golpeó el hombro contra la pared, provocando un fuerte ruido antes de caer al suelo y rodar un par de veces, para luego detenerse dolorosamente. La puerta permaneció intacta e inmóvil ante la demostración.

Anne corrió a su lado. "¿Estás bien?", le preguntó mientras se inclinaba para examinarlo. Le miró las manos llenas de ampollas. "No puedo hacer mucho por ti aquí, pero en cuanto consiga algunas provisiones, te curaré. Te voy a recordar que yo estaba en contra de tu idea. ¿Deberíamos probar mi idea ahora?"

Wesley respiró con dolorosos jadeos. El hombro le dolía y palpitaba, y sus manos, heridas y sangrantes, ardían. Tenía cortes recientes en las palmas de las manos, donde colgaban trozos de piel, y la sangre brotaba. Apretó los dientes y cerró los ojos con rapidez. "Lo siento. Sí, probemos tu plan".

Con lo poco que sabía de física, sabía que el pequeño armazón de Anne no tendría suficiente masa para golpear la puerta. Se mordió el labio y maldijo. Entonces echó la pierna hacia atrás y pateó la puerta.

Anne tenía una pequeña cuerda preparada, con la esperanza de hacer tropezar a quien atravesara la puerta. Miró a Wesley esperando y decepcionándose.

Wesley se preparó para sentir más dolor y utilizó todas sus fuerzas para patear de nuevo la puerta. La puerta se rompió de golpe, provocando un fuerte estruendo. Se apartó del camino y gritó de dolor cuando su hombro herido entró en contacto con el suelo. Se dirigió al poste del centro de la habitación.

Miguel entró corriendo en la habitación con su pistola apuntando hacia delante. Anne tiró de la cuerda y Miguel cayó al suelo, accionando el arma al hacerlo. Una bala atravesó el gran trozo de madera que había encima. Wesley le dio una patada en la cara a Miguel, y luego le dio unas cuantas patadas más en la cabeza antes de atarlo al poste.

Wesley revisó los bolsillos del hombre y encontró un chip de automóvil, junto con una pequeña tablet y su reloj. Metió los objetos y la pistola en sus pantalones. Le dio una palmadita en la cara a Miguel para llamar su atención. "¿Adónde nos llevabas?"

"Tenía que esperar aquí a que alguien viniera a buscarte".

Anne escupió en el suelo. "Tonterías. Estás mintiendo".

Wesley le dio una pequeña patada a Miguel. "Necesitamos saber a dónde nos ibas a llevar".

"Vete al infierno".

Wesley pensó en torturarlo, pero tenía varios problemas con ese método. No tenía ni idea de cómo torturar a alguien, y Miguel parecía lo suficientemente decidido como para que todo fuera una pérdida de tiempo. "Registra su oficina. Vean si pueden recuperar nuestros teléfonos celulares. Dejémoslo aquí. Probablemente tenga la ubicación programada en su auto. Tenemos su chip, y podemos acceder a los datos de su mapa e ir allí".

Anne se fue a explorar la otra habitación.

Miguel se rio de él. "Eres un tonto por resistirte".

¿Quién se creía este hombre? "Sería tonto si no lo hiciera. ¿Por qué nos secuestraste?"

Miguel sonrió, mostrando unos dientes torcidos. "No te voy a decir una mierda. Pégame una patada en la mandíbula. Arráncame las uñas. No importa. No voy a hablar".

Wesley se estremeció. "Las dos son grandes ideas, pero no creo que pueda ponerte más feo de lo que ya eres. Puedo pagarte por la información".

A Miguel se le dibujó una amplia sonrisa en la cara. Su comportamiento se convirtió en el de un entusiasta miembro de una secta dispuesto a alabar y enaltecer las virtudes de su intrépido líder. "Su dinero no servirá de nada dentro de unos meses".

Wesley se sintió invadido por un desagradable temor. Miguel debía estar con Ahad. Se sintió abrumado por las náuseas y se esforzó por mantener la calma. "Ya veo. Así que estás esperando a que el virus mate a todo el mundo para poder formar parte de la clase dirigente. ¿De verdad crees que Ahad te va a dejar ser algo más que su peón? Te equivocas".

Miguel entrecerró los ojos y lo miró. "¿Cómo sabes eso?"

Wesley sonrió con satisfacción. Así que había dado en el clavo y lo había dejado sin palabras. "Ya hemos encontrado una cura. No vas a necesitar dinero; vas a necesitar un buen abogado. Diviértete consumiéndote en una prisión mexicana".

Anne entró corriendo con sus teléfonos inteligentes y un gran mapa. Le entregó el mapa, que mostraba una zona rodeada de un círculo rojo con una escritura que podría ser árabe. Señaló el círculo. "¿Por qué no vamos aquí?"

"De acuerdo. ¿Y este tipo?"

"Déjalo. Puede que llamemos a la policía".

Miguel luchó contra la cuerda, pero él y Anne habían aplicado mucho más esmero a las ataduras que su captor.

Anne buscó un pequeño botiquín de primeros auxilios y estuvo un rato vendando las manos de Wesley. "Intenta no hacer nada más estúpido hoy, ¿ok?"

Wesley hizo una mueca de dolor. "Lo intentaré".

Salieron corriendo por la puerta y programaron el automóvil para ir a la nueva ubicación.

LOS AUTOS QUE SE CONDUCÍAN solos no hicieron que el tráfico en Ciudad de México fuera mejor. Bueno, tal vez sí, pero el trayecto de cincuenta kilómetros seguía siendo de dos horas. Wesley y Anne llegaron al lugar marcado en el mapa, una instalación amurallada a un kilómetro y medio al noroeste de las unidades de hormigón armado cubiertas con alambre de concertina que rodeaban un gran complejo. Un pequeño camino de tierra llevaba a unas puertas en el muro del recinto.

Estacionaron el automóvil bien lejos de la vista de la estructura y subieron una colina para obtener una mejor vista. Anne apenas transpiraba mientras subían la pendiente cubierta de maleza. Wesley trató de disimular su respiración cuando llegaron a la cima, pero ella lo miró fijamente con un gesto de decepción. Se imaginó que le decía: "Quizá deberías hacer más ejercicio en tu tiempo libre". En cambio, ella se quedó mirando hacia delante, pensativa, sin hacer ningún comentario. Su mirada disimulada fue suficiente. Sus mejillas se sonrojaron de calor. ¿Por qué no había hecho más ejercicio?

Wesley no pudo soportar más su silencio. "De acuerdo. No he hecho tanto ejercicio como debería. ¿Estás contenta?"

Anne entrecerró los ojos hacia él. "No he dicho nada".

"Lo pensaste. Pude sentir cómo me juzgabas".

Ella suspiró. "Escucha, estás en mejor forma que la mayoría de la gente de tu edad. Tengo mi mente en otras cosas, por ejemplo, cómo diablos vamos a entrar para salvar a Abuelita".

La mayoría de la gente de su edad se estaba pudriendo en el suelo. Wesley se olvidó de ello y se centró en el complejo que tenían delante. En su interior había varios hangares metálicos en forma de cúpula. La puerta de uno de los edificios estaba abierta, y un camión de descarga lleno de tierra salió por la puerta principal. El camión siguió por la carretera hasta una gravera, vertió su carga de tierra y luego volvió a entrar en el complejo.

Algo le molestaba a Wesley. Frotó el silbato que le había regalado su padre, que aún colgaba de un collar bajo la camisa. Lo apretó con un puño, dispuesto a quitárselo. Su respiración se aceleró mientras resistía el impulso de lanzar el silbato colina abajo hacia el desierto mexicano. "¿Por qué crees que Pa ayudó a esta gente?"

Anne frunció los labios. "No creo que lo hiciera".

"¿No has leído la carta? Me la entregó él mismo".

Se frotó la barbilla. "Su vida siempre fue el servicio a los demás. Hacía juguetes para los niños y los regalaba en los festivales. Creó varias fundaciones para ayudar a las personas sin hogar. Diseñó un paquete de vacunas que evita que todos nosotros, globalmente, nos enfermemos". Ahad utilizó como arma lo más importante de Pa, su regalo a la humanidad".

Wesley esperaba que Anne tuviera razón, pero parecía que seguía negándolo. Se le hizo un nudo en la garganta. "No lo sé".

Anne se giró hacia él y le puso la mano en el hombro. "¿Sabes por qué están aquí los Descendientes del Tejo?".

Él negó con la cabeza. No tenía palabras.

"Somos una fuente de sabiduría para el mundo. Existimos para mejorarlo. Crear un virus para destruir a la gente va en contra de todo lo que creemos".

Las palabras sonaban muy bien, pero la realidad era muy distinta. El padre de Wesley había ayudado a crear el patógeno que acabaría con mucha gente si no podían detenerlo. Él había actuado en su propio interés para salvar a su familia. Y punto. Él le respondió a Anne mostrando más silencio.

"Hay más en la historia", insistió Anne. "Todavía no lo hemos escuchado. Recuerda mis palabras, no fue él quien lo hizo. No me importa lo que diga la carta".

La puerta del edificio volvió a abrirse y el camión de descarga sin conductor salió del edificio con otro montón de tierra.

¿De dónde sacaban tanta tierra? Se le ocurrió un plan, y Wesley sonrió. "Creo que hemos encontrado la forma de entrar".

EN EL AIRE SE ESCUCHÓ un zumbido que aumentaba cada segundo. Dos drones de transporte personal, Hexa-Carriers, bajaron al suelo cerca de ellos y aterrizaron. Wesley había pagado una pequeña fortuna a una empresa de alquiler de drones junto con un depósito que equivalía a una extorsión.

Anne negó con la cabeza. "¿Estás seguro de este plan?"

Wesley se acordó que había chocado con la pared. Todavía le dolía el hombro y seguía sintiendo dolor en otras partes del cuerpo. Anne nunca lo olvidaría. Jamás. Nunca había conocido a ninguna mujer que olvidara a un hombre haciendo una estupidez, y su hermana no parecía ser una excepción. Intentó sonar lo más seguro posible. "Sí. He visto vídeos en internet. Estas cosas son increíbles".

La cara de Anne lo decía todo. Esa expresión malhumorada contenía más palabrotas que la boca de un borracho y describía sus emociones con elocuencia. Se quedó de pie, pensativa. Probablemente estaba tratando de pensar en un plan mejor. Después de un largo rato, respondió. "Así que nos metemos en el camión de descarga, entramos a este lugar, encontramos al abuelito, y luego nos escapamos. Eso espero".

Wesley perdió la confianza en el plan cuando ella lo planteó así en voz alta. Tenían que entrar allí. "Sé que mi último plan no funcionó muy bien. Si entramos allí y las cosas no se ven bien, nos quedaremos en el camión y saldremos en la próxima salida. Parece que esto se está llenando rápidamente".

Anne entrecerró los ojos mirándolo. "Cuando el camión se llene de tierra y estemos dentro, ¿cómo saldremos exactamente?".

Mierda. Se imaginó el camión llenándose de tierra, lentamente de un extremo a otro. "Nos mantenemos en la esquina y nos subimos encima de la tierra mientras se llena".

Anne estaba de pie con las manos en las caderas, pensando. Jugueteó un rato con su reloj antes de decir algo. "He enviado un mensaje a ese tal Morgan de la empresa de seguridad con nuestra ubicación y una descripción de nuestro plan, si se puede llamar así. Espero que pueda ayudarnos".

"¿Debemos esperar?"

Ella negó con la cabeza. "No sabemos si ya es demasiado tarde. Ya llegarán". Hizo una pausa y observó los drones durante un rato. "Haremos que funcione. Vamos".

Se ataron a los Hexa-Carriers, drones capaces de transportar a un solo tripulante. Estos tenían un arnés por debajo que se sujetaba al piloto, como una serie de cinturones de seguridad atados. Wesley jugó con los controles durante unos minutos, y Anne pilotó el dron con destreza. Pronto volaron por encima del suelo, controlándolos con pequeños controles remotos manuales.

Por debajo de ellos se extendía un conjunto de zonas suburbanas, matorrales y cactus, mientras se dirigían a toda velocidad hacia el camión de descarga. La silueta de la Pirámide del Sol se asomaba en la distancia y contrastaba con la extensa manta de comercio cosmopolita que pasaba volando.

Wesley planeaba a unos cientos de metros por encima de la carretera, y Anne mantenía la formación unos metros por detrás. El camión de descarga se acercaba. Wesley tendría que adaptarse a su velocidad de avance y descender. El sudor se acumuló en su frente mientras el enorme vehículo avanzaba.

El plan se basaba en la idea de que el camión no tendría ninguna cámara apuntando hacia arriba. ¿Por qué iba a necesitar un camión ver algo que se acercaba desde arriba? El monstruo avanzaba por debajo.

Wesley voló por encima de él, alcanzando su velocidad. Cuando estuvo a unos metros por encima de la plataforma del camión, pulsó el botón para separarse. Sonaron varias sirenas de advertencia, pero las ignoró. Cayó a la plataforma haciendo un gran ruido. El camión siguió avanzando y el dron se dirigió a casa a toda velocidad.

Anne repitió el proceso y aterrizó con más gracia que él.

La inquietud se apoderó de ella cuando el camión se tambaleó un par de veces en dirección a la puerta. *Por favor, que Emmitt esté allí, y que esto resulte un éxito.*

Anne no dijo nada, parecía una recluta paracaidista preparándose para dar su primer salto.

No había barandillas en la plataforma del camión. Wesley le hizo una señal para que lo acompañara en la esquina.

El camión se detuvo. El corazón de Wesley latía con fuerza. Una puerta se abrió rápidamente y el vehículo avanzó a toda velocidad.

Un momento después, la tierra comenzó a llenar el camión, lentamente, y luego, sin previo aviso, Wesley estaba cubierto de tierra. Le costó moverse, pero agitó las piernas y se forzó para salir a la superficie, jadeando mientras lo hacía. Buscó desesperadamente a Anne. Oh, no.

La tierra volaba en el aire detrás de él mientras escarbaba en ella con las uñas. Cavó sin descanso en el lugar donde debería estar ella. Nada. El pánico se apoderó de él. Siguió cavando a los lados desde el agujero que había creado. Después de lo que pareció una eternidad, se encontró con una mano. Excavó hasta que tuvo el brazo de ella y tiró con fuerza. Anne cayó encima de él y respiró con dificultad.

Su cara le recordó a Wesley la vez que había intentado bañar a Hunter, y el gato había saltado fuera del agua, chillando y arañando, con el pelaje abultado y húmedo sobre él mientras temblaba y miraba a Wesley. De alguna manera, esa mirada que Anne tenía ahora sobre él tenía un efecto diez veces mayor que el que Hunter podría lograr.

Se sintió aliviado al ver que ella estaba sana, aunque enfadada. "¿Estás bien?"

"Sí. 'Ponte en la esquina. Sube mientras se llena'". Ella lo miró fijamente. "Los dos tenemos suerte de estar vivos".

"Funcionó".

Ella le dio un puñetazo en el brazo, luego se arrastró hasta el lado del camión y le indicó a Wesley que se acercara.

Una enorme máquina perforadora cavaba en lo más profundo de un túnel para cargar otro cargamento de tierra.

Anne se acercó y susurró: "¿Para qué demonios están cavando?".

El gran túnel avanzaba en las profundidades de la tierra. La velocidad de la máquina perforadora era impresionante. ¿Qué podrían estar haciendo?

Wesley sintió un escalofrío. "Tenemos que investigar".

Anne negó con la cabeza. Señaló hacia un escritorio cercano al camión, donde un hombre tecleaba, con un rifle a su lado. Anne señaló al hombre con un gesto brusco y le dio un puñetazo. Levantó tres dedos, luego dos y después uno.

Anne saltó del camión y se dirigió hacia el hombre. Agarró el rifle y lo golpeó con la culata en la nuca. Wesley bajó corriendo, no con la misma elegancia, y casi se rompe una pierna. Agarró al hombre por las piernas y empezó a arrastrarlo hacia otra habitación. Anne preparó el rifle para disparar.

Wesley abrió la puerta y sorprendió a tres hombres jugando a las cartas. Aprovechando la conmoción, agarró un rifle apoyado en la pared y se lo clavó a uno de ellos. Otro hombre se levantó y le dio una patada, tirándolo al suelo. Su hombro volvió a dolerle. El universo quería seguir recordándole el estúpido error que había cometido con su acto de valentía.

Anne le dio una patada en la cara a uno de ellos, y luego golpeó con la culata de su rifle la cara del otro hombre y lo hizo retroceder. Wesley agarró al que estaba en el suelo y le golpeó la cabeza contra el suelo. Anne golpeó al hombre que estaba tendido con su rifle unas cuantas veces más, y luego se giró y le dio una patada en la mandíbula al otro hombre. Apartó el rifle de una patada.

"Si mueven un músculo o dicen algo, les volaré la cabeza", dijo mientras apuntaba a los hombres con su rifle. Los hombres la miraron con sus rostros ensangrentados. Uno de ellos se puso las manos en su nariz rota para detener el flujo de sangre.

Un hombre les suplicó en español.

Wesley sólo pudo distinguir algunas palabras. "No sé lo que dices", dijo.

Anne exclamó una serie de palabras en español que Wesley no entendía, pero sabía que reconocía al menos algunas groserías. Los hombres pusieron las manos en la espalda y observaron a Anne con mirada desconfiada.

Anne señaló un estante con cuerda y cinta adhesiva. "Átalos. Si intentan algo, los mataré". Repitió la misma frase en español para que se entendiera.

Wesley enrolló la cuerda alrededor de sus manos y piernas, y luego les cerró la boca con cinta adhesiva.

Anne lo miró fijamente. "¿No tienes una aplicación para traducir?"

"Sí. ¿Por qué?"

"¿Podrías encenderlo, al menos?"

Su mano temblaba mientras manipulaba su reloj. "Ya está. Lo siento".

Anne volvió a hablar en español, pero la aplicación le tradujo las palabras mientras hablaba. "Si se quedan aquí y no hacen nada, puede que decida no matarlos".

Todos los hombres asintieron con la cabeza al mismo tiempo. Es curioso cómo la gente se vuelve cooperativa cuando está atada y tiene un arma apuntando hacia ellos.

¿Dónde había aprendido Anne a pelear así? "Recuérdame no hacerte enfadar nunca más".

Anne lo ignoró mientras rodeaba a los hombres con su rifle.

"¿Debemos ponerlos en el camión de basura?" preguntó Wesley.

Anne negó con la cabeza. "Si hacemos eso, se soltarán cuando se descargue la tierra. Matémoslos a tiros".

Uno de los hombres intentó gritar, pero su voz salió entrecortada.

Wesley frunció el ceño para ver si hablaba en serio, y ella sonrió.

Pasaron varios minutos atando a los hombres con cinta adhesiva hasta que no quedó ningún rollo de cinta en la habitación. Las ataduras deberían aguantar un buen rato.

Los dos salieron de la puerta y la cerraron.

Anne hizo un gesto en dirección al rifle de Wesley. "Yo le quitaría el seguro".

Se sintió avergonzado. *Uy.* "Ya lo tenía planeado", dijo mientras quitaba el seguro.

Wesley se acercó a un escritorio con precaución y vio un monitor que mostraba las imágenes de las cámaras de todo el complejo. Una de ellas mostraba un laboratorio con dos personas en camillas y unos grandes aparatos en la cabeza. Tal vez Anne reconociera los dispositivos. "¿Puedes venir a ver esto?"

Anne se acercó y miró la pantalla. "Creo que están conectados a una especie de máquina de resonancia magnética. Tenemos que entrar ahí ahora".

Él y Anne salieron corriendo del hangar metálico y se dirigieron a la otra estructura. Afortunadamente, el guardia de la puerta principal no se había percatado de su presencia.

De repente, el zumbido de una bala pasó por delante de él. Un guardia avanzaba con un rifle apuntando directamente hacia él.

Wesley se tiró al suelo y apuntó a la cabeza del guardia. Exhaló y apretó el gatillo, y el guardia cayó al suelo.

Wesley nunca había matado a un hombre. Abrió la boca para decirle algo a Anne, pero no pudo hablar. Se sintió con el estómago revuelto. Sus oídos zumbaban.

Anne lo tiró por el hombro. "Buen tiro. Ahora vamos".

Atravesaron la puerta del otro hangar. En un rincón había unas cuantas sillas dispersas y mesas vacías. Wesley examinó la sala y encontró un gran panel metálico en el centro del suelo, y levantó su manilla para descubrir una escalera en espiral.

Se apresuró a bajar la escalera, esperando que el elemento sorpresa fuera suficiente.

Dos mujeres con largas batas blancas de laboratorio dejaron de teclear para mirarlos.

En la pared más lejana, junto a las dos camillas con personas, había una serie de computadoras.

Wesley las apuntó con el rifle. "Levanten las manos donde podamos verlas. No hablen, o les volaremos la cabeza". Esperaba que no le obligaran a hacerlo. Matar a un hombre que le estaba disparando sería más fácil que matar a dos mujeres sin armas.

"Relájate. No pienso hacerlo", dijo una de las mujeres hablando un inglés perfecto.

Anne agitó su rifle ante las dos mientras corría hacia el centro de la habitación. "Al suelo, con las manos por encima de la cabeza. Ahora".

Las dos mujeres se tiraron al suelo. ¿Por qué no habían obedecido tan fácilmente cuando Wesley había gritado?

Una de las mujeres miró por casualidad a Anne, y Anne le gritó. "¡Dame una razón para hacerte un agujero en la cabeza y lo haré! Baja la mirada".

A Wesley le temblaron las manos y trató de tragar lo que quedaba de saliva en su boca seca. Anne hablaba en serio, y las mujeres lo sabían. Para ser franco, Anne también lo asustaba. No es de extrañar que saltaran cuando ella habló.

"Mantén tu rifle apuntando a estas dos. Si se mueven, dispara". gritó Anne mientras corría a inspeccionar a las personas en las camillas. "No estoy segura de lo que son estas máquinas, pero han sido intubados y puestos en coma".

"Es un escáner neural cuántico", dijo una de las mujeres desde su posición en el suelo.

"¿Para crear una copia digital del cerebro de una persona?" preguntó Wesley.

"Un escáner neural cuántico se utiliza para crear una entidad digital, que es una copia completa del cerebro de una persona, hasta un nivel cuántico", dijo ella.

"Sí, he visto uno antes. En su otra instalación, en Washington", dijo él.

Ella lo miró fijamente. "¿Cómo es posible? Se basa en tecnología altamente clasificada que el gobierno estadounidense ha estado desarrollando durante los últimos años. La han utilizado para interrogar a los terroristas".

"¿Por qué les cuentas esto?", dijo la otra mujer con un marcado acento árabe mientras miraba a su compañera.

"Rana, debes saber que no van a escapar. Estoy segura de que alguien ya debe haber pedido ayuda. También sabes lo mucho que disfruto diciéndole cosas a la gente".

"Masika, eres una mujer brillante, pero me temo que te falta sentido común", dijo Rana.

"Soy más que brillante", dijo Masika, levantando la voz. "Soy la que hizo ingeniería inversa con la tecnología de los prototipos robados. Soy la que programó las matrices de almacenamiento cuántico y los modelos de simulación. Soy quien construyó el Simlink. ¡Soy la razón por la que toda esta operación existe! Sólo estás aquí para ponerlos en coma y que podamos hacer los escáneres cerebrales".

Anne se acercó a las mujeres. "Cállense, las dos, antes de que les rompa la cabeza. Estoy segura de que las dos saben que un hematoma subdural sería poco agradable".

Las dos mujeres dejaron de hablar y dirigieron su atención al suelo.

Anne retiró con cuidado el casco del hombre de la camilla y exclamó. "¡Es mi abuelito! Gracias a Dios". Las lágrimas corrían por su rostro y sus labios temblaban. La mano de Anne tembló al poner la palma en su mejilla. "Pensé que lo había perdido". Sus hombros temblaron. Luego se recompuso y se limpió las lágrimas de la cara.

Le quitó el casco al otro paciente. "¡Es mi abuelita! Tenemos que sacarlos del coma. Voy a reducir el goteo intravenoso".

Ahad había sido fiel a su palabra cuando dijo que su abuelo aún vivía. Wesley se sintió aliviado.

Anne continuó manipulando los instrumentos conectados a ellos.

Masika miró a Wesley. "¿Los conoces?"

Anne le respondió a gritos. "¿Qué parte de 'cierra la boca y mantén los ojos en el suelo' no has entendido? Sé que eres una genia autoproclamada, así que permíteme aclarar las muchas maneras en que puedo causarte un dolor severo. Puedo atarte a una de estas camillas y quitarte las uñas de los pies. Puedo golpearte en la boca con mi rifle y realizar el milagro de hacerte aún más fea de lo que ya eres. O puedo dispararte ahora mismo y no tener que volver a escucharte. ¿Entendido?"

Wesley se quedó mirando a Anne. ¿De dónde había salido esta mujer tan feroz? Parecía tan tranquila. Esa gente que se metió con sus abuelos tuvo que llevarla al límite. Masika frunció el ceño, pero prefirió quedarse callada.

Anne observó los monitores de frecuencia cardíaca y otros instrumentos médicos, y luego ajustó el equipo conectado a sus abuelos. Inspeccionó sus hombros, luego frunció el ceño y se acercó a Wesley y le susurró al oído. "Han extraído la criatura del hombro de la abuela. Hay una herida de incisión fresca".

"¿Qué debemos hacer?", le susurró él.

"Emmitt y Alomena deberían recuperar la conciencia pronto. Saquémoslos de aquí cuando lo hagan".

Se oyó un ruido metálico de la puerta del laboratorio desde arriba, y Wesley apuntó su rifle hacia ella, listo para disparar. "No pierdas de vista a esas dos. Yo me encargaré de quien venga", le susurró a Anne.

"Entendido. Me encargaré de ellas con mucho gusto", dijo ella.

"Anne O'Keefe, soy Morgan Thorsen", les gritó una voz de hombre. "Me contrató tu abuelo, Emmitt O'Keefe, para protegerlos. ¿Puedo bajar?"

"Baja, pero mantén las manos donde pueda verlas", dijo Anne.

Un hombre mayor, delgado y alto, con el pelo canoso en un estilo de corte recortado, bajó la escalera. Llevaba un traje de combate urbano, botas y una pistola atada a la cintura. Llevaba las manos por encima de la cabeza y, cuando llegó al final de la escalera, volvió a hablar. "He recibido tu mensaje. Siento que hayamos tardado tanto en llegar. Sin embargo, creo que tienes la situación bien controlada. Bien hecho. Esos hombres a los que golpeaste estaban empezando a liberarse, pero mi colega Bo los tiene de nuevo bajo control, si me permites la expresión. Tengo otros dos hombres arriba, Byron y JT, vigilando la entrada. Deberíamos salir de aquí pronto. Por cierto, ¿qué demonios es todo esto?".

Anne le contó a Morgan lo que habían averiguado sobre el complejo, y él asintió. Wesley vigiló atentamente a las dos mujeres mientras hablaban.

"¿Cuánto tiempo falta para que tus abuelos recobren la conciencia? ¿Van a estar bien cuando se despierten?" preguntó Morgan.

"Estarán bien", dijo Anne. "Estas personas los pusieron en coma inducido por drogas. Por las drogas que usaron, no creo que les cause ningún daño a largo plazo, pero pueden pasar algunas horas antes de que estén lo suficientemente conscientes como para moverse. No están respirando sin asistencia mecánica en este momento. Tendremos que esperar a que se les pase el efecto de las drogas para poder evaluar su estado".

Morgan frunció el ceño. "¿Por qué estaban haciendo esto?"

Anne resopló. "Supongo que hay información que tienen que estos tipos quieren averiguar. ¿Y este casco de aquí? ¿Me lo pongo?"

No. Anne tenía que ser la que vigilara los medicamentos para que pudieran despertar y salir de aquí. "Yo lo haré", dijo Wesley.

Anne entrecerró los ojos mirando a Wesley como una leona que se fija en una gacela. "¿Por qué?"

Él mantuvo la mirada con ella. "Eres la única con los conocimientos médicos necesarios para mantenerlos seguros. Puedo hacerlo".

Ella asintió lentamente y sonrió ligeramente. "Muy bien. Te quitaremos este casco en diez minutos, o si hay otros avances aquí. Necesito que estos dos estén lo suficientemente conscientes como para respirar por sí mismos".

Mientras se sentaba en la silla donde le pondrían el casco, Morgan gritó para que esposaran a las dos mujeres y las metieran en un vehículo para transportarlas. A Wesley se le revolvió el estómago y se sintió lleno de náuseas. ¿Fue una buena idea?

UN FUERTE SILBIDO LLEGÓ a los oídos de Wesley, como el sonido del agua corriendo, por lo que su visión se oscureció. Se sintió desorientado.

Estaba sentado en una habitación oscura, pintada de blanco, sin ventanas, aunque con mucha luz. Extendió los brazos, examinó sus manos y se puso de pie. Todo era normal. ¿Dónde estaban todos? Había algo diferente. ¿Qué era?

¿Adónde había ido Anne? Wesley se pellizcó el brazo y se sintió un dolor en la zona. Al frotarse las manos, sintió la suave textura de su piel. ¿No se suponía que estaba en una simulación? Así es. Tenía que darse prisa. Sus pasos sonaban cuando Wesley se dirigía a la puerta. Tomó el frío pomo metálico de la puerta. Sintió un escalofrío en el cuerpo.

Buscó el casco, pero sólo sintió la barba de la cara, como si estuviera apretando trozos de papel de lija. Sentía pánico. Si no podía quitarse el dispositivo, ¿cómo iba a salir de este lugar?

¿Acaso había imaginado el encuentro anterior? No, imposible. Lo que ocurrió fue demasiado real. El dolor en su hombro le recordó su realidad. Sintió un mal sabor en la garganta al recordar al guardia que había caído al suelo con el disparo que había acabado con su vida, obra de Wesley. Su boca seca le dificultó tragar mientras el nudo crecía en su garganta.

El corazón de Wesley latía más fuerte que antes mientras avanzaba sigilosamente por el pasillo. Tres carteles colgaban de las puertas: *Emmitt O'Keefe, Alomena O'Keefe y Kyle O'Keefe.*

¿Qué? ¿Por qué estaba el nombre de su padre aquí? Se apresuró a entrar en la habitación, y Kyle se asustó un poco al entrar.

Kyle observó a Wesley, como quien se esfuerza por relacionar algunas cosas. "¿Te conozco?"

Wesley se lamió sus secos labios, se sorprendió al sentir la humedad en sus labios. "Sí. Soy yo, Wesley".

Kyle negó con la cabeza. "No. No voy a caer en otro de tus trucos. Lo que has hecho hasta ahora es enfermizo. Las cosas que me has obligado a hacer me dan ganas de vomitar, pero no quiero hacerlo. No he comido nada desde hace mucho tiempo. Sin embargo, aquí estoy. ¿Cómo? ¿Por qué?"

Por supuesto. Esta versión de su padre podía ser anterior, antes de que se reencontraran. Wesley se dio cuenta de esto como si fuera un glorioso y brillante fuego artificial que estallara en el cielo. "Fuiste tú quien trabajó en el virus asesino, ¿no es así? No mi verdadero padre. Él no lo hizo, ¿verdad?"

Kyle miró confundido. Sus labios se movían, pero no decía nada. Logró balbucear algo para responder. "Yo... no entiendo. ¿Quién eres tú?"

Wesley se metió la mano en la camisa, encontró el silbato y lo sacó. ¿Cómo sabía la simulación que lo tenía? Ignorando esa idea, lo sostuvo frente a él. "Tú me diste esto, el verdadero tú. Te conocí antes de que Ahad nos llevara a la cárcel y te dije que había sobrevivido al incendio. Me fui a las Colonias para encontrarte. Sobreviví todo este tiempo porque mamá me dio un último regalo: el Beso del Cuervo".

Kyle se quedó mirando y sacudió la cabeza. Este cascarón roto no era el padre de Wesley. ¿Qué le habían hecho?

"Escucha, Anne y yo vinimos a Ciudad de México para rescatar a los abuelos. Los encontramos en este complejo subterráneo cerca de las pirámides de Teotihuacán. Estos tipos están cavando en busca de algo, pero no sabemos qué. Eres una copia de la mente de mi padre, con todos sus recuerdos de cuando escanearon su cerebro. Estamos en una simulación, aunque yo soy real. Entré aquí a través de un casco".

Kyle parecía confuso, y luego, en un instante, tuvo ese aire de determinación que Wesley había visto muchas veces a su padre con esa mirada cuando era niño. La que tenía cuando estaba a punto de hacer algo. Asintió con la cabeza. "Bien. Sé lo que están haciendo. ¿Sabes que los arqueólogos nunca han descubierto quién construyó estas pirámides? Ahad me cuenta a veces locuras: dijo que encontrarían la verdad bajo la Pirámide de la Luna. Siempre tiene esa mirada entusiasta y extraña cuando habla de estas cosas..."

Wesley interrumpió. "No tiene sentido. ¿Pirámide de la Luna?"

"Las tres pirámides de Teotihuacán: el Sol, la Luna y la Serpiente Emplumada. Ahad afirma que los Khemenu las construyeron hace mucho tiempo y cree que un hombre está enterrado justo debajo de la Pirámide de la Luna. Quiere recuperar un collar. Tienes que ser tú quien lo consiga, no él".

¿Debería Wesley perder el tiempo con eso? No se sabe cuánto tiempo tenían antes de que alguien llegara en respuesta a su intrusión. "¿Por qué? Tenemos que salir de aquí".

Kyle se mordió el labio. "Voy a confiar en ti. Llámalo un acto de fe, aunque esa idea me parece precipitada en estos momentos. Los orígenes de la criatura que los Khemenu llaman Akh Neith están en esa tumba, o eso cree Ahad. Afirma también que la criatura le habla".

Wesley se sintió enfadado. "¿Por qué ayudarías a ese monstruo con su diabólico plan? ¿Por qué arriesgarías mil millones de vidas? No tiene sentido".

Kyle bajó la mirada al suelo mientras su postura flaqueaba. "Ahad me hizo algo". Dejó de hablar y se cubrió la cara con las manos, para luego exclamar con agonía.

Wesley lo sacudió por los hombros. "Escucha, sé que estás molesto, pero no tenemos mucho tiempo. ¿Qué te hizo?"

"Estimuló los centros de placer de mi cerebro. Puedes llamarlo condicionamiento operante. Me entrenó para hacer lo que él quería". Kyle hizo una pausa y se puso las manos sobre la cara. "Necesito que hagas una cosa más. Sea lo que sea en lo que estoy, sea lo que sea que me esté animando o lo que sea que esté haciendo, necesito que me desconectes. Que me saques".

Si Wesley no lo hacía, seguirían utilizando esta copia de su padre. Si lo hacía, era como matar a su padre.

No. Este no era su padre. Tenía todos sus recuerdos, sus antiguos pensamientos y sus emociones, pero no era él. "Mi verdadero padre se culpa, sabes, por lo que hiciste".

Kyle asintió. "Lo haría. Claro que sí. Tiene sentido". Miró a Wesley durante mucho tiempo. "Lo siento. Tienes que encontrar el Akh Neith y utilizarlo para invertir la evolución del retrovirus. El Khemenu lo quiere porque es el último Akh Neith femenino. Usa el Beso del Cuervo para destruir el virus de Ahad. Consigue el collar".

¿Qué estaba diciendo? "¿Qué quieres decir?"

Aparecieron imágenes borrosas a su alrededor, y un fuerte sonido zumbante invadió los oídos de Wesley. Todo se volvió oscuro. Parpadeó un par de veces y vio la sala con los bancos de computadoras, junto con las manos de Anne mientras le quitaba el casco de la cabeza.

WESLEY CONTÓ LOS DETALLES de lo que había sucedido en la simulación.

Anne se mostró desconcertada. "¿Cuándo escanearon a Pa? ¿Cuándo pudieron...?" Se quedó sin palabras, perdida en sus pensamientos. "Vino a Ciudad de México a visitar a nuestros abuelos el año pasado. Estaba un poco mal cuando regresó. Ahora sé por qué".

Wesley asintió, y luego mantuvo la barbilla en alto con firmeza. "Terminemos de cavar este túnel y lleguemos al final".

Morgan le sonrió. "Esa cosa de la excavadora terminó con el túnel. No hemos entrado en él, pero hemos enviado un dron de ida y vuelta. Creo que allí encontrarás lo que buscas. Sin embargo, no te lo aconsejo. Hay un segundo pasaje que sale de aquí, al final del cual hay una pequeña pista de aterrizaje. No tenemos suficiente gente para tomar y mantener esta propiedad por tanto tiempo. Esto es una extracción, no una maldita misión de espeleología, y tenemos que salir de aquí. Ahora".

Un aeródromo. "Espera un minuto", dijo Wesley. "Puedo ganar algo de tiempo. Haré que traigan mi avión".

Hizo una llamada telefónica y discutió con un hombre durante unos momentos. Cuando la persona afirmó que le llevaría demasiado tiempo, Wesley le ofreció más dinero. Tras acordar una tarifa de entrega excesiva, el hombre dijo que tendría el avión allí en treinta minutos, una vez que hubiera confirmado la recepción de los fondos.

Wesley sonrió a los demás. "Treinta minutos y tendré un avión para nosotros. Podremos volar fuera de aquí".

Anne comentó: "Vamos a buscar el collar, si es posible, pero priorizaremos que nuestros abuelos estén a salvo".

Morgan asintió malhumorado.

A Wesley no le parecía bien quedarse aquí, pero si no se quedaba, todo el trabajo que habían hecho hasta entonces podría ser inútil. Estaban en una instalación multimillonaria propiedad de un grupo de individuos desquiciados empeñados en su destrucción, así como en la caída de la civilización tal y como él la conocía.

"Antes de hacerlo, tengo que encontrar el lugar donde almacenan la copia digital de Pa".

Anne señaló los bancos de computadoras. "Probablemente allí mismo, donde está etiquetado como 'Matriz de Almacenamiento Cuántico'. Es sólo una suposición".

Sí, es cierto. ¿Por qué Anne tenía que ser tan jodidamente problemática? Wesley corrió hacia allí y encontró tres grandes paneles con pequeñas palancas en los laterales. Wesley dudó. ¿Debía hacerlo? Pensó en el trauma por el que había pasado esa cosa, ¿podría considerarlo su padre? Quizá desenchufarlo de este aparato no lo destruiría. Tiró de las palancas y una pequeña alarma roja sonó. Deslizó una de las matrices hacia fuera. Una gran batería cubría la estructura, con una luz verde indicadora, que seguramente indicaba que contenía una carga completa. Con cierto temor, Wesley repitió la operación con las otras dos matrices, las levantó y las dejó en el suelo. Aunque no eran grandes, cada una parecía pesar unos quince kilos.

Se oyó un ruido procedente de las camillas y Anne corrió en dirección a ellas.

Emmitt abrió los ojos. "¿Anne?"

Anne lo abrazó, y las lágrimas corrieron por su rostro. "Sí, abuelito, soy yo. Me alegro mucho de que estés vivo". Lloró y volvió a abrazarlo. Se limpió las lágrimas de la cara. "Creíamos que te habían matado".

Emmitt miró fijamente a Wesley y a los demás. "¿Quiénes son estas personas?"

"Son personas que han venido a salvarte", dijo Anne.

Los ojos de Emmitt se fijaron en Morgan, y logró sonreír débilmente. "Me alegro de verte".

Morgan puso una mano en el hombro de Emmitt y le sonrió. "A mí también. Me alegro de no haber perdido un cliente. Habría sido horrible para mi reputación".

Emmitt se quedó mirando a Wesley durante otro largo rato. "Este hombre me resulta familiar, Anne. ¿Quién es?"

Wesley estrechó la mano de su abuelo. "No te había visto desde que tenía cuatro años, pero soy Wesley O'Keefe, tu nieto".

Emmitt frunció el ceño, preocupado. Luego, una sonrisa apareció en su rostro. "Wesley. Es un milagro. Por favor, abrázame".

Wesley lo abrazó.

"¿Cómo? ¿Cómo has sobrevivido?"

¿Cómo? "Es una larga historia, y me temo que no tenemos mucho tiempo para contarla. Hablaremos en privado cuando salgamos de aquí".

Tenían que irse, Morgan tenía razón. Wesley levantó una de las matrices de almacenamiento. Pensó en qué miembro de la familia podría estar reteniendo. Llamó a Morgan y a su equipo. "Hay que llevar a todo el mundo con estas cosas al aeródromo".

Morgan señaló a su equipo y consiguió que se llevaran todo. "Yo me quedaré con Wesley. El resto, lleven todo al aeródromo con seguridad y caguen esta camioneta".

"¿Qué pasa con todos los guardias y el resto del personal de aquí?" preguntó Byron.

Morgan le dio una palmadita en la espalda a Byron. "Bo y JT los subieron a una camioneta de carga y le dieron instrucciones explícitas de llevarlos a Xalapa, donde la policía los arrestará".

"¿Xalapa? ¿Eso no está a cuatro horas de aquí?" preguntó Byron.

Morgan asintió. "Sí. Debería darnos tiempo suficiente para salir de aquí antes de que estos tipos puedan hacer algo".

Emmitt se volvió a dormir. Los miembros del equipo de Morgan llevaron las camillas por el largo túnel, con Anne al lado.

Wesley y Morgan subieron la escalera y corrieron hacia el otro hangar, con el gran camión de descarga lleno de tierra.

"Desactivamos el ciclo de entrega", dijo Morgan. "No quería correr ningún riesgo. Yo vigilaré la entrada mientras tú entras. Si tienes algún problema, comunícame por radio". Apretó un pequeño walkie-talkie en la mano de Wesley y le entregó una linterna. "Tenía esto en mi mochila. Pensé que serían útiles. Buena suerte".

Wesley corrió por el pasillo con la linterna iluminando delante de él, mientras Morgan se quedaba atrás para vigilar la entrada. Se quedó boquiabierto al ver la maravillosa máquina perforadora mientras atravesaba el túnel redondo. ¿Cuánto duraba esta maldita cosa? Las piernas y los pulmones le dolían mientras corría. ¿Había suficiente oxígeno aquí? La hipoxia o la fatiga podrían matarlo antes de llegar al final. El túnel parecía estar inclinado hacia abajo. ¿Se estaba curvando hacia la izquierda?

A los veinte minutos de estar corriendo, Wesley estaba listo para detenerse. Un fuerte ruido procedente de su cadera lo sorprendió. El sonido procedía del walkie-talkie.

Se detuvo cuando una voz llegó a través del aparato. "Equipo del túnel, aquí El Tío. Chequeo de radio. Cambio".

Wesley no estaba seguro de cómo responder a eso, pero pulsó el botón de hablar. "La radio funciona bien. ¿Puedes oírme?"

"Equipo del túnel, aquí El Tío. Te escucho. Cambio".

Wesley negó con la cabeza. ¿Qué se suponía que tenía que decir? ¿Por qué Morgan consideraba necesario seguir utilizando la jerga militar? Respondió del mismo modo. "Entendido. Cambio y fuera".

Wesley corrió un poco más y llegó a una cámara hecha de arcilla endurecida. No era el material liso y perfecto del túnel, sino una construcción más tosca. Manchas de pintura blanca cubrían las paredes descubiertas, y cuando alumbró con la linterna el centro, sintió un escalofrío en el cuerpo. Un gran sarcófago con la imagen de un hombre pintada en él flotaba en un brillante metal líquido plateado. Una escritura similar a los antiguos jeroglíficos egipcios cubría los lados del ataúd.

El aire húmedo y viejo contrastaba con el aroma de la tierra recién removida. Un antiguo lugar de descanso bruscamente perturbado por el mundo moderno. Nadie había estado en esta cámara durante más de mil años, y Wesley se encontraba ahora en ella. ¿Qué pensó la gente cuando puso a este hombre aquí? ¿Cómo pudo permanecer en secreto para los arqueólogos hasta hoy? Su padre digital había dicho que nunca habían encontrado los restos de ningún líder enterrado en las pirámides, y Wesley suponía que ahora se encontraba en el lugar de descanso de uno de ellos. Pequeñas urnas con tapas de cerámica decoraban el lago de mercurio. Wesley se maravilló ante la idea de estar en un lugar en el que no había estado ningún otro ser humano desde hace varios miles de años, aparte del pobre hombre del sarcófago.

Tocó con su zapato la parte superior del lago de mercurio y se sumergió un poco bajo la superficie. Le recordó la sensación de pisar un hielo resbaladizo que se desplaza como el agua. Se adentró tímidamente un poco más y resbaló, cayendo al suelo detrás de él.

Wesley saltó sobre el sarcófago. Aterrizó torpemente, acostado sobre él, y el ataúd se inclinó hacia un lado, arrojando a Wesley. La tapa y un cuerpo antiguo cayeron encima de él.

Sentía un fuerte dolor en la pierna que tenía atrapada. Intentó apartar la tapa, pero no se movió. Tenía un brazo atrapado, mientras que su otra mano apenas tenía espacio para moverse frente a su pecho. La pesada tapa seguía aplastándolo más. Buscó el silbato en su camisa con su débil mano, lo sacó y lo puso en sus labios. Sopló una y otra vez, muchas veces, sin importarle lo mucho que le dolían los oídos.

Se sintió aliviado y el silbato se le cayó de las manos. Apenas sintió la presencia del silbato en su pecho. Perdía el conocimiento.

SE ENCONTRABA ANTE tres caminos: uno rodeado de robles, otro con un hombre que llevaba un collar de oro y otro con una escalera hacia las estrellas. Eligió las estrellas y flotó hacia arriba. Un orbe brillante resplandeció, inundando a todos los demás con su luz. Se sintió invadido por la paz. Samantha lo esperaba al final de un túnel de luz, sonriendo con ojos brillantes y llenos de lágrimas.

"Oh, Wesley. Te he esperado tanto tiempo".

Se acercó a ella y la abrazó cálidamente, como una manta recién salida de la secadora.

¿No había algo que tenía que hacer? Los recuerdos se borraron de su memoria. Se dispuso a entrar en el orbe, pero apareció Jake. ¿Por qué estaba aquí?

Jake le dio un fuerte empujón y lo saludó mientras volaba hacia atrás.

FORMAS BORROSAS SE movieron. Un sonido se escuchó, como si alguien hablara a través del agua. Él escuchó sonidos extraños. Intentó moverse, pero le dolió hacerlo. Sintió una sensación como la de miles de agujas clavándose al mismo tiempo en su pierna y en su brazo.

Parpadeó un par de veces y la habitación recuperó el sentido.

Anne le sonrió. "Tienes suerte de que sea rápida corriendo".

¿Eh? ¿Dónde estaba? Movió la cabeza. Unos extraños escritos cubrían la pared de una cueva. Se giró para ver un cuerpo momificado a su lado, con la piel verde, del color del cobre oxidado. Unos ojos huecos de un hombre bien conservado lo miraron fijamente. Del cuello de la momia colgaba un collar de cuerda con un objeto oscuro dentro de una carcasa transparente.

Wesley sacudió la cabeza. Recordaba haber corrido por el túnel, pero no se acordaba de nada más. "¿Qué pasó?"

"Vine a ver por qué tardaban tanto tú y Morgan. Escuché tu silbato y corrí hasta aquí para encontrarte atrapado", dijo Anne.

"Encontré a tu hermana quitándote esa gran tapa de encima", dijo Morgan mientras miraba a Anne con total admiración. "Tendrías que haber oído el ruido que hizo al romperse. No pude alcanzarla mientras corría por el túnel. Me ganó por lo menos cinco minutos. Es pequeña, pero yo no me atrevería a desafiarla".

Anne rechazó sus cumplidos. "Fue una cuestión de fuerza, y de adrenalina. Es mucho más fácil levantar una tapa grande con las piernas". Puso una mano en la frente de Wesley y le acarició la mejilla. "Te pondrás bien. JT llegará pronto con una camilla".

Wesley buscó el collar y cerró la mano alrededor de él. Al sostenerlo, sintió una gran calidez. Miró a la criatura de ocho patas encerrada en el objeto transparente y luego tiró del collar para quitárselo a su antiguo propietario.

Wesley pensó en todo: *Libre. Por fin. ¿Cuánto tiempo he estado aquí?*

Wesley dejó caer el collar sobre su pecho y se frotó los ojos. Se metió el objeto en el bolsillo.

Lo subieron a una camilla y observó el túnel que pasaba por encima de él mientras los hombres corrían. Quedó inconsciente.

CAPÍTULO VEINTISIETE

Wesley se despertó en el asiento de una cabina. Anne estaba sentada en la otra silla, hablando por la radio. Sacó su lengua seca de su boca y tragó. ¿Cuánto tiempo había estado inconsciente?

"Bienvenido al mundo real. Pensé que podrías dormir todo el viaje a Seattle", dijo Anne.

¿Qué? Los asientos del avión detrás de él estaban vacíos. "¿Dónde están todos?"

"El abuelito dijo que tiene que ocuparse de algunas cosas antes de llegar a Seattle. Ese tipo JT conectó esas tres matrices de almacenamiento a la fuente de alimentación del avión; dijo que las mantendría cargadas".

Extraños recuerdos llenaron la mente de Wesley: un túnel que llevaba a una cámara subterránea, hablar con su padre, ser aplastado por la tapa de un sarcófago y un collar. Buscó en su bolsillo. La extraña cosa seguía allí. Lo sacó para verlo bajo la luz, dejando que colgara de la hebra fibrosa que lo sostenía. Después de su extraña experiencia, no quería volver a tocar su superficie.

Anne miró el objeto con asco. "Qué criatura tan extraña. Está bien conservada dentro de esa caja. Me recuerda a una garrapata grande o a una araña". Se sintió estremecida. "Me alegro de que lo tengas. Para ser sincera, olvidé que lo tenías".

El brillante y dorado caparazón de la criatura hipnotizó a Wesley. Era como el antiguo escarabajo egipcio, pero con un par de patas más. Se le ocurrió una idea extraña. "¿Lo tocaste?"

Ella negó con la cabeza, y luego levantó las cejas en forma de pregunta.

¿Debía decírselo? "Me pareció oír una voz cuando lo toqué".

"No me sorprende. Has perdido mucha sangre. Esa tapa te impactó en la arteria femoral y también disminuyó tu capacidad de recibir oxígeno. Tienes suerte de que las alucinaciones son lo peor de tu situación". Se mordió el labio y luego continuó. "No puedo imaginar qué habría pasado si hubiera llegado unos minutos más tarde".

Wesley asintió. Sentía una extraña paz. "¿Has estado alguna vez cerca de la muerte?"

"No. Pero he estado con mucha gente que sí. Uno de los beneficios extras de la enfermería". Ella se rio de forma macabra. "¿Por qué? ¿Viste un fantasma?"

Tal vez hablar con ella no sea una buena idea. Él casi podía oler el ligero perfume floral de Samantha cuando la abrazó. "No. Con ver a esa momia fue suficiente".

"Estoy segura". Anne se estremeció. "Morgan llamó. Dijo que las autoridades mexicanas se apoderaron del lugar no mucho después de que nos fuéramos".

"¿Van a estar bien?"

Ella sonrió. "Morgan pensó que sí. Dijo que conoce a la gente... lo que sea que eso signifique".

Wesley levantó las cejas. "¿*Te* gusta?"

Anne se sonrojó. "¿Qué? No". Hizo una pequeña pausa. "Parecía interesante".

Wesley sonrió y no insistió más; había visto esa mirada suficientes veces y la reconocía. A ella *le* gustaba.

Pequeñas localidades suburbanas situadas en ordenadas hileras marcaban su paso de Juárez, México, a El Paso, Texas. Las colinas cubiertas de maleza no tardaron en convertirse en una extensión abierta de desierto, con ocasionales círculos agrícolas. La inmensidad de la Tierra siempre le producía asombro a Wesley cuando volaba.

Continuaron en silencio durante algún tiempo. Probablemente, Anne estaba tan asombrada como Wesley por las maravillas del vuelo moderno, aunque ambos lo habían experimentado durante más de un siglo. Anne miraba por la ventana con una amplia sonrisa.

Los recuerdos de haber perdido el conocimiento en aquella cámara invadieron la mente de Wesley. "Creo que elegí el camino equivocado la primera vez".

comenzó Anne. "¿Cómo?"

"El sueño con fiebre. Cuando Ma me dio el virus, elegí el camino que seguía a Scaldbrother para encontrar el tesoro. Elegí mal".

Anne se cubrió la boca con una mano. "¿Oh?"

"Sí. Cuando me desmayé, volví a ver los tres caminos". Respiró profundamente. "Las estrellas, el camino rodeado de robles, el camino de la fortuna". Frunció los labios, pensativo. "Esta vez tomé las estrellas. Vi a Samantha como cuando era joven. Ella me abrazó. Jake apareció y me empujó hacia atrás". Esperó. Anne no dijo nada. "¿Qué crees que significa?"

Anne lo abrazó. Wesley sintió una lágrima en el cuello al soltarla. "Ya sabes lo que significa. Me alegro mucho, hermano".

CAPÍTULO VEINTIOCHO

A had leyó los informes de Masika sobre los sucesos ocurridos en Ciudad de México desde la comodidad de su oficina. Estaba a salvo en su complejo subterráneo. Desde el exterior, se veía una pequeña casa con una sola palmera y ventanas con persianas azules, construida con bloques de cemento recubiertos de estuco y pintados de amarillo. El tejado plano cubierto de tejas cerámicas rotas haría pensar a la mayoría que sus habitantes eran indigentes.

Cualquiera que investigara el lugar descubriría que era propiedad de un hombre mayor llamado Ibrahim El-Hamam. La casa estaba situada al sureste del oasis de Moghra, junto a un pequeño lago de agua salada rodeado por las arenas del desierto occidental egipcio. Aunque en su mayor parte carece de vegetación, algunas extrañas plantas resistentes a la sal logran crecer cerca de algunas partes del lago. Cualquier viajero que encontrara el oasis y esperara encontrar agua se llevaría una gran decepción. Las plantas presentes en las marismas saladas eran los únicos seres vivos, aparte de los microorganismos, que podían utilizar el agua para mantener la vida, pero los humanos no podían beberla. Así es como Ahad lo prefería: estar solo, sin gente que interfiriera en sus planes.

Los tubos de fibra óptica de la parte superior iluminaban la sala con la luz del sol. Una pantalla LED de ultra alta definición imitaba el aspecto de una ventana al mostrar la vista de la casa sobre él. A través de ella, vio un vasto desierto y las pequeñas persianas de madera azul celeste que enmarcaban la ventana. La "claraboya" situada sobre él exhibía la imagen de la cámara situada en el tejado de la casa. En este momento, el sol entraba por la claraboya desde un cielo azul claro. Por la noche, podía ver una gran cantidad de estrellas con casi nada de contaminación lumínica, dada la escasa población de la zona.

El mundo volvería pronto a su estado anterior, sin que esa plaga humana lo contaminara y destruyera. Viajaría entre los escombros de las metrópolis caídas y volvería a maravillarse con las hermosas estrellas sobre él.

Paciencia.

Ahad recordaba los platos antiguos que se cocinaban al vapor en ollas de barro bajo la tierra durante días, acumulando un sabor y una riqueza que no se encuentran en el mundo moderno y cómodo. La paciencia desapareció en un mundo en el que las comunicaciones ocurrían en segundos a través del globo, un mundo en el que los drones y los satélites observaban la Tierra por debajo. Sonrió. El complejo en el que vivía ahora había tardado años en construirse, poco a poco, con paciencia. ¿Por qué no? Sus antepasados habían construido pirámides con herramientas poco sofisticadas. Él había hecho este enorme palacio subterráneo de 2.000 metros cuadrados con los atentos satélites de espionaje encima, y sin que nadie más que los que le eran leales supieran de su existencia. Todo ello fue posible gracias a su planificación.

Ahad perdió la paciencia mientras leía los informes. Wesley y sus amigos habían neutralizado a sus hombres y se habían llevado a Emmitt y Alomena, junto con sus matrices de almacenamiento cuántico. Lo peor de todo es que habían encontrado la tumba de Tateathaken y robado su collar, con la última hembra de Akh Neith conservada en su interior. Ahad había planeado recuperarlo y llevarlo de vuelta a Egipto antes de que pudiera ser descubierto por los arqueólogos mexicanos que buscaban un gobernante enterrado. Hace casi cuarenta años, los arqueólogos habían localizado un pasaje subterráneo cerca del Templo de la Serpiente Emplumada, donde habían encontrado varios artefactos, pero nunca habían encontrado la tumba. Ahad sabía que estaba allí. Había descifrado los antiguos textos del Khemenu y había iniciado la expedición para excavarla el año pasado.

Se enfocó en los logros del esfuerzo de su equipo. Lograron trasladar los escaneos digitales de los científicos desde las instalaciones de Washington hasta aquí. Las matrices cuánticas que almacenaban su información neural utilizaban componentes sensibles que eran difíciles de transportar. Una pequeña victoria.

El equipo destruyó los sistemas informáticos cerca de Teotihuacán y recuperó lo que pudo de la tumba de Tateathaken. El túnel que conducía a la cámara estaba ahora lleno de tierra. La momia de Tateathaken descansaba ahora en su interior, para que nadie se enterara de que una antigua civilización de Egipto había creado Teotihuacán, nombre que le dieron los aztecas, que la habían descubierto después de que su pueblo la abandonara.

Ahad entró en la sala de datos con el Simlink. Masika lo esperaba sonriendo. "Buenas tardes, Masika. ¿Está lista la simulación para que entre?"

Masika sonreía, a pesar de haber viajado tantas horas para llegar hasta aquí. También parecía no estar preocupada por su temporal encierro. "Sí. La Dra. Rosenbach está lista para que interactúes con ella".

Ahad se puso el casco Simlink en la cabeza. Se oyó un ruido de estática como el de un viejo televisor en un canal inútil, por lo que la oscuridad lo envolvió.

Estaba en una habitación con Candace. Ella estaba sentada en un escritorio, tecleando en una computadora.

"Hola, Candace. ¿Cómo va tu investigación?"

Ella hizo una mueca. "Ya te he dicho que sólo mis amigos me llaman Candace. Puedes llamarme Dra. Rosenbach".

Esta mujer resultaría valiosa para su causa. La versión digital de ella tenía tanto valor como la versión real.

"Muy bien, Dra. Rosenbach. ¿Cómo va?"

"Debo decir que es bastante increíble trabajar durante innumerables horas sin dormir y sin sentirme cansada. Me siento increíble. En cuanto a la investigación, está progresando bien, sobre todo teniendo en cuenta las limitaciones con las que estoy trabajando".

Existía el peligro oculto de que la verdadera Candace sufriera una desgracia si no seguía cooperando. Últimamente no había sido necesaria ninguna coacción, porque esta versión de Candace sentía curiosidad por los resultados y dedicaba innumerables horas a investigarlos. Como entidad digital, no se cansaba, ni tenía hambre, ni necesitaba ir al baño. Masika había encontrado una forma de estimular los centros de placer del cerebro cuántico de una entidad digital, y esto resultó ser una forma mucho más eficaz de fomentar el comportamiento que mediante amenazas.

"Yo diría que estás llevando bastante bien esas 'limitaciones', como tú las llamas. Sólo estás trabajando con modelos cuánticos, pero lo estás haciendo de maravilla". Ahad levantó su dedo índice izquierdo, una señal para que Masika estimulara el centro de placer de Candace, y observó cómo el éxtasis la invadía.

Se frotó el cabello con la mano y sus mejillas se pusieron de color rosa claro. Suspiró satisfecha. "Gracias, Ahad. Es un placer hablar contigo".

"Lo mismo digo", dijo él, y luego sonrió mientras levantaba de nuevo el dedo índice izquierdo. El acondicionamiento operante sería mucho más eficaz con Candace de lo que había sido con Kyle, debido a los recientes descubrimientos de Masika.

Ahad salió de la habitación, pidió que lo sacaran de la simulación y esperó a que recuperara la visión. Parpadeó un par de veces cuando el laboratorio y Masika aparecieron.

Masika sonreía satisfecha. "Está haciendo bien su investigación. Impresionante".

"¿Quieres que te escanee a ti también, Masika?", preguntó.

Ella se rio. "Tal vez lo disfrute demasiado".

Él sonrió. "Tal vez".

CAPÍTULO VEINTINUEVE

A medida que Candace avanzaba por la carretera rural cerca del lago Wenatchee, el aroma de los pinos inundaba el aire. Extendió su mano para tocar la corteza áspera de un gran pino. El árbol seguramente había capturado unas cuantas toneladas de dióxido de carbono a lo largo de su vida. ¿Había algún árbol más viejo que Wesley? ¿Cuántos árboles eran necesarios para compensar la cantidad de carbono que Wesley había producido durante su vida? Hizo algunos cálculos: cien árboles que vivieran unos ochenta años cada uno serían suficientes.

Sacudió la cabeza mientras seguía caminando. Un camión de grava pasó a toda velocidad. Al mirar por encima del hombro, vio que el agente especial Higgins la observaba mientras aparentaba tranquilidad.

No obstante, el sonido de las aspas de un dron interrumpió la tranquilidad de Candace y le recordó que no estaba muy lejos el peligro.

Candace se dio cuenta de que aún tenía que hacer una investigación. No pudo encontrar una forma de hacer que el retrovirus fuera lo suficientemente viral como para permitir que pasara a miles de millones de personas sin debilitar sus sistemas inmunológicos. Hasta ahora, esa era la única idea que tenía para detener el virus del Cuervo. ¿Y ahora qué? Esperaba que Wesley encontrara algo útil. ¿Qué tenía que ver Kyle con todo esto? Seguramente él debía comprender que la protección de testigos tenía poco valor en la situación actual.

Tal vez los modelos cuánticos habían encontrado algo nuevo. Candace vio el lago en calma mientras corría hacia la casa y bajaba al laboratorio subterráneo.

Revisó los datos, examinando el análisis de los millones de modelos. Utilizó un algoritmo de aprendizaje automático para analizarlos, buscando cualquier vacuna que mostrara un alto número de portadores que sobrevivieran.

Una de ellas era prometedora, pero sólo tenía un treinta por ciento de posibilidades de éxito y causaba esterilidad. Candace programó más modelos basados en los parámetros que habían llevado a su evolución. Tal vez pudiera dar lugar a algo más eficaz. Un treinta por ciento de posibilidades no sería suficiente, especialmente con eso como efecto secundario. El resultado destruiría la raza humana, pero prolongaría la agonía.

Necesitaba encontrar una forma de utilizar el retrovirus, el que la familia de Wesley llamaba el Beso del Cuervo, para curar a todos. Dadas las limitaciones de tiempo, no sería práctico. El retrovirus era más complejo que cualquier otro que hubiera estudiado y, sin saber cómo había evolucionado, no sería posible crear un modelo cuántico que le permitiera aplicar la ingeniería inversa.

Candace se tomó un descanso en el modelado de la vacuna para leer sus correos electrónicos. Le llamó la atención el asunto de un mensaje extraño, procedente de su propia dirección de correo electrónico: *Aquel día que le quitamos los diez dólares a Andy*.

Se quedó mirando confundida, y en ese momento recordó dos cosas: el de haber robado los diez dólares de la alcancía de Andy y el de haber hablado de ello con Sim Candace.

Tecleó varias contraseñas para descifrar el correo electrónico.

Hola, Oso de Caramelo.

Nuestra última conversación terminó repentinamente. Quiero que sepas que Ahad me trasladó a un centro en Egipto.

No te preocupes. Sé que estás asustada ahora mismo, porque yo también lo estaría. Sólo tengo que decirte que este mensaje es tuyo, o mío, como quieras decirlo. Probablemente aún no lo creas, pero eres tú (yo).

Sé que soy real, aunque ya no soy tú. Tengo los mismos sentimientos, recuerdos, emociones, deseos, todo lo que tú tenías. Ahora soy una persona única, así que ahora me llamaré por nuestro segundo nombre, Renee.

No te aburriré con todos los detalles técnicos, aunque estoy segura de que los disfrutarás. He burlado los mecanismos de seguridad que tenían para evitar que me comunicara desde el entorno simulado al mundo exterior, gracias a tu ayuda. Monitorizan todo lo que oigo, veo y siento, así como mis patrones cerebrales. Incluso han descubierto cómo estimular el centro de placer de mi cerebro cuando hago algo que les gusta. Me da asco, y aunque Ahad cree que está haciendo un acondicionamiento operativo conmigo, sólo está haciendo que lo desprecie mucho más. Se siente como una forma de violación; aunque no hay nada sexual en ello, me siento violada.

He ocultado mi comunicación contigo. He construido una nueva interfaz en mi cerebro que no conocen. Me llaman "entidad digital", aunque yo creo que debería llamarme "entidad cuántica", porque no hay información binaria implicada hasta que se interconecta con el mundo exterior.

Probablemente estés desconcertada al oírme hablar así, ya que no estás tan metida en la tecnología informática como en la microbiología. Diré que pensar tan rápido como ahora y no cansarse o necesitar dormir te da mucho tiempo para aprender muchas cosas. No pretendo ofenderte diciendo que probablemente yo sepa mucho más que tú sobre estas cosas, pero sí sé a ciencia cierta que yo sé más que tú cuando te pusieron en coma.

Ahad quiere que encuentre una forma de destruir el retrovirus del Beso del Cuervo, el que causa una insignificante senescencia y que tú empezaste a estudiar en tu laboratorio antes de que Ahad interrumpiera tu trabajo. Ahora tengo licencia libre para investigar y aprender todo lo que pueda sobre él. Evolucionó debido a una relación simbiótica con una extraña criatura que se parece a una araña, a la que los antiguos egipcios se referían como un "Akh Neith". Incluyo algunos archivos: una descripción del virus que provoca la senescencia insignificante (también conocido como el Beso del Cuervo), una descripción del virus destructivo creado por Ahad, lo que sé sobre la araña, un mapa que muestra dónde tienes que ir y fotos de las instalaciones aquí en Egipto.

Necesito que me ayudes a prevenir una crisis global. Debes ir a hablar con Wesley. Sé que te sientes atraído por él y que al principio tuviste algunas dudas por lo que te dijo sobre su edad en ese momento.

Intentaré ayudar todo lo que pueda dentro de las limitaciones con las que actúo aquí.

No hay mucho tiempo para descubrir una cura y distribuirla a la población mundial.

Por favor, no dejes que me destruyan. Quiero que me rescaten. Hasta ahora, han sido agradables conmigo, porque creen que los estoy ayudando. Soy un ser sensible con emociones, no un programa informático. Merezco los mismos derechos que cualquier ser humano. Por favor, ayúdame.

Renee.

Candace se quedó sentada en silencio durante varios minutos después de leer el correo electrónico. Descargó los archivos para analizarlos. Por desgracia, "Renee" no le había dicho mucho que no supiera ya. Renee no tenía forma de saberlo. Candace no pudo evitar sonreír cuando leyó la parte sobre buscar a Wesley.

Empezó a responder, pero lo pensó mejor. ¿Cómo sabía Renee que Ahad no estaba leyendo sus correos electrónicos?

Frunció los labios y trató de relajar los hombros. ¿Y si Ahad había obligado a Renee a leer sus correos electrónicos? Renee tenía acceso a su clave de cifrado y a sus contraseñas.

Tras algunas deliberaciones, Candace generó nuevas claves de cifrado y modificó todas sus frases de acceso. La tarea le llevó un tiempo.

Mientras se preparaba para cerrar su correo electrónico, apareció otro, de nuevo desde su dirección, y estaba firmado con la nueva clave de cifrado. ¿Cómo era posible? El mensaje decía:

Buen intento. No te preocupes, Ahad no verá esto. Me alegro de que hayas recibido mi correo electrónico. ¿Puedes venir a buscarme, por favor?

Candace envió una respuesta breve y honesta.

Haré lo que pueda.

RENEE BUSCÓ EN LAS bases de información con su interfaz neural. ¡Ya está! Encontró una base de memoria vacía, que Ahad planeaba llenar con la mente de otra persona. Pasó las siguientes horas escribiendo códigos. La IA de la computadora haría la mayor parte del trabajo, pero ella tenía que programarla para hacerlo. El cerebro humano contiene unos cien mil millones de neuronas, así que los diseñadores de la matriz de almacenamiento cuántico habían hecho suficientes neuronas cuánticas para eso.

Las funciones cerebrales más avanzadas, las que le permitían razonar, crear, deducir, analizar -todas las cosas que la convertían en humana- sólo ocupaban dieciséis mil millones de neuronas. ¿Por qué los diseñadores se habían detenido en cien mil millones de neuronas en la matriz de almacenamiento cuántico? Ella quería remediar ese descuido de diseño.

En el cerebro humano, los dos hemisferios están conectados a través del cuerpo calloso. Ella uniría el otro conjunto de almacenamiento cuántico al suyo. Encontró unos cuantos robots de mantenimiento y les indicó que la conectaran a la otra matriz de almacenamiento cuántico con un cableado físico. El cableado de uno de los cascos Simlink sería suficiente. Necesitaba unos doscientos millones de axones para conectarse a la matriz de almacenamiento en blanco.

La tarea de conectar el cable a la otra matriz le llevó varias horas. Renee dudó antes de conectar el enlace a su cerebro cuántico. ¿Debía hacerlo? Se puso a dar golpecitos con los dedos en el costado, aunque esos movimientos físicos eran innecesarios. Sin embargo, el miedo la invadió. El robot recibió la orden de conectar el enlace con ella.

¿Lo había hecho? Al principio no ocurrió nada, y luego la oscuridad la rodeó.

¿CUÁNTO TIEMPO LLEVABA inconsciente? Renee acababa de lograr el equivalente virtual de meter el cerebro de otra persona en su cráneo, aunque con todas las neuronas sin programar. Un tercer y cuarto hemisferio unidos a su cerebro derecho e izquierdo. ¿Se había arriesgado demasiado al intentarlo?

Continuó trabajando en su investigación, decepcionada por el hecho de que su experimento no había resultado muy provechoso. Ahora tenía que salir de aquí, porque Ahad no dejaría la matriz vacía durante mucho tiempo. Pronto la utilizaría para otra entidad digital. Eso sin duda tendría algunas consecuencias no deseadas.

Mientras Renee estudiaba los modelos de ADN, la música ocupaba su mente, creando una reverberación armónica, parecida a la que se produce al pulsar las teclas de un piano. Una sensación de euforia la invadió. Oía los modelos de ADN como una canción que le hablaba. Se rio, sin importarle lo que Ahad pudiera pensar si la escuchaba.

La interfaz extraneural le permitió conectarse a una impresora 3D. Gracias a esa interfaz, consiguió terminar un proyecto que los ingenieros de la Universidad de Cornell habían iniciado hace más de dos décadas: crear material de ADN impreso en 3D con algo llamado materiales DASH (ensamblaje y síntesis de materiales jerárquicos basados en el ADN). Ahora que tenía las herramientas para escribir sus canciones, compondría una obra maestra.

CAPÍTULO TREINTA

C asi todas las partes del cuerpo de Wesley comenzaron a dolerle cuando aterrizaron en el pequeño aeropuerto del lago Wenatchee. El vuelo a Seattle fue bastante tranquilo, pero el hecho de quedar atrapado bajo la tapa de un antiguo sarcófago continuaba afectándolo. Anne lo había examinado muchas veces durante el vuelo para asegurarse de que su estado no era grave. Le había dicho muchas veces lo afortunado que había sido.

Wesley recordó una vez, hace mucho tiempo, cuando se había caído de un árbol mientras trabajaba en la industria maderera. Le dolió. Se había quedado sin aliento y estuvo dolorido durante semanas. Esto era peor.

¿Y el collar que llevaba en el bolsillo? Tal vez Anne tenía razón: perder la conciencia lo había afectado. Tuvo alucinaciones auditivas, como ella había dicho. Aun así, la idea de tocar el collar le daba miedo, pero ahora tenía ganas de tocarlo.

Cuando bajaron del avión, Anne puso una mano en el hombro de Wesley. "¿Estás bien?"

Sacudió la cabeza para despejar su mente de esa voz interna. Tal vez sí estaba más herido de lo que creían. "Estoy bien". Intentó sonreír de forma reconfortante, aunque apretó los dientes de dolor al hacerlo.

Anne le tomó la mano y lo ayudó a subir al auto que los esperaba.

Llevó la pierna izquierda a rastras y entró en el vehículo cojeando. Suspiró largamente. Candace seguramente estaba preocupada, pero pronto la vería.

Wesley metió la mano en el bolsillo mientras viajaban por la carretera de la montaña. *Debo tragarme el collar. Sabrá muy bien.* Lo sacó y separó los labios, deseando que el sabroso sabor inundara su boca.

Anne le arrebató el collar. "¿Qué demonios estás haciendo?"

¿Qué estaba haciendo?

Sacudió la cabeza para aclarar sus pensamientos. "Yo... no estoy seguro".

Anne frunció el ceño y guardó el collar en su bolso. Le puso una mano en la frente y le tocó los lados de la mandíbula y el cuello. "No hay fiebre. Tal vez tengamos que hacerte un chequeo después de todo".

¿Debía decírselo? No quería parecer un loco. "Estoy bien. Es sólo..." Hizo una pausa y observó el bosque verde mientras se dirigían a la cabaña. "Pensé que tendría buen sabor". Sentía escalofríos. ¿Por qué pensó eso? Sería poco menos que asqueroso. "Me equivoqué".

Anne lo miró con el ceño fruncido durante los pocos kilómetros que recorrieron.

Cuando llegaron a la cabaña, dos hombres con traje esperaban en la puerta. Llamaban mucho la atención. Dos sedanes negros con matrícula del gobierno estadounidense significaban que probablemente estaban allí para ayudar al agente especial Higgins.

Los hombres no hicieron ningún movimiento para detenerlos mientras se dirigían a la puerta. Wesley se detuvo. ¿Por qué estarían tan seguros? Se acercó al alto y larguirucho agente. "¿Por qué no nos ha pedido la identificación?".

Miró de reojo al otro agente y se encogió de hombros. "Nuestros drones los identificaron a ambos hace veinte minutos. Lo siento. ¿Querías que te molestara entrando en la casa de tu padre?"

Wesley se sintió incómodo; por supuesto. "¿Dónde está Higgins?"

El otro hombre hizo una pausa, levantando la vista de su pequeña pantalla para mirarlo fijamente. "El agente especial Higgins fue a buscarnos un café. Tuvo que conducir 13 kilómetros. ¿Puedes creerlo? 13 kilómetros por un café". Les estrechó la mano. "Lo siento. Soy el agente Schmidt. Ella es la agente Vick". Señaló con la cabeza. "Ya sabemos quiénes son ustedes. Somos el FBI. Sabemos mucho de ti". Dijo guiñando el ojo.

Por la forma en que el agente Schmidt dijo "café", debía ser de Nueva York. No era de extrañar que estuviera tan incrédulo de que el café estuviera tan lejos.

Wesley sonrió. "Seguro que sí. Gracias por protegernos".

La agente Schmidt asintió y volvió a mirar la tablet.

Wesley y Anne entraron en la cabaña, y aunque Wesley quiso bajar corriendo al laboratorio, sólo pudo bajar las escaleras cojeando con la ayuda de Anne.

Abrió la estantería y la vio alejarse con cierta impaciencia. El ascensor se abrió y Candace salió corriendo y lo abrazó. Se sintió reconfortado en su cálido abrazo, pero se le escapó un gemido de dolor cuando ella le apretó demasiado el hombro. Lo besó y, al cabo de un rato, Anne carraspeó.

Candace dio un paso atrás y se mordió el labio. "¿Estás bien?"

Wesley examinó su estado de salud: una cojera en la pierna, dolor en todo el costado izquierdo, el hombro derecho herido por su salto de los Tres Mosqueteros. "Puede que esté un poco peor".

Bajaron al laboratorio y Candace escuchó cómo Wesley contaba todo lo ocurrido en Ciudad de México.

Anne bajó las tres matrices del vehículo y las conectó a la corriente. "No sé qué hacer con estos tres. Tenemos que mantener sus baterías cargadas".

Candace se quedó mirando las matrices y pasó los dedos por encima de ellas. "Fascinante". Se mordió el labio y se quedó mirando la pared durante un rato. "Tenemos que ir a Egipto y conseguir otro de estos". Señaló un correo electrónico en la pantalla para que Wesley lo leyera.

Leyó el correo electrónico de Renee boquiabierto. ¿Egipto? Se enfadó al leer la parte del acondicionamiento operativo. Se quedó mirando la pantalla durante un rato después de leer el mensaje. "Le hizo lo mismo a mi padre. Ahad es un monstruo".

Candace hizo una mueca. "Sé que sólo es una simulación, pero la idea de que alguien torture algo -alguien- con mis recuerdos y sentimientos es algo que me desquicia".

Anne sacó el collar de su bolso y se lo llevó a Candace. Lo sujetó por la cuerda que tenía atada y la luz brilló en muchos colores como si fuera un prisma.

Candace se quedó boquiabierta. "La forma en que se ha conservado es extraordinaria. Me pregunto qué es esa capa exterior". Hizo una pausa para pensar, y luego tecleó con fuerza en un teclado. "Tengo una idea".

Pasó un rato buscando y leyendo artículos en Internet, y luego se dirigió a ellos. "Creo que todavía está vivo".

Anne la miró. "¿Qué sigue vivo? ¿Ese collar?"

Candace negó con la cabeza. "No el collar en sí, sino la criatura que lleva dentro. Creo que el revestimiento es una especie de estructura similar a una crisálida. Algunos organismos pueden entrar en un estado llamado criptobiosis. Como ocurre con los osos de agua". Cuando ambos la miraron fijamente y no reconocieron nada, ella sacó una foto de una extraña criatura con un tubo en forma de embudo en lugar de boca, con la piel aplastada a su alrededor como en un carlino, y ocho apéndices con pequeñas garras en el extremo. "Conoce al oso de agua. También conocido como tardígrado".

La criatura era como algo de una novela de Julio Verne. "Nunca he visto uno. ¿Dónde viven?" Preguntó Wesley.

Ella se rio. "Tus ojos siguen siendo buenos, pero no tanto. Son animales casi microscópicos y viven en cualquier lugar donde haya agua, como un lecho de musgo. Si el lecho de musgo se queda sin agua, se secan y entran en estado de congelación. Son pequeños bichos resistentes: pueden sobrevivir durante muchos días en el espacio y a temperaturas de trescientos grados Fahrenheit".

Si el Akh Neith estaba vivo, ¿tenía alguna forma de telepatía para hablar con él, o había imaginado las palabras en su cabeza? No, eso era una locura. Tenía que contarles lo de la voz en su cabeza cuando tocó el collar, pero le ocultó la información. "¿Así que crees que esta cosa está en criptobiosis ahora mismo? ¿Como un oso de agua?"

Candace se encogió de hombros. "Sólo es una teoría. Me gustaría proceder en consecuencia. Tendré que hacer un pequeño agujero para extraer una muestra de ADN. Necesito hacerlo para no dañar a la criatura".

¿Le preocupaba dañar a esta fea garrapata? ¿Por qué?

Anne habló. "¿No podemos cortarla por la mitad y hacerle un favor al mundo? Esta cosa podría ser peligrosa".

Candace negó con la cabeza. Su dedo se deslizó por la superficie lisa de la carcasa transparente y entrecerró los ojos. Lo acercó a ella para protegerla. "No, no lo dañaremos. Tenemos que tomar una muestra de ADN. Esta criatura tiene la clave de la evolución del retrovirus que puede detener el virus del Cuervo".

Anne se dirigió a Wesley. "Deberíamos entonces dejarlo en sus manos. Avísanos si necesitas ayuda".

Anne le ayudó a levantarse de la silla. Le acompañó a su dormitorio, donde se quedó dormido.

LOS RUIDOS FUERTES hicieron que Wesley se despertara. Una mujer gritó. Se levantó de la cama y avanzó, aunque el hacerlo le costó mucho. El dolor le recorría el costado mientras se movía tan rápido como le permitía su pierna coja.

Wesley se dirigió al dormitorio cercano para ver a Candace y a Anne gritándose la una a la otra.

"¡Querías matarlo!" gritó Candace. Se abalanzó hacia delante con un bisturí en la mano, arremetiendo contra Anne. Anne retrocedió para evitar el golpe, luego se agachó y dio una patada a la pierna de Candace. Candace gritó de dolor mientras caía al suelo. Candace rodó hacia atrás y se puso de nuevo en pie.

Anne entrecerró los ojos y las dos se rodearon. Candace se abalanzó sobre ella. Anne la esquivó y le devolvió el golpe en el costado. Candace no se inmutó por el golpe.

"¿Qué están haciendo ustedes dos? Baja el cuchillo".

Candace siseó. "¡Quiere matarlo! Lo necesitamos para salvar a todos, ¡y ella quiere matarlo!"

Wesley intentó calmar la situación con sus manos. "¿Has secuenciado su ADN?"

Candace negó con la cabeza y empezó a bajar el brazo, pero volvió a arremeter contra ella cuando Anne intentó acortar la distancia entre ellos. Ella le gritó. "¡No!"

"¿Dónde está? ¿No deberíamos centrarnos en eso?", preguntó.

Las dos facetas del rostro de Candace se enfrentaron, un lado con una mirada horrorizada y el otro con una mueca amenazante.

Wesley aprovechó la oportunidad y se abalanzó sobre Candace por detrás, rodeándola con los brazos. Ella se retorció y su pierna comenzó a sentirse caliente. ¿Por qué sentía la pierna tan húmeda?

Anne se lanzó hacia delante y apretó el brazo de Candace. Candace gritó y el bisturí cayó a la alfombra. La alfombra estaba cubierta de manchas rojas. ¿De dónde había salido la sangre?

Wesley se sintió mareado mientras sujetaba a Candace con fuerza. La fuerza de ella le sorprendió: luchaba como una bestia salvaje. El mareo aumentó. "La araña... creo que... ella... se la tragó", dijo.

Sus fuerzas disminuyeron. ¿Por qué necesitaba sostener a Candace? Los oídos le zumbaban y las estrellas se formaban a lo largo de su visión.

Anne presionó con fuerza su pierna con la rodilla. "Tengo presión en tu herida. Es profunda. Sujétala".

Anne buscó la cara de Candace, y luego gritó cuando ella mordió su dedo. "Tenemos que hacerla vomitar". Tomó una sábana de la cama y la envolvió alrededor de las piernas de Candace, y luego de sus brazos.

Candace se retorció en el suelo como un tejón rabioso. Pronunció un montón de maldiciones. Toda la escena hizo que Wesley sintiera que estaba presenciando un exorcismo.

Anne arrancó los pantalones de Wesley y le aplicó un vendaje improvisado a la herida con una funda de almohada. El dolor palpitaba desde lo más profundo de su pierna. "Mantén la presión sobre esto. Volveré".

Intentó calmar a Candace cuando Anne salió corriendo. "Escucha. Nadie planea matar al Akh Neith. Sólo queremos estudiarlo. No lo decía en serio cuando dijo que lo mataría".

Candace dejó de retorcerse. "¿De verdad? Lo siento. No sé qué me pasó. ¿Puedes desatarme, por favor?"

Wesley quería hacerlo. Ver a Candace así hizo que su corazón se acelerara. ¿Qué le había pasado? "Sí, pero me cortaste. Necesito mantener la presión sobre mi herida. Le diré a Anne que lo haga cuando vuelva".

Candace dejó de retorcerse y se quedó allí, mirando hacia arriba en un estado catatónico.

Anne regresó con una pequeña botella marrón. Corrió hacia Candace y le metió algo en la boca, y Candace permaneció paralizada. Anne giró a Candace y la puso en posición sentada.

La boca seca de Wesley le dificultaba hablar. Empezó a preguntar en voz alta. "¿Qué estás haciendo?"

"Le he dado jarabe de ipecacuana. Ahora esperamos, y debería vomitarlo pronto. Ve a buscar un balde".

Asintió y trató de ponerse de pie, pero se cayó al suelo.

"Sujétala; no dejes que se ahogue si empieza a vomitar", dijo Anne mientras salía corriendo.

Sostuvo a Candace con un brazo y presionó el vendaje formado por la funda de la almohada con el otro. En ese momento, las náuseas intentaron apoderarse de él. ¿Era por la idea de que Candace se tragara aquella asquerosa criatura? ¿O era el dolor en todo su cuerpo? Tal vez ambas cosas.

Anne regresó con un pequeño balde de plástico rojo y lo sostuvo frente a la boca de Candace. "Ahora esperamos a que empiece el espectáculo".

Pasaron varios minutos, y entonces el cuerpo de Candace se tambaleó de un lado a otro. Dio varias arcadas y el contenido de su estómago cayó en el balde. Las arcadas continuaron durante algún tiempo, y luego gritó y escupió.

Anne metió la mano para agarrar a la criatura que se escabullía dentro. Gritó y su cuerpo quedó tieso. Cayó de espaldas al suelo.

Wesley soltó a Candace y sacó una funda de almohada de la cama. El Akh Neith se arrastró por el lado del balde, y él lo arrojó todo dentro de la funda de almohada, luego ató la parte superior.

Candace le pidió algo entre dientes. "¿Puedes desatarme, por favor?"

Wesley se sujetó la pierna con agonía mientras se arrastraba hacia Candace. Anne se recuperó de su parálisis después de varios minutos y lo ayudó a desatar a Candace.

Candace se disculpó varias veces. "No sé qué pasó. Pensé que todos ustedes iban a matarme. Yo-"

Wesley puso su dedo en sus labios. "Shh. Está bien. Esa cosa se metió en tu cabeza. Me hablaba cada vez que tocaba el... collar... o lo que fuera".

Anne lo miró con incredulidad. "¿Por qué demonios no me dijiste que te hablaba?"

"¡Lo hice!" replicó Wesley. "Me dijiste que tenía alucinaciones auditivas".

Ella lo miró con odio. "Sí, pero no me dijiste que seguía".

Todas las respuestas que se le ocurrieron sonaron estúpidas en retrospectiva. "No quería que pensaras que estaba loco".

Ella negó con la cabeza. "Puede que estés loco, pero para futuras referencias, si una criatura rara con un collar te dice cosas, adelante, avísame la próxima vez".

Él se rio irónicamente. *Claro*. Pensaba hacerlo a menudo. "¿Y ahora qué?"

Candace sintió asco. "Todavía tenemos que conseguir una muestra de ADN".

Se dirigieron al laboratorio, y los tres se las arreglaron para utilizar una jeringa para extraer el líquido de la criatura. Wesley sostuvo la funda de almohada en posición horizontal mientras Candace la atravesaba con una aguja.

"¿Qué hacemos con esa cosa?", preguntó.

Anne miró al frente con gesto enfurecido mientras se encogía de hombros indiferente.

"Tenemos que mantenerlo vivo hasta que pueda verificar la muestra", dijo Candace. "Eso llevará algún tiempo. Busquemos una jaula adecuada para él".

Wesley y Anne trabajaron en la jaula, que terminó siendo un frasco de vidrio con un poco de estopa asegurada a la parte superior con bandas de goma. Candace comenzó el análisis espectral cuántico.

Wesley repitió los acontecimientos en su mente. Sin embargo, sentía una pesadez en el estómago que se extendía al resto del cuerpo. ¿Cómo se había vuelto Candace tan desquiciada? Se quedó mirando a la criatura, ahora dócil, que apenas se movía dentro de su prisión de cristal. Sentía un escalofrío en todo el cuerpo y temblaba. Una parte de él quería romper el frasco y aplastar al Akh Neith en mil pedazos.

Candace le puso una mano en el hombro. "Lo siento". Sacudió la cabeza. "Esa cosa... se me metió en la cabeza. Si no lo hubiera experimentado yo misma, nunca lo habría creído posible".

Aunque le costó un poco de esfuerzo y provocó más dolor, Wesley se puso de pie y la abrazó. "No pasa nada. A mí también se me metió en la cabeza. Es mi culpa, debería haber dicho algo. No quería que todos pensaran que estaba loco".

Se abrazaron, y entonces algo sonó en uno de los terminales de la computadora.

Candace se acercó y estudió los datos durante un largo rato. Bajó los hombros y se desplomó ligeramente. Se cubrió la cara con las manos y luego habló. "Esto no va a servir de nada".

Las costillas de Wesley se tensaron. "¿Por qué no?"

Candace se frotó la barbilla. "A veces el macho y la hembra de una especie evolucionan de forma diferente. En este caso, tenemos una hembra. Por lo que puedo decir, la relación simbiótica con un virus no era necesaria para la hembra. Ella tenía... una estrategia diferente".

Wesley miró a Anne, y ella le respondió con el ceño fruncido.

Anne fue la primera en hacer la pregunta. "¿Qué tipo de estrategia?"

Candace tragó saliva. "La hembra mantiene al huésped humano con vida pero en estado de parálisis. El resto me lo imagino basándome en el modelado, pero parece que los Akh Neiths macho probablemente obligaban a sus anfitriones humanos a alimentar a la hembra. Cuando ella terminaba, ponía sus huevos y encontraba un nuevo humano. La longevidad del macho era necesaria para asegurar que ella sobreviviera".

Wesley sintió ganas de vomitar. "¿No podemos seguir utilizando el ADN para modelar cómo se desarrollaría el virus? ¿No era esa la idea?"

Candace negó con la cabeza. "No. Me temo que no. Tenemos que encontrar un macho".

Anne miró el frasco e hizo una mueca. "¿Qué pasó con todos ellos?"

Nadie tenía una respuesta, pero Wesley se alegró de que estuvieran casi extintos. Ahora tenía que encontrar la manera de evitar que la raza humana sufriera el mismo destino de extinción inminente.

CAPÍTULO TREINTA Y UNO

La agente especial Jane Higgins insistió en seguir a Candace y Wesley en su paseo. Aunque se mantenía a una distancia razonable de la pareja, probablemente podría escucharlos si lo intentaba. Candace frunció el ceño mientras recorrían el camino rural.

Anne había dicho que Wesley necesitaba caminar para que su pierna volviera a funcionar completamente. Ella le había cosido la herida de arma blanca y le había dicho una vez más lo afortunado que era. El dolor, aunque había disminuido, era un recordatorio siempre presente del calvario al que se había enfrentado.

Wesley se inclinó hacia Candace. "¿Y si no podemos encontrar un Akh Neith macho? ¿Cuál será nuestro nuevo plan?"

Candace se mordió el labio. "Tiene que funcionar. Tenemos que salvar a Renee. Ella nos ayudará. Sé por qué no podemos involucrar a otros, pero eso no lo hace más fácil".

Wesley asintió. Pronto saldrían para salvar a Renee. Anne le había dicho que tenía noticias de la abuela Emmitt, que planeaba llevar a su amigo Morgan y a los demás de TTF Security Systems. Renee le había proporcionado un plan sólido y Anne había trabajado con Emmitt para concretar los detalles. Wesley los llevaría en avión a Seattle y después a Egipto. Candace también había pedido una muestra de sangre de Emmitt, así como de Kyle y Anne. Quería comparar los retrovirus para determinar si hubo alguna mutación.

Wesley y Candace conversaron durante algún tiempo sin decir mucho. Luego él se dirigió a ella. "¿Qué quieres hacer cuando termine esta crisis?".

Ella desvió la mirada durante un segundo y luego se pasó una mano por el pelo. Sus ojos azules miraron a Wesley. Luego habló prácticamente susurrando. "Espero que llegue el día en que pueda permitirme el lujo de responder a eso". Inclinó la cabeza hacia él. "¿Qué tienes en mente?"

Wesley sonrio y sostuvo su mano entre las suyas. "Unas vacaciones, sin duda. Después, volver a lo que estaba haciendo".

Ella asintio, y sus labios se cerraron en una fina linea. "Siento que hay más cosas que podríamos hacer. No me refiero a erradicar esta enfermedad. Me refiero a la humanidad. Más para hacer del mundo un lugar mejor".

Wesley pensó en su respuesta. El mundo que había conocido hace trescientos años no se parecía en nada a este paraíso. En aquel entonces, mucha gente había muerto antes de los cuarenta años. Las mujeres habían muerto al dar a luz con regularidad. Su madre. ¿Por qué no estuvo allí para ella? La gente conocía la historia, pero no la había vivido. No entendían realmente cómo había sido. Tal vez eso era lo que él aportaría al mundo: su perspectiva. "Tienes razón. Lo mejoraremos". Hizo una pausa y la miró fijamente a los ojos. "Juntos".

Candace se sintió mejor, y continuaron a buen ritmo.

Higgins gritó desde detrás de ellos. "¡Mierda! He perdido el contacto con los drones. Tenemos que volver allí. Voy a avisar".

Higgins volvió corriendo hacia la cabaña y dijo algo en su auricular mientras se alejaba a toda prisa.

A Wesley le dolía la pierna, y Candace lo sostuvo mientras se apresuraban a volver a la cabaña.

CUANDO LLEGARON A LA casa, el alto y larguirucho agente Vick estaba tirado cerca de la puerta. Vick se quejó y rodó por el suelo. Un disparo sonó sobre el fondo de los ruidos de las motos acuáticas eléctricas. El corazón de Wesley se aceleró y, con la ayuda de Candace, se precipitó como pudo hacia la orilla del lago.

Higgins se colocó cerca del lago y gritó en su auricular. "El agente Vick está herido y el agente Schmidt ha desaparecido. He disparado a uno de los asaltantes en una moto acuática. No puedo ver claramente a los demás. Envíen refuerzos: se dirigen hacia el este por el lago Wenatchee".

Wesley vio cómo tres motos acuáticas se alejaban en la distancia. Un fuerte zumbido atravesó el aire, y los hombres en las motos acuáticas escaparon a través de los drones del Hexa-Carrier.

Higgins maldijo y volvió a gritar en su auricular. "Los asaltantes se dirigen al sur por el suroeste mediante transportes aéreos personales".

Algo inquietó a Wesley. No lo había notado al principio, pero ahora el olor se hacía más fuerte. Humo. Se dio la vuelta para ver las nubes grises oscuras que salían de la casa de su padre.

Anne. ¿Dónde estaba Anne?

Ignoró el dolor de la pierna y corrió hacia la casa, tapándose la boca con la camisa. Anne tenía que estar en alguna parte. Candace le gritó que se detuviera, pero sus gritos se desvanecieron cuando él entró. El tiempo se ralentizó cuando los latidos de su corazón inundaron sus oídos. El humo le quemaba los pulmones y lo hacía toser. Le picaban los ojos y las lágrimas le corrían por la cara a causa del humo acre.

Wesley se apresuró a bajar a la librería y encontró a Anne en el piso junto al ascensor. La puerta se abría y cerraba rítmicamente con su pierna bloqueándola. Un humo gris oscuro salía del hueco.

Los espasmos sacudieron el cuerpo de Wesley mientras tosía. Sentía un agrio sabor en la boca mientras agarraba a Anne y la llevaba detrás de él. Se acercó a rastras, avanzando por el suelo como un cangrejo, tratando de mantenerse por debajo del nivel del humo. ¿Dónde estaba la puerta? Se sentía mareado y no podía ver sus manos. No, no debe dejarla morir. A ella no. Ahora no.

Wesley contuvo la respiración, negándose a inhalar, aunque los pulmones le dolían por el oxígeno. Gritó y se agitó, arrastrándose por el suelo hasta lo que esperaba que fuera una salida. El pecho le dolía por haber aguantado la respiración durante tanto tiempo. Necesitaba aspirar aire.

Intentó mantener la boca cerrada. Su estómago sufrió una serie de espasmos al intentar forzar la respiración. Ceder a la tentación significaría seguramente quedar inconsciente y morir. *Unos cuantos metros más*. Eso era lo que se decía Wesley a sí mismo, aunque no parecía haber un final a la vista.

El frío aire de la montaña llenó sus calientes pulmones mientras empujaba la puerta semicerrada. Levantó a Anne y cayó de espaldas a través de la puerta.

LOS SONIDOS SE FILTRARON. Una voz de mujer lo llamó por su nombre. Sirenas. El sonido del aire siseante. Abrió los ojos. Una máscara cubría su boca. Candace lo miraba fijamente. Una mujer de pelo negro intenso yacía a su lado. ¿Dónde estaba Anne? Un respirador cubría la cara de la persona, y su pecho subía y bajaba con movimientos lentos y deliberados. Los monitores de frecuencia cardíaca pitaban.

"Relájate. Estás en una ambulancia. Anne y tú se pondrán bien".

Wesley se miró las manos, negras como las de un minero. Anne llevaba un rato entre el humo. Pero sobreviviría.

Alguien habló. "Voy a darle un sedante suave. Necesita relajarse".

Candace asintió antes de que Wesley desapareciera.

PASÓ DIEZ HORAS EN el hospital. Anne sobreviviría. Wesley la había rescatado justo a tiempo. Los médicos le dijeron que un minuto más y habría sufrido graves daños cerebrales.

Una vez superado el terrible incendio, los cuatro, incluido el agente especial Higgins, se subieron a un pequeño auto para regresar al aeródromo.

Anne tomó la mano de Wesley. "Gracias. Lo que has hecho ha sido muy valiente. Estoy viva gracias a ti".

Quiso inventar una broma ingeniosa, pero no se le ocurrió ninguna. Se le hizo un nudo en la garganta, así que asintió con la cabeza.

Esperó a que el nudo desapareciera para poder volver a hablar. "¿Qué pasó? ¿Quiénes eran esos tipos?"

Anne miró de nuevo al agente especial Higgins y luego a él. No parecía querer hablar delante de Higgins. "Quemaron la investigación de Pa". Abrió mucho la boca e intentó tragar saliva. Se puso la mano delante de ella y se la pasó como una araña, haciendo el gesto de que bajaba por la garganta. "Uno de ellos se lo tragó".

La idea le repugnó.

Candace fue la siguiente en hablar. "No te preocupes. Higgins lo sabe todo. Vendrá con nosotros a Egipto".

Candace y Higgins sonreían satisfechos.

"He pedido al FBI un permiso de ausencia", dijo Higgins. "Si hay una oportunidad de acabar con Ahad, quiero formar parte de ella".

CAPÍTULO TREINTA Y DOS

Wesley pilotó el avión hasta un antiguo aeródromo militar en Egipto. Antes, durante el viaje, Emmitt le había contado historias sobre tumbas llenas de momias antiguas infestadas de Akh Neiths, y cómo la gente se había rebelado contra los Khemenu y había quemado los últimos restos de la especie, a excepción de los ocho machos que habían sobrevivido.

Morgan había subido al avión una nevera con un corazón de cerdo enfriado. El plan era afirmar que formaban parte de un equipo médico que llevaba un corazón a un beneficiario adinerado. La esperanza era que esto les permitiera pasar la aduana y entrar en el país sin demasiadas preguntas. Morgan y su equipo de antiguos marines llevaban un montón de armas, todas ellas disfrazadas de equipo quirúrgico portátil.

Renee incluso consiguió que aterrizaran en un antiguo aeródromo militar cercano a la zona donde Ahad mantenía su guarida subterránea. Nadie le preguntó cómo lo había hecho, aunque Wesley sintió curiosidad. Candace le había dicho que Renee se había hecho más inteligente que cualquier humano biológico aumentando el tamaño de su matriz de almacenamiento cuántico. Aunque sonaba poco creíble, la prueba estaba en las cosas que había logrado.

Debajo de él, las arenas del desierto se extendían en todas las direcciones, y la pista de aterrizaje cargada de hormigón se hizo visible. Hasta aquí, todo bien. El avión aterrizó y se dirigió a un hangar cercano.

Wesley les pidió a todos que esperaran en el avión mientras él hablaba con el agente de aduanas. Dos hombres con uniforme militar lo recibieron cuando llegó al final de la escalera. Su colonia abrumaba sus sentidos, empalagosa en el aire caliente del desierto. El sudor se acumulaba bajo su camisa de manga larga, más apropiada para Seattle que para este duro entorno.

Los hombres no dijeron nada, aunque el más veterano sonrió ligeramente y asintió con la cabeza antes de guiarlo a una pequeña oficina. "Por favor, espere aquí. El funcionario de aduanas lo verá pronto". El hombre habló en un tono lento y moderado, con los acentos en las sílabas equivocadas.

¿Debería Wesley decirle que estaban aquí con el corazón? Lo consideró, pero decidió que el hombre no le entendería. Se conformó con una respuesta sencilla. "Gracias".

Entró y se sentó. El escritorio estaba lleno de carpetas y papeles. Las paredes, antes blancas, estaban manchadas de amarillo, ya sea por el humo del tabaco o por la edad. Quizá ambas cosas. Los viejos archivadores de acero se apoyaban en una pared en la que había que pintar. A Wesley la oficina le recordaba a algo de los años sesenta. Probablemente, dado el estado de deterioro, alguien la había construido durante el apogeo del régimen de Nasser.

Un cuadro en la pared del fondo contrastaba con el interior, por lo demás monótono. Unas largas y atrevidas líneas marrones, verdes y amarillas cubrían todo el lienzo. Aunque estaba ordenado y bien dispuesto, los colores brillantes le daban una calidad única y emotiva.

Una voz detrás de él dijo: "¿Te gusta?".

Una voz familiar. Al reconocerlo, se le erizó la piel y el cuerpo se le enfrió. Sentía un escalofrío en el cuerpo. Se giró para mirar los penetrantes ojos esmeralda de Ahad, que le sonrió.

"Se llama Horizonte vertical, de Morris Louis. Uno de sus últimos cuadros en 1961, un año antes de su muerte. Murió de cáncer de pulmón". Ahad hizo una pausa. "Tengo una sensación diferente cada vez que lo miro, pero siempre siento que el lado izquierdo y el derecho están en guerra entre sí. En conflicto. Separados por una fina línea verde, cuando deberían ser uno, en armonía".

Wesley volvió a mirar el cuadro y tuvo esa sensación, aunque antes no la había tenido. Su mano tembló ligeramente, y trató de calmar sus nervios. "No esperaba verte aquí. ¿Nos vas a dejar entrar?"

Ahad se echó a reír. "Ya están aquí. Cuando un amigo me dijo que un estadounidense había recibido autorización para entrar en un aeródromo privado para entregar un corazón, bueno, despertó mi interés. Sentí que tenía que conocer a esa persona. Imagina mi sorpresa cuando descubrí que era mi querido primo".

La ira brotó dentro de Wesley. "Lo que has hecho es una locura. ¿Por qué has infectado a miles de millones de personas?"

Ahad hizo un sonido de pitido. "Deberías entenderlo. ¿Te acuerdas de cómo era? ¿Recuerdas cómo mirábamos al cielo por la noche y veíamos miles de estrellas? ¿Cuando la tierra podía respirar, antes de que la destruyéramos?"

"Me acuerdo de eso. También recuerdo a la gente muriendo de tuberculosis. Recuerdo un mundo gobernado por la superstición y los caprichos de los tiranos. Recuerdo cómo muchos morían de hambre en los duros inviernos. No era tan grandioso como dices".

Ahad lo miró fijamente durante un largo momento y respiró. "Sabes que el incendio no fue culpa tuya, ¿verdad?".

¿Qué? Wesley miró fijamente a Ahad. ¿Cómo lo sabía? Se lamió los labios.

Ahad se frotó la barbilla. "¿Recuerdas haber encontrado una pequeña bolsa de cuero frente a la casa de tu tía?"

La pregunta dejó a Wesley aún más sorprendido. "Sí. Tenía un símbolo de un caballo y un billete para las Colonias. ¿Cómo diablos pudiste saber eso?"

"Ah, sí. Un caballo. Entiendo que como un niño de catorce años en la Irlanda del siglo XVIII, no habrías reconocido el símbolo de la esfinge. La bolsa era para un hombre que había contratado, pero tú la tomaste".

Wesley miró fijamente a Ahad, sorprendido.

"No te preocupes. Me ahorraste algunos problemas al hacerlo. Es una casualidad, pero resulta que mi agente roció los cimientos de tu tía con aceite. ¿No te preguntaste nunca por qué la casa había ardido tan rápido? Habían grandes cubos de aceite debajo de ella. Le ahorró el problema de iniciar el fuego, aunque murió junto con todos los demás en la casa. Una pena".

Wesley frunció el ceño. Ahad fue la razón del incendio, no él. Intentó recordar de nuevo el símbolo. ¿Era una esfinge? En aquel momento no sabía nada de esfinges, pero ahora se lo imaginaba. Sí, era una esfinge, una esfinge dorada sobre un bolso de cuero. "¿Por qué me dices todo esto?"

Ahad sonrió cálidamente acariciando sus ojos. Una rareza: normalmente parecía que se burlaba de una persona cuando sonreía. "Tienes que tomar una decisión aquí. Únete a mí, y salva a la gente de tu avión. O morir, junto con el resto de tu familia".

Wesley pensó en algo. No mencionó ni una sola vez a Renee. Tal vez no sabía de ella. Tal vez no se dio cuenta de que Emmitt y Anne estaban en el avión. "¿Qué implicaría esa alianza? La palabra "alianza" indica una relación mutuamente beneficiosa".

Debería pensarlo.

¿De dónde había salido esa idea?

Todos podemos hacer del mundo un lugar mejor.

A Wesley se le aceleró la respiración. Estaba perdiendo el control de su mente. ¿No era esa la frase que había utilizado Candace? ¿Que quería hacer del mundo un lugar mejor?

Todo irá bien.

Wesley se sintió tranquilo. Vio el cuadro y esta vez hubo armonía en lugar de discordia. *Podían* trabajar juntos. Los colores amarillos brillantes se unían como la luz del sol sobre una Tierra verde y hermosa. Todo iría bien. Ya no tenía que preocuparse por Ahad. Ahad era un amigo, un pariente. Wesley asintió con la cabeza, y se sintió tranquilo y relajado. "Sí, podemos trabajar juntos. Ahora veo que tu plan es muy inteligente".

Ahad sonrió y le dio una palmada en la espalda. "Estupendo".

Wesley se levantó y estrechó la mano de Ahad. Cuando se giró, la puerta se abrió de golpe. Higgins y Bo entraron corriendo en la habitación.

No, no. ¿Qué estaban haciendo? Lo habían arruinado todo. ¿Cómo habían entrado aquí? Se precipitó sobre Bo, pero ella lo esquivó y lo lanzó contra la pared. Sonó un fuerte estallido de aire y Ahad cayó al suelo.

Las dos mujeres miraron a Wesley con desconfianza mientras él les gritaba. Se dirigió al archivador, dispuesto a arrojarles uno de los pesados cajones.

Se sintió frustrado y se detuvo de golpe. ¿Qué estaba haciendo? Sacudió la cabeza. "Lo siento mucho... No sé qué me pasó".

Ahad estaba tirado en el suelo con la boca abierta. Los tranquilizantes modernos eran impresionantes; décadas atrás, se habría tardado mucho más en noquearlo.

Higgins y Bo rodearon el lugar, sin saber si debían confiar en Wesley.

Él cuadró los hombros y se enfrentó a ellos. "Escucha, se me metió en la cabeza y al principio no sabía quién eras. Lo siento. Ahora estamos bien".

Se relajaron un poco, pero siguieron manteniendo sus posturas de combate mientras lo observaban.

Después de una larga mirada, Higgins habló. "Nos preocupamos un poco cuando tardó tanto. Hemos sometido a la gente del hangar. Llevamos a Ahad al avión. Me gustaría dispararle una bala de verdad en lugar de un dardo tranquilizante. Pero me satisface ver cómo se enfrenta a la justicia".

Wesley regresó con ellos al avión. Los dos hombres con uniforme militar también estaban inconscientes, atados y amordazados, y atados a dos asientos del avión.

Anne suspiró cuando vio a las dos mujeres que llevaban a Ahad. Emmitt se apresuró a ayudarlas.

Wesley se inclinó y susurró al oído de Anne. "Saca el Akh Neith de su hombro y ponlo en un lugar alejado de todos. Se me metió en la cabeza".

Ella asintió y le hizo un gesto para que la ayudara. Llamó a los demás. "Preparen todo para ir al lugar. Todavía tenemos que salvar a alguien". Morgan, Bo, Emmitt y JT salieron del avión y entraron en el hangar.

JT y Bo llevaban unas cuantas maletas. JT sonrió a Wesley mientras los dos subían a un pequeño vehículo todoterreno. "Vamos a explorar con algunos drones, para averiguar cuál es la situación aquí".

Wesley les hizo un gesto con el pulgar mientras se alejaban.

Higgins se quedó en la puerta de salida con los brazos cruzados frente a ella. "No voy a ninguna parte".

Wesley miró a Anne y a Candace para pedirles ayuda, pero Candace fingió estar ocupada y Anne se encogió de hombros. "Tenemos que hacer algo con él. Seremos rápidos", dijo.

Higgins negó con la cabeza. "No. Lo que tengan que hacer, lo harán conmigo vigilando. No voy a correr ningún riesgo con este tipo".

Asintió, y Higgins se acercó a Ahad.

Anne tomó la palabra. "Higgins, voy a necesitar que lo sujetes mientras le inyecto algo que lo mantendrá controlado durante un tiempo. También necesito darle un anestésico local".

Higgins sonrió. "Con mucho gusto". Con más fuerza de la necesaria, hizo rodar a Ahad sobre su estómago, lo esposó y luego le puso una rodilla en las nalgas mientras le tiraba de los brazos.

Anne inyectó a Ahad en el brazo y luego le aplicó otra en el hombro. Al cabo de unos minutos, limpió a fondo el hombro de Ahad con almohadillas antisépticas y, a continuación, utilizó un bisturí para hacerle un corte en la piel. La sangre brotó de la incisión.

Wesley se apretó la nariz. Un olor acre y aceitoso llenó la zona que los rodeaba. Le costó contener las ganas de vomitar, pero pronto el mal olor se disipó.

Anne utilizó guantes para sacar el Akh Neith a través de la incisión y le dio un pequeño tirón. La criatura permaneció dócil, probablemente por los efectos del dardo tranquilizante, mientras la sacaba y la colocaba en un pequeño vaso. Era diferente a la hembra, mucho más pequeña y sin el color dorado ni el caparazón abultado. Este tenía una estructura larga y delgada con ocho patas cortas. Un tono marrón oscuro con pequeñas rayas verdes cubría el lomo. En la parte delantera de la criatura había unas pequeñas tenazas hechas para cavar. Wesley sintió un escalofrío que le hizo estremecerse y apartar la mirada de aquella cosa en señal de asco.

Candace utilizó una pequeña jeringa para extraer líquido de la criatura. Inyectó parte del líquido en un analizador cuántico, y la cosa empezó a girar y a dar vueltas. "Programaré esto para subir los resultados a mi nube privada una vez que termine. No podemos permitirnos perder ningún dato".

Candace se dirigió a Anne. "¿Puedes hacer una extracción de sangre de Emmitt y otra tuya, por favor? Necesito analizar también sus muestras de sangre. Necesito ver si el retrovirus ha mutado".

Anne asintió y se puso a trabajar en la extracción de sangre de la abuelita Emmitt.

Candace colocó el Akh Neith en un vaso de precipitados y luego lo cubrió con una gasa y una banda elástica. Se dirigió a Wesley. "¿Puedes poner esto en la nevera, por favor? Se me acabaron las etiquetas de 'no comer'. Tal vez pueda ponerlo en un lugar donde no sea molestado".

Toda la experiencia era demasiado repugnante para que Wesley le encontrara mucho sentido del humor, así que se marchó y colocó la cosa en la parte trasera de la nevera de bebidas de la cocina.

Candace hizo una mueca cuando regresó. "El tranquilizante también debe haber sometido a la criatura".

"Se me metió en la cabeza. No estoy seguro de cómo, pero estaba dispuesto a ayudar a Ahad".

Candace se quedó pensativa y se frotó la barbilla. "Quizá pueda liberar una feromona. Eso podría explicar cómo Ahad siempre convencía a la gente".

Tal vez. Wesley sintió un escalofrío al recordar la voz. "Esa cosa es peligrosa, sea cual sea el mecanismo".

Anne estuvo un rato limpiando la herida del hombro de Ahad y luego la cosió. Wesley se sentía molesto al ver cómo lo curaba. ¿A cuántas personas había matado Ahad? Parte de su ira se calmó cuando pensó en el Akh Neith. ¿Cuánto había influido en Ahad? No. El abuelo Emmitt tenía un Akh Neith y nunca había matado a nadie. ¿Cómo pudo Emmitt evitar caer bajo la manipulación de la criatura?

Higgins miraba con la boca abierta el proceso. "¿Le importaría a alguien explicarme qué demonios está pasando?"

contestó Candace. "Necesitaba tomar una muestra del ADN de esta criatura". Higgins siguió mirándola fijamente, así que ella continuó. "Para mi investigación. Es la clave para salvar a mucha gente del peligro".

Higgins asintió, pero parecía que iba a hacer muchas más preguntas después. Dirigió su atención a Anne. "Me gustaría que no hubieras anestesiado a ese bastardo. Se merece mucho dolor por lo que le hizo a Valerie".

Anne frunció los labios en silencio, y limpió todo y lo guardó antes de mirar a Higgins. "Tienes razón. Se merece mucho dolor, pero no voy a ser yo quien se lo dé. Tendrá su día en el tribunal, y podrá vivir con lo que ha hecho si le queda algún tipo de conciencia". Guardó su equipo en un portaequipajes.

Wesley pensó en el viejo dicho de que la Justicia es fría e inconstante. Nunca había conocido la venganza para ayudar. Los sentimientos permanecían después de que se hubiera hecho "justicia". "Mató a mi tía y a su familia. Me hizo creer que era mi culpa. No era más que un niño. Por su culpa, nunca pude volver a ver a mi madre antes de que muriera". Hizo una pausa. "Llevé esa carga sobre mis hombros durante mucho más tiempo del que debía". Suspiró largamente y miró por la ventana a los miembros de su equipo que corrían de un lado a otro. Puso una mano en el hombro de Higgins. "Se hará justicia".

Las lágrimas corrieron por la cara de Higgins. Asintió y se limpió las mejillas con una manga. "Ve a hacer lo que tengas que hacer. Yo me quedaré aquí con él. Si viene alguien, dispararé a Ahad antes de dejar que lo liberen".

Wesley la observó. No dudaba de que lo haría. "Bien. Dejé el aire acondicionado encendido". Le enseñó a cerrar todas las puertas del avión y a utilizar la radio si era necesario. "Cuídate".

Asintió y la abrazó antes de irse. Su abrazo lo llenó de esperanza.

Emmitt subió las escaleras mientras Wesley bajaba. Emmitt lo detuvo y lo abrazó.

Wesley lo miró confundido. "¿Por qué fue eso?"

Emmitt sonrió. "Los dos hemos vivido lo suficiente como para saber que hay que demostrar a la gente que quieres lo mucho que te importa. Nunca se sabe cuándo llegará la próxima oportunidad". Lo miró fijamente a los ojos durante un rato. "Me alegro de que hayas vuelto. Creíamos que te habías ido".

Wesley asintió, y luego miró al suelo. "Lamento no haberte tendido la mano. Yo-" Se atragantó. Miró a lo lejos y luego se dirigió a Emmitt. "Para mí era más fácil huir de lo que pasó".

Emmitt sonrió con compasión. "No pasa nada. Todos hacemos lo que tenemos que hacer".

Wesley recordó el momento en la oficina de Ahad, cuando había sentido una extraña compulsión por ayudar al hombre. "¿Cómo resistió los impulsos de esa... cosa?".

Emmitt se llevó una mano hacia atrás para frotar su hombro. "Aprendí a conocerme a mí mismo. Aferrarme a lo que soy yo. Esos pensamientos eran visiones. Los puse en el mismo lugar de mi mente donde uno pone una distracción". Frunció los labios. "Extraño a la criatura. El Khemenu me lo quitó en México. Nos habíamos entendido". Entrecerró los ojos. "Siempre te aferras a ti mismo, Wesley. Siempre. Nunca dejes que nadie te convierta en otra persona que no sea quien eres. ¿Tiene sentido?"

Wesley asintió. "¿Te quedas aquí?"

Emmitt hinchó el pecho. "¿Estás bromeando? ¿Y perder la oportunidad de decirle a los Khemenu lo que siento por ellos? Por supuesto que voy". Hizo una pausa. "Tu abuela quería ayudar a tu padre y me dejó el Khemenu a mí". Emmitt subió las escaleras hasta el avión y se giró para mirarlo. "Dame un momento. Ahora mismo voy".

Wesley esperó a que Emmitt volviera del avión. Luego ambos se apresuraron a salir para reunirse con los demás, amontonándose en los grandes buggies.

Morgan le sonrió mientras Wesley se acomodaba en el asiento del pasajero del buggy de Morgan. "Pensé que esto sería útil".

"¿De dónde sacaste todo esto?"

Morgan se rio. "Oh, lo verás en el informe de gastos".

Morgan le mostró una pistola tranquilizante y cómo usarla. Le guiñó un ojo. "Es más fácil explicar los tranquilizantes si nos detiene la policía local". Sacudió la cabeza. "Nunca pensé que vería el día en que los tranquilizantes funcionaran en unos segundos. Qué tecnología, ¿eh?"

Wesley resopló. Morgan no tenía ni idea de cuánto habían cambiado las cosas para él. "Claro. Bastante sorprendente".

Morgan pisó el acelerador y avanzaron a toda velocidad. Wesley apenas distinguió la silueta de JT y Bo en su vehículo en el horizonte. El viento creaba un patrón ondulante en las arenas del desierto mientras se dirigían a la casa donde Ahad tenía a Renee. Tragó saliva al pensar en lo que podría esperarles allí.

LLEGARON A UNA CASA hecha de bloques de cemento cubiertos de estuco de color amarillo, con una puerta azul brillante. Unas tejas de cerámica agrietadas que necesitaban ser reparadas colgaban peligrosamente del borde. Seguramente se habían equivocado de lugar.

Candace gritó: "He recibido un mensaje de texto de Renee. Dice que estamos en el lugar correcto. Todo está bajo tierra. Ella hackeó las cámaras, así que nadie sabe que estamos aquí".

JT, Bo y Morgan saltaron y corrieron a los lados de la puerta. JT manipuló algunos equipos, luego hizo algunas señales con las manos y Morgan pateó la puerta. Entraron corriendo e hicieron un gesto para que Anne, Emmitt y Wesley los siguieran.

Byron esperó fuera para vigilar el equipo. Gritó tras ellos. "Haré una comprobación de las comunicaciones en cuatro minutos".

Cuando los ojos de Wesley se adaptaron al tenue interior, iluminado únicamente por la claraboya de arriba, la vivienda resultó aún menos impresionante: una mesa descolorida rodeada de sillas, una nevera vieja y manchada y un fregadero de porcelana con un grifo oxidado.

JT abrió la puerta de un armario y un panel se deslizó, mostrando una larga escalera. Dejó caer un pequeño dron en el hueco de la escalera y observó la señal. Levantó un pulgar. "Despejado".

Se apresuraron a bajar las escaleras y esperaron a que les dieran permiso para abrir la puerta. La cara de Morgan cambió de aspecto. Luego le sonrió a Wesley.

Ya estoy en casa.

Wesley sacudió la cabeza, intentando resistirse.

Estoy donde tengo que estar. Estoy con mi familia.

Sí, estaba con su familia. Todo estaría bien. Esas personas que estaban a su lado, ¿quiénes eran? Intrusos. Todos ellos. *Dispárenles. Quieren destruirnos.*

Levantó su pistola. Entonces le vino a la cabeza la voz de su abuelo Emmitt. *Aguanta, Wesley.* Pensó que debía disparar a Anne, pero se resistió. Un dardo tranquilizante atravesó la manga de la camisa de Wesley. En la habitación se escuchó el ruido de los dardos.

CAPÍTULO TREINTA Y TRES

Todo sucedió en un abrir y cerrar de ojos, y ahora todos estaban en el suelo. Wesley sacó el dardo de su manga mojada. El dardo no había atravesado su piel, sólo la tela.

Anne, Morgan, Bo, JT, Candace y Emmitt se encontraban tendidos a su alrededor.

Se oyó la voz de Byron por la radio. "Mierda. Voy a bajar".

"No. Quédate donde estás", dijo Wesley. "Tienes que estar lejos de esto. Están usando algún tipo de control mental o algo así. Mantén la entrada vigilada y avísanos si viene alguien. Nosotros nos encargaremos desde aquí".

"Entendido. Esperaré", dijo Byron.

Bienvenido a casa, dijo una voz femenina en la mente de Wesley, muy relajante. *Yo te elegí. Te llamé a Teotihuacán. ¿Te acuerdas de mí?*

Wesley recordó. La voz del amuleto. "Sí, te recuerdo. ¿Quién eres tú?"

Soy Danu, la madre divina de los Tuatha Dé Danann.

Sí, era ella: la madre del pueblo de Danu.

Ven a mí. Ven a casa.

Wesley dejó su rifle en el suelo y abrió la puerta. Avanzó de puntillas por un largo pasillo y entró en una habitación al final. Siete rostros sorprendidos lo miraron fijamente con los ojos muy abiertos cuando entró. Al cabo de un momento, entendieron y sus rostros volvieron a sonreír con entusiasmo.

Un hombre estaba tendido en el suelo, con los brazos y las piernas extendidos como el Hombre de Vitruvio.

Cuido a mis hijos, como tú cuidaste a tu hijo. Ahora seremos una sola familia. Mis hijos son tuyos.

Wesley admiraba el amor que sentía por sus hijos. Sentía un gran alivio cuando el vínculo de su amor lo llenaba de alegría. Cuidaría de sus hijos, igual que había cuidado de los suyos.

Le vino un presentimiento. Algo iba mal. Su equipo le necesitaba. Wesley sacudió la cabeza. ¿Qué estaba haciendo aquí?

Tranquilo. Todo saldrá bien.

No. Alejó los pensamientos y los guardó en un pequeño espacio de su mente. Eran solo visiones, no sus pensamientos.

Wesley corrió hacia la salida. Varias manos lo agarraron y lo arrastraron al suelo. Algunas imágenes serenas trataron de invadir sus pensamientos, pero él las apartó.

Los pensamientos seguían presionándolo, como si alguien estuviera tocando una puerta cerrada del todo. Se concentró y calmó su mente. Aunque las manos lo atormentaban, se relajó. Construyó una habitación en su mente donde los pensamientos entrarían pero no irían más allá. Como si fuera un grifo, dejó que las ideas fluyeran.

Ahora estoy contigo. Somos uno.

Sí, somos uno. Wesley permitió que una pequeña parte de su cerebro estuviera de acuerdo.

Las manos dejaron de agarrarlo y volvieron a rodear la figura extendida en el suelo. Sus pensamientos se calmaron, pero fueron creados por él, no por ella. Sonrió a los demás. Cuatro mujeres y tres hombres estaban alrededor del hombre en el centro. ¿Cuánto tiempo podría mantener ese engaño? Los demás estarían inconscientes durante algún tiempo. Cuando despertaran, ¿les ocurriría lo mismo? ¿O algo peor?

Intentó mantener la calma mientras pensaba en una idea. Respirar lenta y rítmicamente era lo que necesitaba para mantenerse centrado. En su imaginación, se imaginó a sí mismo entrando en la habitación donde estaban los demás para quitarles las armas y traerlos de vuelta aquí. Sabía lo que iba a hacer, pero se lo ocultó a esa otra parte de su mente.

Sí, debemos proteger el nido. Qerh, Nu y Hehu vendrán. Son fuertes.

Estuvo de acuerdo. Necesitaría su ayuda. Wesley trasladó su preocupación a otra parte de su mente, donde ella no la percibiera: esa criatura que se jactaba de llevar el nombre de la madre divina. Cuando miró a los tres hombres, aparecieron sus nombres en su cabeza mientras miraba a cada uno por turno. Qerh era el más alto, de complexión ancha, y llevaba una capa negra con jeroglíficos bordados en el pecho. Hehu llevaba una lemniscata, el símbolo del infinito, blasonada sobre una túnica blanca. El apuesto hombre tenía el aspecto de un antiguo faraón, con el pelo castaño hasta los hombros y unos penetrantes ojos color avellana. Nu tenía una gran sonrisa y una túnica azul. El maquillaje de su rostro acentuaba sus grandes ojos almendrados.

Los tres hombres salieron de la habitación al pasillo. Wesley se movía con rapidez para seguir adelante, pero no tan rápido como para despertar sospechas. Los siguientes momentos serían una danza delicada, seguida de otra que no tendría ninguna delicadeza. Los tres hombres podían superarlo en el combate cuerpo a cuerpo, pero él pretendía igualar las probabilidades.

Se inclinó lentamente para recuperar el rifle del cuerpo de Morgan y disparó un dardo al pecho de Qerh. El hombre grande se quitó el dardo del cuerpo de un manotazo y se lanzó hacia adelante. Wesley rodó hacia un lado para evitar a Qerh, que se lanzó hacia él a pesar de que acababa de recibir un disparo tranquilizante. El hombre cayó sobre él, agarrando el cuello de Wesley. Sus dedos lo apretaron, y Wesley sintió que perdía la conciencia. La oscuridad lo envolvió. Entonces, el agarre se aflojó y Qerh cayó.

Wesley arrebató el arma de las manos sin fuerzas de Anne y disparó contra Nu. El dardo le atravesó el brazo, y este gritó de dolor y apartó el arma de una patada.

Wesley se alejó corriendo hacia JT, tomó su rifle y le disparó a Hehu. El dardo golpeó a Hehu en el estómago y cayó al suelo.

La ira invadió la otra parte de la mente de Wesley. Una sensación de dolor trató de apoderarse de él, pero lo alejó. *Traición. ¿Por qué desafiaría a su divina madre?*

Wesley hizo un esfuerzo, y ella empujó con fuerza. Se enfureció y luego se desesperó. No. Su mente luchó contra ella como un hombre lucharía contra un torrente de agua de una manguera, pero se mantuvo firme. Los pensamientos frenéticos lucharon contra él. En su frente se formó sudor y empezó a gotear. Como un hombre que está a punto de respirar, quería dejar que esos pensamientos entraran y rendirse. Pero no lo hizo. Wesley aguantó y los pensamientos disminuyeron. Las manos le temblaban. Seguía siendo él mismo. Las palabras de Emmitt se repetían en su cabeza como un mantra: *Aguanta siempre.*

Los pasos se oyeron en el pasillo cuando las cuatro mujeres llegaron corriendo desde la otra habitación hacia la suya. Cada una de ellas recibió un dardo tranquilizante cuando se oyó la ráfaga de aire de su rifle. Todas cayeron.

No debes hacer esto. Tu especie evolucionó gracias a mí. Crecimos juntos. Podemos hacer grandes cosas juntos. Los pensamientos de grandes edificios y grandes monumentos intentaron llenar la mente de Wesley, pero los rechazó por lo que eran: promesas vacías de una criatura desesperada por sobrevivir.

Corrió hacia la habitación y disparó una bala al cuello del Hombre de Vitruvio.

Por favor, sólo quiero que las cosas mejoren. Por favor.

El Hombre de Vitruvio se levantó rápidamente y tropezó con él, para luego caer al suelo. Esos pensamientos extraños salieron de la mente de Wesley.

Ahora iba a destruir a las criaturas.

Wesley corrió por el pasillo hacia los miembros de su equipo que habían caído. Buscando en la mochila de Anne, encontró los materiales que necesitaba: bisturíes, tiritas, una bolsa Ziploc y jarabe de ipecacuana. Cortó en los hombros de cada uno de los cuerpos caídos y sacó las arañas dormidas. No había tiempo para la sutileza que había utilizado Anne, ni para la anestesia. Sentía un escalofrío y se le enfriaban las manos al pensar en cómo una de ellas había vivido dentro de Emmitt durante tanto tiempo.

Wesley colocó todos los Akh Neiths en la bolsa Ziploc. Echó el jarabe de ipecacuana en la garganta del Hombre de Vitruvio, que ahora tenía el Akh Neith hembra en el estómago. Wesley lo mantuvo erguido mientras se tambaleaba y vertía el contenido de su estómago en el suelo. Tras varios minutos haciendo arcadas, la Akh Neith apareció. Wesley reconoció la luminiscencia dorada de su caparazón, pero estaba más hinchado y alargado que antes. La bolsa Ziploc iba a ser su tumba de plástico.

Se quedó mirando a las criaturas inconscientes en la bolsa. ¿Debía hacerlo? Por lo que parece, estas cosas eran sensibles. Puede que su supervivencia fuera positiva. Había visto muchas especies perdidas por los estragos del hombre. ¿Era su deber cometer un genocidio?

Sus antiguos ancestros conocían su peligro. Sabían que la humanidad viviría según los caprichos de su voluntad. Intentaron destruir el Akh Neith. Ahora Wesley iba a dar el golpe de gracia. Recordó la dulce voz del Akh Neith, el tono suplicante. Ignoró los recuerdos, levantó el pie y pisó fuerte, y no dejó de pisar hasta que una masa irreconocible de quitina y tripas de insecto llenó la bolsa que tenía debajo.

Llamó por la radio. "Hola, Byron. Ya es seguro bajar. Es posible que te necesite para esposar a algunas personas".

"Entendido. Si alguien se lleva estos buggies a pasear, podríamos tener que llamar a un Uber", dijo Byron.

CAPÍTULO TREINTA Y CUATRO

Renee observó la señal de la cámara del dron mientras sus compañeros caían al suelo. Durante la última semana, estuvo utilizando una nanoimpresora 3D para crear moléculas DASH, simples máquinas hechas de biomateriales, con metabolismo y capacidad de autoensamblarse y organizarse. Ahora las pondrá a prueba. Le dio las instrucciones a las moléculas DASH y al robot de mantenimiento. El robot transferiría su matriz de almacenamiento cuántico a su cuerpo recién formado.

El robot de mantenimiento no tenía mucha destreza, pero tendría la suficiente para conectarla. Eso esperaba. Ella podría perder la conciencia y sólo la recuperaría si todo iba según su plan.

Se sintió preocupada cuando la mano robótica se acercó a su matriz de almacenamiento. La cámara que mostraba la mano robótica sería su último recuerdo. ¿Debía detenerla? Era su última oportunidad antes de despertar de la simulación en su nuevo cuerpo DASH. No, necesitaban su ayuda. Ahora.

LA INTERFAZ DEL NERVIO óptico fue la primera en formarse alrededor de la entrada de la matriz. Las moléculas DASH se unieron para enviar los datos visuales al cerebro cuántico de Renee. Observó cómo los materiales se formaban como ella los había programado.

Se organizaron en polímeros y crearon formas. Se multiplicaron miles de veces, utilizando patrones de crecimiento exponencial, hasta que por fin extendió un brazo y miró su mano. Flexionó los músculos de su muñeca y sintió cómo los fluidos recorrían su cuerpo. Sus pulmones respiraron oxígeno, que corrió por sus células DASH, llevando todo lo necesario para que se produjera el metabolismo.

Renee miró al robot de mantenimiento mecánico que tenía delante, con el brazo aún extendido, esperando su siguiente programa. Exhaló, deleitándose en la sensación, sabiendo que la simulación ya no la atrapaba. Ahora interactuaba directamente con el mundo real en un cuerpo real.

Renee corrió hacia la puerta, pero no llevaba ropa. Vaya. ¿Tenía tiempo para estar vestida? Buscó en las habitaciones adyacentes y encontró una bata de laboratorio.

Sus manos escribían rápidamente en el teclado de la computadora, y la idea de interactuar de esta manera le parecía curiosa en comparación con la interfaz que había utilizado en la simulación. Pero bueno. Los robots de mantenimiento transmitieron datos a la pantalla para darle una idea de lo que había sucedido mientras ella estaba inconsciente. Wesley había sometido al Khemenu y destruido a las criaturas.

WESLEY SE GIRÓ CUANDO ella se acercó a él por detrás. Su rostro estaba rojo y lleno de lágrimas. "¿Candace?" Levantó las cejas. "Pareces... diferente".

Bien, parecía lo suficientemente auténtica como para no asustarlo. "Soy Renee. Aunque tengo los recuerdos de Candace, ahora soy una persona única con mis propios recuerdos. Me alegro de verte".

Wesley parpadeó un par de veces y luego resopló. "Bueno, no es frecuente que pueda decir que algo es nuevo para mí. No tengo ni idea de cómo lo conseguiste, pero esto... estoy asombrado. Esto es nuevo para mí". Sonrió y le tendió una mano.

Ella sintió su cálido apretón de manos y su suave piel. Se sintió feliz porque ahora podía conectar de esta manera con personas reales. "Yo también". Señaló una bolsa de plástico en el suelo llena de insectos aplastados. Levantó una ceja. "¿Qué pasó?"

Wesley le contó toda la historia. Fascinante: ¿cómo pudo comunicarse la criatura de esa manera? Tendría que estudiar su ADN, aprender de él, si es que aún era posible. Las células probablemente se habían descompuesto y los estados neuronales serían irrecuperables. Suspiró. En este momento sólo serían razonables las deducciones.

Renee ayudó a Byron a esposar a los Khemenu y a llevárselos a la sala de las escaleras.

Byron exclamó. "Tengo una actualización de uno de los drones de reconocimiento exterior. Una gran flota de vehículos militares se acerca a unos diez kilómetros de distancia. Tenemos que movernos".

Renee buscó en la mochila de Anne y encontró lo que necesitaba. Adrenalina. Primero se la inyectó a Anne, que se despertó con un suspiro.

Anne se quedó mirando, con los ojos muy abiertos. La miró a ella, luego a Candace y luego a ella. Tenía la boca abierta y la cerró un par de veces, y negó con la cabeza. "¿Qué?"

Renee agitó las manos en un gesto frenético. "No hay tiempo para explicar ahora. Tenemos compañía. Vamos a despertar a todo el mundo y a salir de aquí".

Anne procedió a introducir autoinyectores llenos de adrenalina en los muslos de los durmientes, y cada uno de ellos se fue despertando por turnos.

Cuando Morgan volvió en sí, le gritó a Byron. "¿Cuál es la situación?"

"Los vehículos militares se acercan con mucha rapidez, a unos ocho kilómetros de distancia", dijo Byron.

Morgan dio órdenes, insistiendo en que tenían unos cinco minutos. JT, Byron, Bo y Morgan arrastraron a dos miembros del Khemenu por las escaleras. Renee arrastró a una de las mujeres inconscientes por las escaleras y Wesley, Anne, Emmitt y Candace cargaron con los demás.

A Renee la miraron con extrañeza cuando la gente pensó que no podía ver. No sabían que había diseñado sus receptores visuales para proporcionarle un campo de visión más amplio.

Hicieron todo lo posible para atar los Khemenu en las camas de carga de los buggies.

Byron gritó: "Están a dos kilómetros".

Renee se sujetó a la parte superior de uno de los buggies mientras se alejaban a toda velocidad. Pequeñas corrientes de aire levantaban remolinos de arena del desierto mientras corrían por el terreno. El viento le revolvió el pelo y sonrió. Estaba viva. Ya no estaba atada a un mundo simulado. Ahora la esperaba el mundo real, con sus infinitas posibilidades. El motor eléctrico rugió cuando Morgan pisó el acelerador.

Byron llamó por radio al buggy de Morgan. "Nos están ganando. Estos buggies no pueden igualar su velocidad. Nos alcanzarán en unos minutos".

"Dame los controles del dron", dijo Renee.

Morgan señaló una pequeña tablet cerca de él, y ella la tomó.

La formación consistía en cuatro grandes vehículos blindados de transporte de personal. ¿Qué podía hacer ella? Se le ocurrió una idea y habló por radio. "Tengo un plan. Necesito llevar dos de los drones a nuestro vehículo. ¿Puedes dirigir el otro?"

"Afirmativo", dijo Byron.

La maniobra sería difícil, pero sus cálculos le daban un estrecho margen de éxito. El fuerte zumbido de los enormes vehículos que los perseguían se escuchaba ahora, y los drones avanzaron hacia Renee. Aterrizaron sobre el buggy, y uno de ellos volcó al hacerlo. Ella lo agarró antes de que saltara por los aires. Se concentró y los dedos de su mano izquierda se deshicieron y formaron varias bolitas. Los pequeños zarcillos de los grupos DASH se adhirieron a los drones y los lanzó al aire. Su brazo izquierdo sería un poco más corto hasta que pudiera imprimir en 3D algunas nuevas moléculas DASH.

"¡Santo cielo! Creía que lo había visto todo, pero nunca había visto algo así", dijo Morgan.

Sonrió y llamó a Byron por la radio. "Tenemos que llevar esto a los cuatro vehículos. Vuelen bajo y despacio cerca del parachoques. Necesitaré comunicación de campo cercano para lograrlo".

"Entendido. ¿Qué estamos enviando?" Byron preguntó.

"Llamémoslos nano drones", dijo ella. No tuvo tiempo de explicar el concepto de las moléculas DASH y cómo las manipulaba.

Byron obedeció y dos de los nano drones de su dron se adhirieron al parachoques. Hizo volar su dron por debajo del vehículo y al que estaba detrás. Renee hizo lo mismo.

Byron gritó. "Cargas útiles acopladas. ¿Cuándo empezarán los fuegos artificiales?"

Como si respondieran a la pregunta de Byron, los cuatro vehículos giraron en direcciones distintas, alejándose de ellos.

En la imagen de la cámara de un dron se puede ver el ceño fruncido de uno de los conductores.

Cuando se fueron quienes los perseguían, aceptó chocar los cinco con Morgan mientras corrían hacia el hangar del aeropuerto.

CAPÍTULO TREINTA Y CINCO

Cuando llegaron al hangar, Wesley ayudó a subir a todos a bordo lo más rápido posible. En menos de diez minutos, salieron por la pista y despegaron. Quienquiera que los persiguiera no había impedido que salieran. La historia de encubrimiento sobre el corazón la habían mantenido. No había informado de todos los pasajeros extra en su manifiesto de vuelo.

Una vez que estuvieron a salvo en el aire, Wesley volvió a buscar a Candace. Ella y Renee hablaban animadamente. No pudo entender los detalles: una discusión sobre varios aminoácidos y algo sobre una molécula DASH.

"Pensé en presentarme un poco más formalmente", dijo, y extendió la mano para estrechar la de Renee.

Renee sonrió y la estrechó. "Técnicamente, ya nos conocemos. Lo recuerdo todo antes de que me dejaras sola en mi laboratorio mientras ibas a comer".

¿Estaba molesta por eso? Genial, ahora tenía dos versiones de la misma mujer enfadada con él. "Lo siento".

Ella y Candace se rieron.

"Está bien", dijo Renee. "Tenía mucho que hacer en ese momento. Estuvimos hablando con tu padre. El escáner espectral cuántico resultó ser útil, y ahora estamos averiguando algunas cosas".

Él sonrió irónicamente en respuesta. "He matado a toda una especie".

Candace se puso de pie y lo abrazó, luego lo miró a los ojos. "Bueno, hay un macho todavía vivo en tu nevera. Hiciste lo que tenías que hacer".

Las emociones de Wesley se agitaron: la culpa por haberlos destruido y el alivio por haberlo hecho. "Lo que sea que hayan hecho para comunicarse conmigo, fue escalofriante".

Renee se mordió el labio y luego habló. "Me gustaría hacer ingeniería inversa. Creo que se comunicaron con las interfaces sensoriales de los cerebros humanos. Si pudiera entender eso y replicarlo, los usos serían increíbles".

Si tan sólo tuviera el interés científico que tenían Renee y Candace. "La criatura era sensible. Habló conmigo. Tenía memoria y dijo que era Anu, la madre divina de los Tuatha Dé Danann".

Renee y Candace se quedaron boquiabiertas.

"Es una diosa de la mitología irlandesa. Los Tuatha Dé Danann eran una raza sobrenatural que se creía inmortal. Se contaba que vivían durante siglos. Anu era la madre de todos".

Renee le dio una palmadita de consuelo en la espalda. "Puede que no se hayan ido todos. ¿Quién sabe si hay otra reliquia antigua? Con su capacidad de entrar en la criptobiosis, podría haber más. Francamente, espero que no los haya. Esas cosas eran peligrosas".

Lo que dijo Renee no lo hizo sentir mejor, pero él creyó que sí. "Gracias".

Wesley se alejó hasta donde Emmitt y Higgins vigilaban a Ahad, que aún parecía inconsciente.

Higgins sonrió cuando se acercó. "Nuestro amigo debería levantarse pronto. No puedo esperar a que se despierte y se dé cuenta del mundo de mierda en el que está metido. He llamado con anticipación. Tendremos un equipo de agentes esperándonos en Boeing Field".

Los ojos de Ahad se abrieron de golpe y forcejeó inútilmente contra sus ataduras. Se puso pálido cuando vio a los otros miembros del Khemenu atados cerca. "No. ¿Qué hicieron?"

Sin alegría en su voz y de manera inexpresiva, Emmitt dijo: "Los Akh Neiths se han ido, Kek. Se fueron".

Ahad sacudió la cabeza y se balanceó de un lado a otro.

Higgins se deleitó con su miseria. Wesley apenas oyó a Higgins cuando se inclinó cerca de Ahad y le susurró: "¿Qué se siente cuando te arrancan todo lo que amas?".

CUANDO REGRESARON A Seattle, un equipo de agentes del FBI los recibió en el avión y se llevó a Ahad y a los demás miembros del Khemenu esposados.

Higgins abrazó a Wesley. "Gracias por ayudarme a atrapar a ese imbécil".

"Por supuesto. Esperemos que esta vez puedan mantenerlo en prisión".

Ella sonrió débilmente. "Oh, digamos que Ahad tendrá un nuevo alojamiento, más adecuado para alguien de su... tamaño".

Higgins se apresuró a reunirse con los demás agentes del FBI.

Esperaron un rato a que se calmara la conmoción y entraron en el hangar.

Wesley se dirigió a Morgan y a su equipo. "Gracias por tu ayuda".

Morgan sonrió. "Claro. Pronto recibirás mi factura. Avísame la próxima vez que quieras atacar alguna guarida subterránea llena de criaturas telepáticas". Morgan le hizo un gesto respetuoso a Anne y le guiñó un ojo.

"Claro que sí. Estoy seguro de que tengo un área en mis contactos guardados para eso", dijo Wesley.

Emmitt lo abrazó. "Estoy orgulloso de ti. Tengo que encontrar a tu abuela. Nos vemos pronto".

Wesley se giró hacia Anne, Candace y Renee. "¿Y ahora qué?"

"Tenemos que ir a mi laboratorio. Tenemos mucho trabajo que hacer", dijo Candace.

Cuando Wesley se giró, su padre entró en el hangar.

A Kyle le tembló el labio al mirarlo. Las lágrimas corrían por sus mejillas.

"Escucha, papá, sé que no fuiste tú quien ayudó a Ahad. No hace falta que te enfades tanto-"

Kyle levantó la mano para que se detuviera y se la puso en el hombro. "No, no es eso. Es sobre tu nieto. Zach".

Wesley sintió un escalofrío. ¿Su nieto? Con todo lo que estaba pasando, ni siquiera había considerado la idea de que el hijo de Jake fuera su nieto. Nunca había conocido al chico, no tenía ni idea de cómo era. Ni siquiera se había hecho a la idea de que Jake había sido su hijo. "¿Qué pasó?"

Kyle se mordió el labio y cerró los ojos. Cuando los abrió de nuevo, negó lentamente con la cabeza. "Zach estaba con su madre cuando su casa se incendió. Ella lo cubrió con su propio cuerpo, lo que probablemente lo salvó, pero ella no sobrevivió. Tiene graves quemaduras de tercer grado en todo el cuerpo y está en cuidados intensivos en el Hospital Infantil ahora mismo."

Wesley se puso serio y cerró los puños. "¿Ahad hizo esto? Si es así, juro que lo encontraré y lo mataré yo mismo".

Kyle entrecerró los ojos hacia él. "Contrólate. No harás tal cosa. Dijeron que fue un incendio por causas eléctricas, pero ¿quién sabe? Todavía están investigando. En este momento, no tienen ninguna razón para sospechar de Ahad".

"¿Sabes que él es la razón por la que la casa de la tía Elizabeth se quemó? Yo no. Me hizo creer que todo era culpa mía. Él quemó su cabaña. Los incendios parecen ser su modus operandi. ¿Por qué alguien debería sospechar lo contrario?"

"Ahad estará en prisión por el resto de su vida. Empezará a envejecer ahora que ya no tiene el Akh Neith. No tiene el mismo retrovirus que nosotros. Ha mutado. El que tiene requiere que la criatura siga liberando enzimas especiales. Va a marchitarse y a pudrirse en una celda el resto de sus días".

Wesley asintió. "Eso representa cierto alivio". Sacudió la cabeza. "Ese hombre hizo daño a mucha gente".

Candace se puso de pie. "Miles de millones si no nos damos prisa en encontrar una cura. La secuenciación ha terminado. Ahora tenemos que empezar a analizar los modelos cuánticos".

Wesley apretó los puños y asintió a todos por turno. "Si no podemos salvar a un solo niño, ¿vale la pena salvarnos? ¿No puede Renee hacer algo con esas moléculas DASH? ¿Hacer algún tipo de piel sintética?"

Renee asintió. "Sí, pero esto nos quitará tiempo para conseguir la cura del virus del Cuervo. ¿Quieres demorar el proceso?".

Todos empezaron a hablar a la vez.

Kyle levantó las manos y gritó: "Puede que tenga buenas noticias".

Todos los ojos se centraron en Kyle mientras hablaba. "El análisis cuántico del Akh Neith que Renee y Candace compartieron conmigo resultó valioso. La criatura tenía una relación simbiótica con el retrovirus. En pocas palabras, se ayudaban mutuamente. El Akh Neith proporcionaba enzimas al huésped, el retrovirus lo mantenía vivo y el Akh Neith se alimentaba del huésped de manera permanente. El Akh Neith guió la evolución del retrovirus: hizo que otras personas no se contagiaran sin su ayuda. Esa es la razón por la que otros no se contagiaron sin un sistema inmunológico debilitado. Sin su influencia, el retrovirus mutó a favor de los Descendientes del Tejo, pero eso fue un golpe de suerte".

Wesley se frotó las cejas y aireó las mejillas. "Me alegro de que entiendas este asunto. No sé en qué nos ayuda eso. ¿No sabíamos ya la mayor parte de esto?"

Kyle le sonrió, y tocó sus ojos llenos de lágrimas de una manera que mostraba una calidez genuina. "Sí, hijo, pero el mecanismo no estaba claro. Identifiqué el método que la criatura utilizó para manipular el retrovirus. He creado un modelo que hace que el retrovirus del Beso del Cuervo sea altamente contagioso. Podemos introducirlo en el paquete de inyecciones y se encargará del virus del cuervo por nosotros".

Candace intervino: "¿Eso no hará que todo el mundo deje de envejecer? ¿Queremos eso? Imagina lo superpoblado que estará el mundo, más de lo que ya está".

Kyle hinchó el pecho. "No creo que el mundo esté superpoblado, sólo mal organizado. Con las nuevas prácticas agrícolas y de transporte, ya hemos empezado a invertir la tendencia al calentamiento global de hace unas décadas. Los niveles de CO_2 están bajando de nuevo. Quizá la gente empiece a pensar en el futuro si no envejece. Liberar esto al mundo es lo que quería todo el tiempo. La gente seguirá encontrando formas de morir. Yo digo que lo hagamos. Pero ahora mismo, un niño pequeño en un hospital necesita nuestra ayuda".

"He visto a innumerables seres queridos morir de viejos", dijo Anne, "y he anhelado hacer algo por ellos. Ahora podemos, y digo que debemos hacerlo".

Renee intervino. "Si te sirve de consuelo, yo no envejezco. Sin embargo, tendré que encontrar una forma de refrescar las neuronas artificiales de mi matriz de almacenamiento cuántico. Aunque estoy trabajando en ello. Vayamos al laboratorio y resolvamos los detalles. Puedo hacer varias cosas: pronto tendré listas las inyecciones de piel sintética para Zach".

Kyle abrazó a Anne. "Tengo que hablar con Wesley. Nos vemos pronto".

Anne negó con la cabeza. "No. ¿Adónde vas? ¿No te quedas para ayudar?"

"No. Puedo hacerlo todo a distancia. El FBI quiere que me quede en custodia", dijo Kyle.

Kyle le hizo un gesto a Wesley para que fueran a dar un paseo, y Wesley salió del hangar con él.

Una vez que se alejaron de los demás, Kyle habló. "Di mi declaración, pero me necesitarán para el juicio".

¿Juicio? Las manos de Wesley se enfriaron. "¿Qué viene ahora?"

"Testificaré en el juicio de Ahad. El FBI quiere seguir manteniéndome en custodia protectora hasta que termine el juicio por asesinato. Mi declaración no será suficiente para condenarlo, así que me necesitan como testigo clave. Planean acusarlo de otro crimen, pero los convencí de esperar. Nuestro otro testigo debería ayudar en ese caso".

¿Otro testigo? ¿Se referían a Wesley? "¿Quién podría ser?"

"Bueno, este va a ser el primero de la corte. La versión digital de mí dará testimonio del papel que Ahad le obligó a desempeñar en la creación del virus del Cuervo".

¿No se había destruido esa versión de su padre en el incendio? Wesley se mordió el labio y se le revolvió el estómago. "Creía que todo eso se había quemado".

Kyle sonrió. "No. El FBI descubrió las matrices de almacenamiento en el compartimento de carga de la moto acuática utilizada por el hombre al que disparó el agente especial Higgins. Por lo que he averiguado, desarrollaron esa tecnología como parte de un proyecto militar clasificado hace unos años. Ese juicio formará parte de un tribunal militar, fuera del conocimiento del público".

A Wesley se le formó un nudo en la garganta. "¿Así que te vas a ir otra vez? ¿Vas a ayudarnos con la cura?"

Kyle puso una mano en el hombro de Wesley y negó con la cabeza. Señaló hacia el laboratorio que tenían detrás. "Ayudaré desde lejos. Escucha, hay una razón por la que hemos vivido nuestras vidas tan largas, hijo. La misión de los Descendientes del Tejo es hacer del mundo un lugar mejor. No se trata de que vivamos más que otros. Se trata de utilizar nuestro don de la larga vida para hacer algo bueno, para llevar la antorcha de la esperanza por la humanidad. Ahad utilizó una versión de mí para que usara un regalo que le di a la humanidad -la inyección trimestral- en contra de ella para sus fines egoístas. Eso no lo puedo soportar. Tengo que llevarlo ante la justicia. Con un poco de suerte, el público nunca se enterará de esto, y la confianza en las vacunas y su eficacia se mantendrá. Estoy orgulloso de ti, hijo. Lo lograste".

A Wesley se le llenaron los ojos de lágrimas. "Ojalá hubiera vuelto a casa, papá. Ojalá hubiera pasado ese tiempo con mamá".

Kyle lo abrazó de nuevo. "Estabas asustado, y eras joven. Perdónate a ti mismo. Sé que tu madre lo habría hecho. Ella sólo quería que estuvieras a salvo y fueras feliz. Yo llevo su espíritu en mi corazón; sólo tienes que permitírselo y ella también estará contigo".

En ese momento, Wesley se perdonó a sí mismo y dejó que su madre entrara en su corazón. Ella lo llenó con su abundante amor.

Se despidió de su padre con un abrazo. "Gracias. Te veré pronto".

WESLEY ENTRÓ EN EL hospital con Anne a su lado, y se dirigieron al Centro de Atención de Traumatismos y Quemaduras del Hospital Infantil.

Cuando se acercaron a la recepción, una mujer les preguntó a quién iban a ver.

Wesley se aclaró la garganta. "A mi nieto, Zachary Rivers".

La recepcionista examinó la pantalla y les pidió los chips de identificación. Después de un momento mirando el monitor, respondió: "Lo siento. Usted no está en la lista de familiares". Sonrió y les devolvió los chips.

Wesley abrió la boca para protestar, pero Anne le levantó la mano para que se callara. Se puso el auricular e hizo una llamada telefónica, luego colgó y se dirigió a él. "Conozco a algunos médicos aquí. Uno bajará en un momento".

Esperaron y un hombre mayor entró en el vestíbulo. Sonrió a la recepcionista y, con voz amable, dijo: "Jenny, estos dos están conmigo. ¿Puede imprimirles unas etiquetas con sus nombres, por favor?".

"Por supuesto, Dr. Sanderson". Imprimió las etiquetas y se las entregó a Wesley y Anne. "Que tengan un buen día".

Se pusieron las etiquetas y siguieron al Dr. Sanderson al ascensor.

Anne le preguntó: "¿Qué le pasa a Zach?" "¿Qué diagnóstico tiene Zach?".

El Dr. Sanderson frunció los labios. "Estamos controlando la situación minuto a minuto. Ahora mismo, lo tenemos sedado, y es probable que lo mantengamos así durante un tiempo". Hizo una pausa y miró a Wesley. "Me temo que no queda piel para injertar. Es un gran shock para un pequeño cuerpo de cuatro años, pero estamos haciendo lo que podemos para mantenerlo cómodo y sin dolor".

Anne puso su mano en la espalda de Wesley. "Lo siento".

Salieron del ascensor y entraron en la habitación de Zach. Los monitores mostraban sus constantes vitales y había varios tubos conectados a vías intravenosas. Los vendajes cubrían todo su cuerpo. Wesley se acercó a la pequeña cama. "Vamos a encontrar la manera de ayudarte, amigo".

Después de ver cómo subía y bajaba el pecho muchas veces, salieron de la pequeña habitación.

Wesley le preguntó al doctor Sanderson: "¿Dónde está el resto de su familia?".

El doctor Sanderson negó con la cabeza. "Su madre era la única familia que tenía. Murió en el incendio. Tengo entendido que usted es su abuelo".

Wesley miró fijamente a la pared y luego volvió a mirar al médico. Respiró largamente. "Sí, así es. Por desgracia, no me he relacionado mucho con el pequeño. Me gustaría cambiar eso".

Todos se quedaron en silencio durante varios minutos.

Wesley y Anne salieron del hospital, mientras Wesley llamaba y hablaba con Renee. "Sea lo que sea que hayas planeado crear para la piel sintética, tienes que hacerlo pronto. Puede que Zach no sobreviva".

WESLEY Y ANNE TUVIERON que distraer a los médicos mientras Renee se dirigía a la habitación con Zach. Wesley no entendía lo que estaba haciendo, pero ella planeaba aplicar moléculas DASH que se replicarían y extenderían sobre su piel.

Renee salió y los saludó con un pulgar. Luego se fueron. Las moléculas DASH tardarían unos días en hacer su magia.

CANDACE Y RENEE DECLARARON que la cura era un éxito después de pasarla por innumerables modelos cuánticos.

Renee preguntó: "¿Cómo deberíamos llamar esta cura?"

"La llamaremos Elpis, el último regalo de la caja de Pandora", dijo Wesley.

Candace levantó las cejas. "¿Elpis?"

Wesley recitó lo que recordaba del poema de Hesíodo. "'Dejaron a la Esperanza dentro de su casa irrompible, se quedó en la caja y no salió volando'". Él les sonrió. "Algo así, en todo caso. Liberaremos a Elpis, la personificación griega y el espíritu de la esperanza".

CAPÍTULO TREINTA Y SEIS

Al cabo de un mes, Kyle empezó a distribuir el virus Elpis en el conjunto de vacunas trimestrales a través de Immunitrex. Trabajaron con los gobiernos mundiales para asegurarse de que dieran la máxima prioridad a la vacunación. Para cualquiera que no recibiera la vacuna preventiva, Elpis seguiría propagándose en ellos y destruyendo el virus del Cuervo latente que se estaba reproduciendo en su interior.

Pasaron cinco meses y nadie murió a causa del virus del Cuervo. Elpis tuvo éxito.

El tribunal militar declaró a Ahad y al resto de los Khemenu culpables de crímenes de guerra. Cumplirían su condena en una prisión militar de máxima seguridad diseñada para terroristas.

WESLEY BUSCÓ A HUNTER pero no lo encontró. El pobre había engordado mucho últimamente, como para que Wesley pensara llevarlo al veterinario la semana que viene. Últimamente estaba decaído y sin fuerzas. Oh, bueno. Tenía que continuar. Se ocuparía de Hunter cuando volviera.

Ahora tenía una nueva misión, por lo que recogió a Candace en su casa. Ella había estado mucho tiempo en su casa últimamente. Quería mantener la ilusión de que no vivía con él pasando de vez en cuando una noche a solas.

Se dirigieron al Jardín Japonés de Seattle, junto al bulevar del Lago Washington, y luego pasearon por un sendero cubierto de árboles ornamentales. El jardín era un verdadero oasis de calma y belleza. Llegaron a una parte en la que una pequeña estatua se reflejaba en el claro estanque de abajo, y las largas ramas verdes de un sauce llorón se extendían como un espeso peinado hacia los nenúfares, los cuales servían de refugio a las ranas. De vez en cuando emitían un croar. Los árboles rojos, amarillos y verdes enmarcaban el cielo azul detrás de ellos.

Candace volteó a ver a Wesley. "Es precioso".

Sentía mariposas en el estómago. La transpiración de sus manos humedeció su bolsillo cuando metió la mano para sentir la pequeña caja que había dentro. La envolvió con sus dedos y le sonrió a Candace, luego se arodilló ante ella. "Candace, me has ayudado a crecer de una forma que no creía posible. Me gustaría creer que, al igual que las muchas plantas hermosas de este jardín, juntos hacemos algo más grande que nosotros solos, que podemos crecer juntos en algo más de lo que jamás haríamos separados". Sacó la cajita y la abrió para mostrar un brillante anillo de diamantes. "Candace Rosenbach, ¿quieres casarte conmigo?"

Ella puso su mano en la boca y luego dio un salto. Tomó el anillo y lo abrazó. "¡Sí, sí, sí! ¡Sí, quiero!".

Se besaron apasionadamente y dieron un paseo por el jardín.

Cuando volvieron al auto, Wesley dijo: "Hay alguien a quien tenemos que ir a ver".

EL AUTO LOS DEJÓ FRENTE al Hospital de Niños. Wesley le sonrió a Candace y se dirigieron a la Torre Sunshine, donde Zach se recuperaba. La recepcionista hizo que rellenaran unos formularios de visita y luego les dio unas pegatinas para que las llevaran en la camiseta.

Una enfermera los acompañó a una sala de recuperación.

Antes de entrar, Wesley le susurró a la enfermera: "¿Cómo está?".

Ella frunció los labios. "Zach está mucho mejor ahora que las nanofibras de piel de la Dra. Rosenbach han echado raíces". La enfermera sacudió la cabeza. "Es increíble. Hay algunos a los que no podemos ayudar. Sólo podemos reconfortarlos. Él estaba en esa categoría. Sólo pude darle medicación para evitar el dolor. Ahora..." Dejó de hablar un momento y se sintió atragantada. "Ahora puedo decir que se pondrá bien".

Candace apretó la mano de Wesley. "¿Dra. Rosenbach? Se me hace muy raro que hablen así de Renee. Estoy acostumbrada a ser la única Dra. Rosenbach de mi familia".

Cuando entraron en la habitación, Anne y Renee se dieron la vuelta. Zach dejó de jugar a su videojuego. "¡Abuelo Wesley!" Levantó el videojuego. "¡Ya estoy en el nivel cincuenta!"

Wesley se maravilló con la piel del joven. La última vez que había visto al chico, su piel parecía un perrito caliente carbonizado y con ampollas que se había dejado demasiado tiempo en la parrilla. "Buen trabajo, amigo. ¿Cómo estás?"

Extendió el puño y luego apuntó con el pulgar al aire. "¡Tengo pequeños robots que me mejoran la piel!"

Wesley se echó a reír. "Me alegro de que estés mejor". Y se giró hacia Renee y Anne. "¿Cuándo puede irse?"

Anne sonrió. "Está listo para irse... si quiere, claro. He hecho todos los preparativos". Anne abrazó a Wesley. Le susurró al oído. "Eres un buen hombre".

Wesley le sonrió a Zach. "¿Te gustaría ir a casa conmigo?"

"Sí. Hasta que mi madre venga a buscarme".

Wesley no estaba seguro de qué decir. ¿Cómo le decía a un niño de cuatro años que sus padres habían muerto?

Anne habló. "Zach, te expliqué lo que pasó con tus padres. El abuelo Wesley aceptó que vivieras con él. Nunca sustituirá a tus verdaderos padres, pero puede criarte si estás de acuerdo".

Zach lo miró fijamente. "Sólo si tengo un gatito".

Wesley se echó a reír, y todos los demás en la habitación también lo hicieron. "Tengo un gato, Hunter, pero está lejos de ser un gatito".

Zach negó con la cabeza. "No. Quiero el mío. Y quiero darle uno a la tía Anne y a la tía Renee también. No quiero que se sientan solas".

Wesley no necesitó pensarlo mucho. "Puedes tener un gatito".

Anne le entregó una mochila. "He comprado un montón de cosas para él". Señaló con la cabeza el anillo en el dedo de Candace y levantó una ceja. "¡Felicidades!"

Renee le estrechó la mano. "Buen trabajo. Es una buena noticia. Escucha -ya hablé con Candace sobre esto, pero necesitaré tu bendición. ¿Aceptarías un escaneo neural cuántico? Me gustaría tener a alguien para mí también".

Vaya. No estaba seguro de lo que pensaba sobre la idea de que hubiera otro él andando por ahí. Sin embargo, ¿cómo iba a decir que no a Renee? Asintió con la cabeza. "Sí, lo haré".

CUANDO LOS TRES REGRESARON a la casa de Wesley, Zach saltó del auto. "¡Santo cielo! Este lugar es enorme. ¿Es tuyo, o sólo trabajas aquí?"

Wesley le dio una palmadita en la espalda. "No, es mío. Y ahora también es tuyo".

Zach se giró hacia él. "Oye, la tía Anne dice que eres muy viejo. ¿Estabas por aquí antes de que los dinosaurios se volvieran locos? Porque yo también quiero un T. Rex de mascota".

"No soy tan viejo, no. Primero vamos a dedicarnos al gatito".

Cuando entraron en la casa, se oyó un débil maullido en una de las habitaciones. ¿Acaso Hunter se había quedado atrapado en algo? Wesley corrió hacia el sonido con Zach a su lado. Se quedó con la boca abierta cuando el origen del maullido se hizo evidente. Hunter tenía cuatro gatitos amamantando en "su" vientre.

Candace se echó a reír. "Creía que habías dicho que era un gato macho".

Wesley se quedó mirando sorprendido. "Yo... pensé que lo era. Nunca lo llevé al veterinario. Supongo que nunca lo inspeccioné de cerca".

Candace lo miró fijamente.

"¿Qué? ¡Tiene el culo peludo!"

Zach señaló a uno de los gatitos, un pequeño gato negro con el cuello blanco. "Este es mío. Se llama Eileen".

Wesley frunció las cejas. ¿De dónde había sacado Zach ese nombre? "¿Por qué has llamado así a la gatita?"

"Oh. Es el nombre de mi madre. Te dije que vendría por mí". Acarició al gatito cerca de él y acarició a Hunter también. Hunter ronroneó mientras el chico le acariciaba suavemente el lomo.

Wesley nunca había aprendido el nombre de la madre de Zach.

Candace lo acercó a ella y le susurró al oído. "Me toca el siguiente gatito".

Él la miró fijamente a los ojos y luego comprendió lo que quería decir. Asintió con la cabeza. "De acuerdo, aunque espero que no tengas cuatro a la vez".

Don't miss out!

Visit the website below and you can sign up to receive emails whenever Tony Torzillo publishes a new book. There's no charge and no obligation.

https://books2read.com/r/B-A-TLTO-VPFDC

BOOKS 2 READ

Connecting independent readers to independent writers.

About the Author

Tony Torzillo draws from his experience in the Seattle tech industry to write near future science fiction novels that inspire people to imagine a better world. Based in the Seattle area, he enjoys spending time with his family exploring the Pacific Northwest in the beautiful state of Washington.

Read more at www.tonytorzillo.com.

About the Publisher

Books that inspire

Our mission is to find and publish books that inspire people to imagine a better world.

The meaning of Geronimo

The story of Geronimo is one that inspires bravery and standing up for what is right. Our mission is to align with that vision and publish stories that inspire others.